Tormento

Biblioteca Pérez Galdós

Benito

Pérez Galdós

Tormento

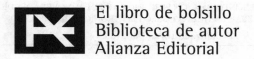

El libro de bolsillo
Biblioteca de autor
Alianza Editorial

Primera edición en «El libro de bolsillo»: 1968
Vigésima cuarta, reimpresión: 1996
Primera edición en «Biblioteca de autor»: 1997
Undécima reimpresión: 2010

Diseño de cubierta: Alianza Editorial
Ilustración: Ramón Casas, *Mujer en un interior* (detalle)
Proyecto de colección: Odile Atthalin y Rafael Celda

Calle Juan Ignacio Luca de Tena, 15; 28027 Madrid; teléf. 91 393 88 88
www.alianzaeditorial.es
ISBN: 978-84-206-3329-9
Depósito legal: M. 40.201-2010
Impreso en Closas-Orcoyen, S. L. Polígono Igarsa
Paracuellos de Jarama (Madrid)
Printed in Spain

Capítulo 1

Esquina de las Descalzas. Dos embozados, que entran en escena por opuesto lado, tropiezan uno con otro. Es de noche.

EMBOZADO 1.º ¡Bruto!

EMBOZADO 2.º El bruto será él.

EMBOZADO 1.º ¿No ve usted el camino?

EMBOZADO 2.º ¿Y usted no tiene ojos? Por poco me tira al suelo.

EMBOZADO 1.º Yo voy por mi camino.

EMBOZADO 2.º Y yo por el mío.

EMBOZADO 1.º Vaya enhoramala *(Siguiendo hacia la derecha.)*

EMBOZADO 2.º ¡Qué tío!

EMBOZADO 1.º ¡Si te cojo, chiquillo!... *(Deteniéndose, amenazador.)*, te enseñaré a hablar con las personas mayores! *(Observa atento al Embozado 2.º)* Pero yo conozco esa cara. ¡Con cien mil de a caballo!... ¿No eres tú...?

EMBOZADO 2.º Pues a usted le conozco yo. Esa cara, si no es la del demonio, es la de don José Ido del Sagrario.

Embozado 1.° ¡Felipe de mis entretelas! *(Dejando caer el embozo y abriendo los brazos.)* ¿Quién te había de conocer tan entapujado? Eres el mismísimo Aristóteles. ¡Dame otro abrazo..., otro!

Embozado 2.° ¡Vaya un encuentro! Créame, don José: me alegro de verle más que si me hubiera encontrado un bolsón de dinero.

Embozado 1.° ¿Pero dónde te metes, hijo? ¿Qué es de tu vida?

Embozado 2.° Es largo de contar. ¿Y qué es de la de usted?

Embozado 1.° ¡Oh!... Déjame tomar respiro. ¿Tienes prisa?

Embozado 2.° No mucha.

Embozado 1.° Pues echemos un párrafo. La noche está fresca, y no es cosa de que hagamos tertulia en esta desamparada plazuela. Vámonos al café de Lepanto, que no está lejos. Te convido.

Embozado 2.° Convidaré yo.

Embozado 1.° Hola, hola... Parece que hay fondos.

Embozado 2.° Así, así... Y usted, ¿qué tal?

Embozado 1.° ¿Yo? Francamente, naturalmente, si te digo que ahora estoy echando el mejor pelo que se me ha visto, puede que no lo creas.

Embozado 2.° Bien, señor de Ido. Yo había preguntado varias veces por usted, y como nadie me daba razón, decía: «¿Qué habrá sido de aquel bendito?» *(Entran en el café de Lepanto, triste, pobre y desmantelado establecimiento que ha desaparecido ya de la plaza de Santo Domingo, sin dejar sombra ni huella de sus pasadas glorias. Instálanse en una mesa y piden café y copas.)*

Ido del Sagrario *(Con solemnidad, depositando sobre la mesa sus dos codos como objetos que habrían estorbado en otra parte.)* Tan deseosos estamos los dos de contar nuestras cuitas, y de dar rienda suelta al relato de nuestras andanzas y felicidades, que no sé si tomar yo la delantera o dejar que empieces tú.

ARISTO *(Quitándose la capa y poniéndola, muy bien doblada, en una banqueta próxima a la suya.)* Como usted quiera.

IDO DEL SAGRARIO Veo que tienes buena capa... Y corbata con alfiler, como la de un señorito... Y ropa muy decente... Chico, tú has heredado. ¿Con quién andas? ¿Te ha salido algún tío de Indias?

ARISTO Es que tengo ahora, para decirlo de una vez, el mejor amo del mundo. Debajo del sol no hay otro, ni es posible que lo vuelva a haber.

IDO DEL SAGRARIO ¡Bien, bravo! Un aplauso para ese espejo de los amos. Pero ¿es tan desordenado como aquel don Alejandro Miquis?

ARISTO Todo lo contrario.

IDO DEL SAGRARIO ¿Estudiante?

ARISTO *(Con orgullo.)* ¡Capitalista!

IDO DEL SAGRARIO Chico..., me dejas con la boca abierta. ¿Es muy rico?

ARISTO Lo que tiene... *(Expresando con voz y gesto la inmensidad.)* no se acierta a contar.

IDO DEL SAGRARIO ¡Otra que tal! ¿No te dije que Dios se había de acordar de ti algún día?... Y dime ahora con franqueza: ¿cómo me encuentras?

ARISTO *(Sin disimular sus ganas de reír.)* Pues le encuentro a usted...

IDO DEL SAGRARIO *(Con alborozo y soltando del inferior labio hilos de transparente baba.)* Dilo, hombrecito, dilo.

ARISTO Pues le encuentro a usted... gordo.

IDO DEL SAGRARIO *(Con inefable regocijo.)* Sí, sí: otros me lo han dicho también. Nicanora asegura que aumento dos libras por mes... Es que la feliz mudanza de mi oficio, de mi carrera, de mi arte de vivir, ha de expresarse en estas míseras carnes. Ya no soy desbravador de chicos; ya no me ocupo en trocar las bestias en hombres, que es lo mismo que fabricar ingratos. ¿No te anuncié que pensaba cambiar aquel menguado trabajo por otro más honroso y lucrativo? Tomóme de escribiente un autor de novelas por entregas. Él dictaba, yo escribía... Mi mano, un rayo... Hombre, contentísimo... Cada reparto, una onza. Cae mi autor enfermo, y me dice: «Ido, acabe ese capítulo.» Cojo mi pluma y, ¡ras!, lo acabo y enjareto otro y otro. Chico, yo mismo me asustaba. Mi principal dice: «Ido, colaborador...» Emprendimos tres novelas a la vez. Él dictaba los comienzos; luego yo cogía la hebra, y allá te van capítulos y más capítulos. Todo es cosa de Felipe II, ya sabes, hombres embozados, alguaciles, caballeros flamencos y unas damas, chico, más quebradizas que el vidrio y más combustibles que la yesca...; El Escorial, el Alcázar de Madrid, judíos, moriscos, renegados, el tal Antoñito Pérez, que para enredos se pinta solo, y la muy tunanta de la princesa de Éboli, que con un ojo solo ve más que cuatro; el cardenal Granvela, la Inquisición, el príncipe don Carlos; mucha falda, mucho hábito frailuno, mucho de arrojar bolsones de dinero por cualquier servicio; subterráneos, monjas levantadas de cascos, líos y trapisondas, chiquillos naturales a cada instante, y mi don Felipe, todo lleno de ungüentos... En fin, chico, allá salen pliegos y más pliegos... Ganancias partidas: mitad él, mitad yo... Capa nueva, hijos bien comidos, Nicanora curada... *(Deteniéndose, sofocado.)* Yo, harto y contentísimo, trabajando más que el obispo y cobrando mucha pecunia.

ARISTO ¡Precioso oficio!

IDO DEL SAGRARIO *(Tomando aliento.)* No creas: se necesita cabeza, porque es una *liornia* de mil demonios la que armamos. El editor dice: «Ido, imaginación volcánica: tres cabezas en una.» Y es verdad. Al acostarme, hijo, siento en mi cerebro ruidos como los de una olla puesta al fuego... Y por la calle, cuando salgo a distraerme, voy pensando en mis escenas y en mis personajes. Todas las iglesias se me antojan Escoriales, y los serenos, corchetes, y las capas, esclavinas. Cuando me enfado, suelto de la boca los *pardieces* sin saber lo que digo, y en vez de un *carape,* se me escapa aquello de *¡Con cien mil de a caballo!* A lo mejor, a mi Nicanora la llamó doña Sol o doña Mencía. Me duermo tarde; despierto riéndome, y digo: «Ya, ya sé por dónde va a salir el que se hundió en la trampa.» *(Con exaltación, que pone en cuidado a Felipe.)* Porque has de saber, amiguito, que hay una mina muy larga, hecha por los moros, la cual pone en comunicación la casa del Platero, vivienda de Antonio Pérez, con el convento de religiosas carmelitas calzadas de la Santísima Pasión de Pinto.

ARISTO ¡Vaya que es larga de veras!... *(Disimulando la risa.)* ¡Qué cosas! ¡En qué enredos se ha metido usted! Pero lo que importa es ganar dinero.

IDO DEL SAGRARIO ¡Moneda! Toda la que quiero. Ahora me sale a ocho duros por reparto. Despabilo mi parte en dos días. Pronto trabajaré por mi cuenta, luego que despachemos la nueva tarea que se nos ha encargado ahora. El editor es hombre que conoce el paño, y nos dice: «Quiero una obra de mucho sentimiento, que haga llorar a la gente y que esté bien cargada de moralidad.» Oír esto yo y sentir que mi cerebro arde, es todo uno. Mi compañero me consulta... le contesto leyéndole el primer capítulo que compuse la noche antes en casa... ¡Hombre entusiasmado! Francamente, la cosa es buena. Figura que, rebuscando en unas ruinas, me encuentro una arqueta. Ábrola con cuidado, ¿y qué creerás que hallo? Un manuscrito. Leo. ¿Y qué es? Una historia tiernísima, un libro de memorias, un diario. Porque o se tiene chispa o no se tiene... Puestos los dos en el telar, ya llevamos catorce repartos, y la cosa no acabará hasta que el editor nos diga: «¡Ras, a cortar!» *(Apurando la copa de coñac.)* Francamente, este licor da la vida.

ARISTO *(Mirando el reloj del café.)* Es un poco tarde, y aunque mi amo es muy bueno, no quiero que me riña por entretenerme cuando llevo un recado.

IDO DEL SAGRARIO *(Excitadísimo y sin atender a lo que habla Felipe.)* Como te decía, he puesto en tal obra dos niñas bonitas, pobres, se entiende, muy pobres, y que viven con más apuro que el último día de mes... Pero son más honradas que el Cordero Pascual. Ahí está la moralidad, ahí está, porque esas pollas huerfanitas que, solicitadas de tanto goloso, resisten valientes, y son tan ariscas con todo el que les habla de pecar, sirven de ejemplo a las mozas del día. Mis heroínas tienen los dedos pelados de tanto coser, y mientras más les aprieta el hambre, más se encastillan ellas en su virtud. El cuartito en que viven es una tacita de plata. Allí flores vivas y de trapo, porque la una riega los tiestos de minutisa, y la otra se dedica a claveles artificiales. Por las mañanas, cuando abren la ventanita que da al tejado... Quisiera leértelo... Dice: «Era una hermosa mañana del mes de mayo. Parecía que la Naturaleza...» *(Con desvarío.)* En esto tocan a la puerta. Es un lacayo con una carta llena de billetes de Banco. Las dos niñas bonitas se ponen furiosas; le escriben al marqués en perfumado pliego..., y me le ponen que no hay por dónde cogerlo. Total, que ellas quieren más la palma que el dinero. ¡Ah!, me olvidaba de decirte que hay una duquesa más mala que la landre, la cual quiere perder a las chicas por la envidia que tiene de lo guapas que son... También hay un banquero que no repara en nada. Él cree que todo se arregla con puñados de billetes. ¡Patarata! Yo me inspiro en la realidad. ¿Dónde está la honradez? En el pobre, en el obrero, en el mendigo. ¿Dónde está la picardía? En el rico, en el noble, en el ministro, en el general, en el cortesano... Aquéllos trabajan, éstos gastan. Aquéllos pagan, éstos chupan. Nosotros lloramos, y ellos maman. Es preciso que el mundo... Pero ¿qué haces, Felipe, te duermes?

ARISTO *(Despabilándose y sacudiéndose.)* Perdone usted, señor don José querido. No es falta de respeto: es que con lo poco que bebí de ese maldito aguardiente, parece que la cabeza se me ha llenado de piedras.

IDO DEL SAGRARIO *(Con creciente desazón febril, que rompe el último dique puesto a su locuacidad.)* ¡Si esto da la vida..., si con este calorcillo que corre por mi cuerpo tengo yo numen para toda la noche, y ahora me voy a casa, y de un tirón despacho sesenta cuartillas...! *(Saltando de su asiento.)* Eres un verdadero Juan Lanas. Bebe más.

ARISTO *(Frotándose los ojos.)* Ni por pienso. Me caería en la calle. Vámonos, don José.

IDO DEL SAGRARIO Aguarda, hombre. No seas tan vivo de genio. ¿Qué prisa tienes?

ARISTO *(Metiéndose la mano en el bolsillo del pecho.)* Voy a llevar esta carta.

IDO DEL SAGRARIO ¿A quién?

ARISTO A dos señoritas que viven solas.

IDO DEL SAGRARIO *(Pasmado.)* ¡Felipe!... ¡A dos niñas guapas, solas, honradas! Sin duda, la carta va llena de dinero. Tu amo es banquero, un pillo que quiere deshonrarlas.

ARISTO Poco a poco... Usted ha bebido demasiado.

IDO DEL SAGRARIO ¿Lo ves, lo ves? *(Echando los ojos fuera del casco.)* ¿Ves cómo, por mucho que invente la fantasía, mucho más inventa la realidad?... Chicas huérfanas, apetitosas, tentación, carta, millones, virtud triunfante. *(Gesticulando enfáticamente con el derecho brazo.)* Fíjate en lo que te digo. ¿Qué apuestas a que te dan con la puerta en los hocicos? ¿Qué apuestas a que vas a ir rodando por la escalera? Capítulo: «De cómo el emisario del marqués le toma la medida a la escalera.»

ARISTO ¡Si mi amo no es marqués!... Mi amo es don Agustín Caballero, a quien usted conocerá.

IDO DEL SAGRARIO *(Con penetración.)* Sea lo que quiera, la carta que llevas encierra un instrumento de inmoralidad, de corrupción. La carta contiene billetes.

ARISTO Sí; pero son de teatro para la función de mañana domingo por la tarde. Es que los primos de mi amo, los señores de Bringas, no pueden ir, porque tienen un niño malo.

IDO DEL SAGRARIO ¡Bringas, Bringas...! *(Recordando.)* Amigo Aristóteles, déjame ver el sobre de la carta...

ARISTO Véalo.

IDO DEL SAGRARIO *(Leyendo el sobrescrito, lanza formidable monosílabo de asombro y se lleva las manos a la cabeza.)* «Señoritas Amparo y Refugio.» Si son mis vecinas, si son las dos niñas huérfanas de Sánchez Emperador...

ARISTO ¿Las conoce usted?

IDO DEL SAGRARIO ¡Si vivimos en la misma casa: Beatas, cuatro; yo, tercero; ellas, cuarto! ¡Si en esa parejita me inspiro para lo que escribo!... ¿Ves, ves? La realidad nos persigue. Yo escribo maravillas; la realidad me las plagia.

ARISTO Son guapas y buenas chicas.

IDO DEL SAGRARIO Te diré... *(Meditabundo.)* Nada dan que decir a la vecindad; pero...

ARISTO Pero ¿qué...?

IDO DEL SAGRARIO *(Con profundo misterio.)* La realidad, si bien imita alguna vez a los que sabemos más que ella, inventa también cosas que no nos atrevemos ni a soñar los que tenemos tres cabezas en una.

ARISTO Pues ponga usted en sus novelas esas cosas.

IDO DEL SAGRARIO No, porque no tienen poesía. *(Frunciendo el ceño.)* Tú no entiendes de arte. Cosas pasan estupendas que no pueden asomarse a las ventanas de un libro, porque la gente se escandalizaría... ¡Prosas horribles, hijo; prosas nefandas, que estarán siempre proscritas en esta honrada república de las letras! Vamos, que si yo te contara...

ARISTO Cuénteme usted esas prosas.

IDO DEL SAGRARIO ¡Si tú supieras guardar un secretillo!...

ARISTO Sí que sé.

IDO DEL SAGRARIO ¿De veras?

ARISTO Échelo, hombre.

IDO DEL SAGRARIO Pues... *(Después de mirar a todos lados, acerca sus labios al oído de Felipe, y le habla un ratito en voz baja.)*

ARISTO *(Oyendo, entristecido.)* Ya... ¡Qué cosas!

IDO DEL SAGRARIO Esto no se debe decir.

ARISTO No, no se debe decir.

IDO DEL SAGRARIO Ni se debe escribir. ¡Qué vil prosa!

ARISTO *(Reflexionando.)* A menos que usted, con sus tres cabezas en una, no la convierta en poesía.

IDO DEL SAGRARIO *(Con enérgica denegación.)* Tú no entiendes de arte. *(Intentando horadarse la frente con la punta del dedo índice.)* La poesía la saco yo de esta mina

ARISTO Vámonos, don José.

IDO DEL SAGRARIO Vamos; y pues tú y yo llevamos el derrotero de mi casa..., hablaremos... camino. Luego que desempeñes... comisión, entrarás en mi cuarto. Nicanora se alegrará mucho de verte. Apretón de manos... tertulia, recuerdos, explicaciones... *(Con lenguaje cada vez más incoherente y torpe.)* Yo... hablarte Emperadoras...; tú..., de ese amo insigne..., preclaro..., opulentísimo...

Capítulo 2

Don Francisco de Bringas y Caballero, oficial segundo de la Real Comisaría de los Santos Lugares, era en 1867 un excelente sujeto que confesaba cincuenta años. Todavía goza de días, que el Señor le conserve. Pero ya no es aquel hombre ágil y fuerte, aquel temperamento sociable, aquel decir ameno, aquella voluntad obsequiosa, aquella cortesanía servicial. Los que le tratamos entonces, apenas le reconocemos hoy cuando en la calle se nos aparece, dando el brazo a un criado, arrastrando los pies, hecho una curva, con media cara dentro de una bufanda, casi sin vista, tembloroso, baboso, y tan torpe de palabra como de andadura. ¡Pobre señor! Dieciséis años ha se jactaba de poseer la mejor salud de su tiempo, desempeñaba su destino con puntualidad inverosímil en nuestras oficinas, y llevando sus asuntos domésticos con intachable régimen, cumplía como el primero en la familia y en la sociedad. No sabía lo que era una deuda; tenía dos religiones, la de Dios y la del ahorro, y para que todo en tan bendito varón fuera perfecciones, dedicaba muchos de sus ratos libres a diversos menesteres domésticos de indudable provecho, que demostraban así la claridad de su inteligencia como la destreza de sus manos.

Desde sus verdes años fue empleado; empleados fueron sus padres y abuelos, y aun se cree que sus tatarabuelos y los ascendientes de éstos sirvieron en la administración de ambos mundos. No tiene conexiones este señor con la conocida familia comercial de Madrid que llevaba el mismo nombre y lo dio también a unos muy afamados soportales. Los Bringas de este don Francisco, amigo nuestro queridísimo, procedían de la Mancha, y el segundo apellido venía de aquellos Caballeros gaditanos, familia opulenta del pasado siglo, la cual se arruinó después de la guerra. Había hecho el bueno de don Francisco su carrera con paso tardo, pero seguro, en dependencias a las cuales rara vez llegaban entonces la inconstancia y tumulto de la política. Asido a los mejores faldones que había en su época, no vio nunca Bringas la pálida faz de la cesantía, y era ciertamente el empleado más venturoso de españolas oficinas.

Estaba él asegurado en la nómina como la ostra que yace en profundísimo banco adonde no pueden llegar los pescadores; suerte peregrina en la burocracia de Madrid, que, perturbada constantemente por la política, la ambición, la envidia, la holganza y los vicios, es campo de infinitos dolores.

No era político Bringas, ni lo había sido nunca, aunque tenía sus ideas, como todo español, por cierto muy moderadas. No sentía ambición, y por no tener vicios ni siquiera fumaba. Era tan trabajador, que sin esfuerzo y contentísimo desempeñaba su trabajo y el de su jefe, que era muy haragán. En su casa no perdía el tiempo, y sus habilidades mecánicas eran tantas, que no nos será fácil contarlas todas. Naturaleza puso en él útiles y variados talentos para componer toda suerte de objetos rotos. Cualquier desvencijada silla que cayera en sus manos quedaba como nueva, y sus dedos eran milagroso talismán para pegar una pieza de fina porcelana que se hubiera hecho pedazos. Atrevíase hasta con los relojes que no querían andar, y con los juguetes que en manos de los chicos perdieran la virtud de su mecanismo. Restauraba libros cuya encuadernación se deteriorase, y barnizaba un mueble a quien el tiempo y el uso hubieran gastado el lustre. Lo mismo remozaba un abanico de cabritilla o una peineta de concha, que la más innoble pieza de la cocina. Hacía nacimientos de corcho para Navidad, y palillos de dientes para todo el año. En su casa no se llamaba nunca a un carpintero. Bringas sabía mejor que nadie clavar, unir, tapizar, descerrajar, y le obedecían el hierro y la madera, la chapa ebúrnea y el pedazo de suela, la cola y el engrudo, el tornillo y la punta de París, el papel y la lija de esmeril. Tenía herramientas de todas clases, y provisiones y pertrechos mil; y, si se ofrecía manejar una aguja gorda para empalmar piezas de la alfombra, tampoco se quedaba atrás. Forraba soberanamente un mueble con telas viejas de otro mueble inválido ya y deshuesado. Al mismo tiempo, Bringas era hombre que no se desdeñaba, en día de apuro y convidados, de ponerse en mangas de camisa y limpiar los cubiertos. Hacía el café en la cocina a estilo de gastrónomo, y si le apuraban se comprometía a poner un arroz a la valenciana que superase a las mejores obras de su digna esposa y de la cocinera de la casa.

Era nuestro buen señor excelente y aun excelentísimo padre de familia. Su mujer, doña Rosalía Pipaón, le había dado tres hijos. El primogénito, de quince años, era ya un bachillerazo muy engreído de su ciencia, y se le destinaba a estudiar Leyes, para seguir, de un modo más glorioso, las huellas burocráticas de su señor padre. Completaban la familia una niña de diez años y un niño de nueve, herederos de las gracias maternas. Porque la señora de Bringas era una dama hermosa, mucho más joven que su marido, que en edad aventajábala como unos tres lustros. Su flaco era cierta manía nobiliaria, pues aunque los Pipaones no descendían de Íñigo Arista, el apellido materno de Rosalía, que era Calderón, la autorizaba en cierto modo para construir, aunque sólo fuese con la fantasía, un profundísimo árbol genealógico. Observaciones precisas nos dan a conocer que Rosalía no carecía de títulos para afiliarse, por la línea materna, en esa nobleza pobre y servil que ha brillado en los cargos palatinos de poca importancia. Ella no recordaba, al sacar a relucir su abolengo, timbres gloriosos de la política o las armas, sino aquellos más bajos, ganados en el servicio inmediato y oscuro de la Real Persona. Su madre había sido azafata; su tío, alabardero; su abuelo, guardamangier; otros tíos segundos y terceros, caballerizos, pajes, correos, monteros, administradores de la cabaña de Aranjuez, etc.

Se explica que Rosalía añadiese a su segundo apellido la apostilla *de la Barca;* pero toda la ciencia heráldica del mundo no dará fundamento al trasiego y combinación que hacía llamándose, para que el nombre fuera redondo y resonante, Rosalía Pipaón de la Barca. Esto lo pronunciaba dando a su bonita y pequeña nariz una hinchazón enfática, rasgo físico que marcaba con infalible precisión lo mismo sus accesos de soberbia que las resoluciones de su bien templada voluntad.

Para esta señora había dos cosas divinas: el Cielo, o mansión de los elegidos, y lo que en el mundo conocemos con el lacónico sustantivo de *Palacio.* En Palacio estaba su historia, y también su ideal, pues aspiraba a que Bringas ocupase un alto puesto en la administración del Patrimonio y a tener casa en el piso segundo del regio alcázar. Cualquier frase, palabrilla o pensamiento contrarios a la superioridad omnímoda y permanente de la Casa Real entre todo lo creado por Dios y los hombres, ponía a la buena señora tan fuera de sí, que hasta su hermosura parecía como que se eclipsaba y oscurecía: tanto era el ahuecamiento de la nariz bonita, tal la descomposición que la ira daba a sus propios labios. Era Rosalía, para decirlo de una vez, una de esas hermosuras gordas con su semblante animado y facciones menudas, labradas y graciosas, que prevalecen contra el tiempo y las penas de la vida. Su vigorosa salud, defendiéndola de los años, dábale una frescura que le envidiarían otras que, a los veinticinco y con un solo parto, parece que han sido madres de un regimiento. Se había oído comparar tantas veces con los tipos de Rubens, que por un fenómeno de costumbre y de asimilación, siempre que se nombraba al insigne flamenco, le parecía oír mentar a alguno de la familia... Entiéndase bien, de la familia de Pipaón de la Barca.

A principios de noviembre, obligado Bringas, por las crecientes necesidades de la familia, a un aumento de local, se mudó de la casa de la calle de Silva, en que había vivido durante dieciséis años, a otra en lo más angosto de la Costanilla de los Ángeles. La mudanza de una casa en que había tan diversos objetos, algunos de mérito, dos o tres cuadros buenos, bronces, espejos, guardabrisas y cortinajes riquísimos, que eran despojos de la ornamentación de Palacio, no se hizo sin dificultades ni quebranto. Con mucha razón repetía Bringas la exacta frase de Franklin: «Tres mudanzas equivalen a un incendio.» Y se ponía nervioso y airado viendo tanta cosa rota, tanta rozadura y deterioros tan graves y en tanto número. La suerte era que allí estaba él para componerlo todo. Los carros estuvieron transportando objetos desde las seis de la mañana hasta muy avanzada la noche. Los zafios y torpísimos ganapanes que hacen este servicio trataban los muebles sin piedad, y todo era gritos, esfuerzos, brutalidades de palabra y de obra. Mientras se verificaba la mudanza, Bringas desempeñaba por sí mismo funciones augustas, propias de un amo hacendoso y listo.

Ayudado de dos personas de toda su confianza, esteraba y alfombraba la casa. Porque no se fiaba de los estereros asalariados, que todo lo echan a perder y no van más que a salir del paso, haciendo mangas y capirotes. Después de bien sentadas las alfombras (ocupación que tiene la poca gracia de presentarnos a este dignísimo personaje andando en cuatro pies), se proponía colocar por sí mismo todos los muebles en su sitio, armar las camas de hierro, colgar lo que debía estar en las paredes, fijar lo útil, distribuir con arte y gracia lo decorativo. Esta tarea tan cansada y desesperante no se realiza nunca por completo en dos días ni en tres, pues aún después de que parece terminada, quedan restos insignificantes, que son tormento del aposentador en las jornadas sucesivas, y al fin de la fiesta siempre queda algo que no se coloca en la vida.

Es quizá gran contrariedad que la primera vez que nos encaramos con este interesante matrimonio sea en día tan tumultuoso como el de una mudanza, en medio del desorden de una casa sin instalar y en el seno sofocante de polvorosa nube. No es culpa nuestra que la persona respetabilísima de don Francisco Bringas resulte un tanto cómica al presentársenos dentro de un chaquetón viejo, con un gorro más viejo aún encasquetado hasta cubrir las orejas; la fisonomía, desfigurada por el polvo; los pies, en holgados pantuflos; a veces, andando a gatas por encima de las alfombras para medir, cortar, ajustar; a veces, subiéndose con agilidad a una silla, martillo en mano; ya corriendo por aquellos pasillos en busca de un clavo, ya dando gritos para que le tuvieran la escalera.

Bringas usaba gafas de oro y se afeitaba totalmente. Una coincidencia feliz nos exime de hacer su retrato, pues bastan dos palabras para que todos los que esto lean se lo figuren y lo puedan ver vivo, palpable y luminoso cual si le tuvieran delante. Era la imagen exacta de Thiers, el gran historiador y político de Francia. ¡Qué semejanza tan peregrina! Era la misma cara redonda; la misma nariz corva y el pelo gris, espeso y con su copete piriforme; la misma frente ancha y simpática; la misma expresión irónica, que no se sabe si proviene de la boca o de los ojos o del copete; el mismísimo perfil de romano abolengo. Era también el propio talle, la estatura rechoncha y firme. No faltaba en Bringas más que el mirar profundo y todo lo que es de la peculiar fisonomía del espíritu; faltaba lo que distingue al hombre superior que sabe hacer la historia y escribirla, del hombre común que ha nacido para componer una cerradura y clavar una alfombra.

Capítulo 3

Rosalía, por su parte, rivalizó aquel día en fecunda actividad con su sin par marido. Con un pañuelo liado a la cabeza, cubierto el cuerpo de ajadísima bata, trabajaba sin descanso ayudada de una amiga y de la criada de la casa. Perseguían las tres el polvo con implacable saña, y mientras una la emprendía a escobazos con el suelo, la otra azotaba los trastos con el zorro. La nube las envolvía y cegaba como el humo de la pólvora envuelve a los héroes de una batalla; mas ellas, con indomable bravura, despreciando al enemigo que se les introducía en los pulmones, se proponían no desmayar hasta expulsarlo de la casa. Funcionaba después lo que un aficionado a las frases podría llamar la artillería del aseo, el agua, y contra esto no tenía defensa el sofocador enemigo.

La moza convirtió en lago la cocina, y era de ver cómo la vadeaba Rosalía, recogidas las faldas, calzada con unas botas viejas de su marido. Maritornes, de rodillas, lavaba los baldosines, recogiendo con trapos el agua terrosa y espesa para exprimirla dentro de un cubo, mientras las otras dos fregoteaban los cacharros, con un ruido de cencerrada que era la música de aquel áspero combate. La señora metía todo el brazo dentro de la tinaja para acicalar bien su cavidad oscura, y la amiga sacaba lustre al latón y al cobre con segoviana tierra y estropajo. Ver cómo del fondo general de la suciedad iban saliendo en una y otra pieza el brillo y fineza del aseo, era el mayor gusto de las tres hembras, y el éxito les encalabrinaba los nervios, y las hacía trabajar con más ahínco y fe más exaltada. El agua negra del cubo arrastraba todo a lo profundo. Así el polvo envuelve a la tierra después de haber usurpado en los aires el imperio de la luz; pero, ¡ay!, la tierra le envía de nuevo, desafiando las energías poderosas que lo persiguen, y esta alternativa de infección y purificación es emblema del combate humano contra el mal y de los avances invasores de la materia sobre el hombre, eterna y elemental batalla en que el espíritu sucumbe sin morir o triunfa sin rematar a su enemigo.

Por inveterada costumbre de dar órdenes, Rosalía no cerraba el pico durante el trabajo, aunque el de las otras dos mujeres fuera tal que no necesitase ninguna suerte de estímulo. La diligente amiga oía su nombre cada medio minuto.

—Amparo, pero ¿qué haces? Te tengo dicho que no empieces una cosa antes de acabar otra. Más fuerza, hija, más fuerza. Parece que no tienes alma... Vamos, vivo... Yo quisiera que todas tuvieran este genio mío... Pero ¿qué haces, criatura? ¿No tienes ojos?

A la criada, mujer seca y musculosa, no la dejaba tampoco en paz ni un solo momento.

—Por Dios, Prudencia, mueve esos remos... ¡Qué posma!... Es una desesperación... ¡Que siempre he de estar yo rodeada de gente así!

En tanto, el gran Thiers, digo Bringas, allá en otra región de la descompuesta casa, no paraba ni callaba un solo instante.

—Felipe, el martillo... Pero, hombre, te quedas como un bobo mirando los retratos, y no atiendes a lo que te digo... Dame la tuerca... Mira, allí está. Todo lo pierdes, todo se te olvida... ¡Qué cabeza, hijo, te ha dado Dios! Se lo contaré todo a tu amo para que te tire de las orejas y te despabile... ¿Qué se te ha perdido en la cómoda para que mires tanto a ella? ¡Ah!, las figuritas de porcelana... Vamos, hijo, formalidad. Aguanta ahora la escalera... ¡Eh!, chiquillo, trae las tenazas, el destornillador... pronto, menéate.

Un viejo, protegido de la casa, ayudaba también; pero a éste no se le permitía poner las manos en nada, como no fuera para levantar grandes pesos, porque era muy torpe y en todas partes dejaba huella tristísima de su inhabilidad destructora.

Muy a menudo, uno de los consortes necesitaba del autorizado dictamen del otro para colocar cualquier objeto, y se oían a lo largo de aquel pasillo gritos y llamamientos como de quien pide socorro.

—Bringas, ven, ven acá. No podemos colocar esta percha.

O bien entraba Amparo sofocadísima en la sala, diciendo:

—Don Francisco, que a estos clavos se les han torcido las puntas.

—Hija, yo no puedo estar en todo. Esperad un poco.

A pesar de ser tan supino el criterio decorativo de Bringas, éste no se fiaba de sí mismo, y quería consultar con su mujer peliagudos problemas.

—Rosalía... ven acá, hija... A ver dónde te parece que coloque estos cuadros. Creo que el Cristo de la Caña debe ir al centro.

—Poco a poco. Al centro va el retrato de Su Majestad...

—Es verdad. Vamos a ello.

—Se me figura que Su Majestad está muy caída. Levántala un poquito, un par de dedos.

—¿Así?

—Bien.

—¿En dónde pongo a O'Donnell?

—A ése le pondría yo en otra parte... por indecente.

—¡Mujer...!

—Ponlo donde quieras.

—Ahora colgaremos a Narváez... Por este lado irá el retrato de don Juan de Pipaón. ¡Felipe!... ¿En dónde está ese condenado chico?

Un momento después:

—Bringas, Bringas, acude acá.

—¿Qué hay?

—¡Que se nos viene encima la percha!

—Allá voy.

—Bringas, entre las tres no podemos con la piedra del lavabo.

—Que vaya el señor Canencia. Cuidado, cuidado... Canencia, eche usted allá una mano con mil demonios... ¡Cómo me rompan la piedra...!

En presencia de estas dificultades, Bringas decía como Napoleón cuando supo que se había perdido la batalla de Trafalgar: «Yo no puedo estar en todas partes.»

Felipe Centeno, que servía a un pariente de don Francisco, estaba allí aquel día como prestado para ayudar a los señores en su grande faena. Ni un momento de respiro le daban aquel señor tan activo y aquella dama, que era la misma pólvora. Si hubiera tenido tres cuerpos, no le bastaran para atender a todo.

—Felipe, coge con mucho cuidado el florero y ponlo sobre el *entredós.* Ahora vamos a colocar los guardabrisas... Felipe, vete a la cocina y trae agua... ¡Eh, Juanenreda!, ven aquí: lleva la escalera a la alcoba, que vamos a emprenderla con la corona de la colgadura de la cama.

¡Qué fatigas! Pero al mismo tiempo, ¡qué triunfos...! Llegada la noche, satisfechos y envanecidos los dos esposos de su obra, se sentaban estropeadísimos, y la contemplaban lisonjeándose mutuamente con encomiásticas apreciaciones.

—La sala ha quedado muy bien. ¡Lástima que no cupiera el árbol genealógico de los Pipaones y el Santo Tomás Apóstol, copia de Mengs!... ¿No estará un poco alta la lámpara...? Para mañana quedarán algunos perfiles. La verdad es, hija, que tenemos una casa magnífica. ¡Vaya un golpe de gabinete! Mirado desde aquí, con toda la puerta abierta, tiene algo de regio. ¿No te parece que estás viendo la sala Gasparini? Será ilusión; pero se podría jurar que está más guapo tu abuelo y que luce más aquí con su uniforme de alabardero, haciendo juego con el manto rojo del Cristo de la Caña. La alfombra no tiene nada que pedir. Yo empalmé tan bien el pedazo que te dieron hace dos años en Palacio con el que lograste hace un mes, y casé con tanto cuidado las piezas, que no se conoce la diferencia de dibujo... Ya te podían haber dado la pareja completa de los candelabros de bronce..., pero en aquella casa todo se hace con el mayor desorden... Las velas de colores dentro de los guardabrisas hacen un efecto mágico. Si se encendieran, parecería cosa de *Las mil y una noches*.

La comida se trajo aquel día, por ser de mucho tráfago, de la fonda más cercana, y los niños, que habían pasado todo el día en la casa de Caballero, vinieron por la noche a acostarse. Enredaban tanto con la novedad de la casa y de su cuarto, que Rosalía tuvo que administrarles algunos azotes para que entraran en razón, y de esta suerte no concluyó sin lágrimas un día de tantas satisfacciones.

En los sucesivos, el gozo, el orgullo, la hinchazón de los Bringas por las ventajas de su nuevo domicilio, se manifestaban en el acto de enseñarlo y ofrecerlo a los amigos que les visitaban. Don Francisco y su señora acompañaban las visitas por toda la casa, mostrando pieza por pieza, sin omitir ninguna, y encareciendo la holgura, la capacidad y adecuada aplicación de cada una.

—Es la mejor casa de Madrid —decía, con la nariz ahuecada, Rosalía, guiando por aquellos laberintos a la señora de García Grande, su amiga cariñosa—. Yo digo que si la hubiéramos fabricado nosotros, no habríamos repartido mejor todas las piezas.

Uno y otro consorte se quitaban alternativamente la palabra de la boca para encomiar su casa, que era única y sin segundo, al decir de ambos; pues en este matrimonio, y particularmente en ella, habíase arraigado la creencia de que los bienes propios eran siempre muy superiores a los que disfrutaban los demás tristes mortales.

—Vea usted la alcoba, Cándida... ¡Qué hermosa pieza y qué abrigadita! No entra aquí el aire por ninguna parte.

—Note usted... rara vez se ve un estucado más bien puesto.

—En este otro cuartito es donde yo me lavo. ¿Ve usted qué mono? Es pequeñín, pero sobra espacio.

—Ya lo creo que sobra. Note usted estos pasillos. Si esto parece la plaza de toros... Lo menos tienen vara y media de ancho.

—Aquí podrían correr caballos. En este cuarto es donde tengo mi costura, y aquí estaremos todo el día Amparo y yo. Sigue la habitación de Paquito, con luces al patio. Ahí tiene él sus libros tan bien puestecitos, su mesa para escribir los apuntes de la clase, su cama y su percha...

—Note usted, Cándida, qué hermosas luces. Aquí, en verano, se ve leer hasta las cuatro de la tarde.

—Ahora, vea usted qué comedor, qué desahogo. Cabe perfectamente la mesa de ocho personas. En la otra casa estábamos tan estrechos, que el aparador parecía venírsenos encima, y cuando la criada pasaba con los platos Bringas tenía que levantarse.

—Note usted, Cándida, este papel imitando roble... Cada día inventan esos extranjeros cosas más bonitas...

—En este otro cuartito, que da también al patio, es donde Bringas tiene todo su instrumental... Esto es un taller en regla. Ha de ver usted también la cocina. Es quizás...

—Y sin quizás la más hermosa que hay en Madrid... Ahora, el cuarto de la muchacha... Oscurito, sí; pero ella, ¿para qué quiere luces?

Volviendo a la sala, después de esta excursión apologética y triunfal, la Pipaón de la Barca, nunca saciada de alabar su vivienda y de felicitarse por ella, no daba paz a la lengua.

—Porque a mí, querida Cándida, que no me saquen de estos barrios. Todo lo que no sea este trocito no me parece Madrid. Nací en la plazuela de Navalón, y hemos vivido muchos años en la calle de Silva. Cuando paso dos días sin ver la plaza de Oriente, Santo Domingo el Real, la Encarnación y el Senado, me parece que no he vivido. Creo que no me aprovecha la misa cuando no la oigo en Santa Catalina de los Donados, en la capilla Real o en la Buena Dicha. Es verdad que esta parte de la Costanilla de los Ángeles es algo estrecha; pero a mí me gusta así. Parece que estamos más acompañados viendo al vecino de enfrente tan cerca, que se le puede dar la mano. Yo quiero vecindad por todos lados. Me gusta sentir de noche al inquilino que sube; me agrada sentir aliento de personas arriba y abajo. La soledad me causa espanto, y cuando oigo hablar de las familias que se han ido a vivir a ese barrio, a esa Sacramental que está haciendo Salamanca más allá de la plaza de toros, me da escalofríos. ¡Jesús, qué miedo! Luego, este sitio es un coche parado. ¡Qué animación! A todas horas pasa gente. Toda, toda, todita la noche está usted oyendo hablar a los que pasan, y hasta se entiende lo que dicen. Créalo usted, esto acompaña. Como nuestro cuarto es principal, parece que estamos en la calle. Luego, todo tan a la mano... Debajo, la carnicería; al lado, ultramarinos; a dos pasos, puesto de pescado; en la plazuela, botica, confitería, molino de chocolate, casa de vacas, tienda de sedas, droguería; en fin, con decir que todo... No podemos quejarnos. Estamos en sitio tan céntrico, que apenas tenemos que andar para ir a tal o cual parte. Vivimos cerca de Palacio, cerca del Ministerio de Estado, cerca de la oficina de Bringas, cerca de la capilla Real, cerca de Caballerizas, cerca de la Armería, cerca de la plaza de Oriente..., cerca de usted, de las de Pez, de mi primo Agustín...

En el momento de nombrar a esta persona sonó la campanilla de la puerta: alguien entró en la casa.

—Es él —dijo Bringas—; pero se ha ido adentro, pasito a paso para que no se le sienta.

—Ha comprendido que hay visita —indicó Rosalía, riendo—, y ni a tres tiros le harán entrar en la sala. Es tan raro...

Capítulo 4

Difícil es fijar el escalón social que en la casa de Bringas ocupaba Amparo, la Amparo, Amparito, la señorita Amparo, pues de estas cuatro maneras era nombrada. Hallábase en el punto en que se confunden las relaciones de amistad con las de servidumbre, y no podía decir si la subyugaba una dulce amiga o si un ama despótica la favorecía. Las obligaciones de esta joven en la casa eran tantas, y la retribución de afecto tan tasada y regateada, que desde luego se puede asegurar que entraba allí en calidad de pariente pobre y molesto. Éste es el parentesco más lejano que se conoce, y conviene declarar que el de sangre, entre las familias de Sánchez Emperador y Pipaón, era de aquellos que no coge el galgo más corredor. La madre de Amparo era Calderón, como la madre de Rosalía, pero de ramas muy apartadas, cuyo entronque se hubiera encontrado —si algún desocupado lo buscara— en un montero de Palacio que pasó al servicio de la Villabriga y del infante don Luis.

Poco trato tenía Bringas con Sánchez Emperador; pero aquél había recibido antaño del padre de Rosalía inestimable servicio, y fue constante en el agradecimiento. Poco antes de morir llamó a don Francisco el desgraciado conserje de la Escuela de Farmacia, y le dijo: «Todos mis ahorros los he gastado en mi enfermedad. No dejo a mis pobres hijas más que los treinta días del mes. Si usted me promete hacer por ellas todo lo que pueda, me moriré tranquilo.» Bringas, que era hombre de buen corazón, prometió ampararlas según la medida de su modesto pasar, y supo cumplir su promesa.

Luego que dieron tierra a su padre, instaláronse las dos huérfanas en la casa más reducida y más barata que encontraron, e hicieron ese voto de heroísmo que se llama *vivir de su trabajo*. El de la mujer sola, soltera y honrada, era y es una como patente de ayuno perpetuo; pero aquellas bien criadas chicas tenían fe, y los primeros desengaños no las desalentaron. Muy mal lo hubieran pasado sin la protección manifiesta de Bringas, y la más o menos encubierta de otros amigos y deudos de Sánchez Emperador.

La posición social de Rosalía Pipaón de la Barca de Bringas no era, a pesar de su contacto con Palacio y con familias de viso, la más a propósito para fomentar en ella pretensiones aristocráticas de alto vuelo; pero tenía un orgullete cursi, que le inspiraba a menudo, con ahuecamiento de nariz, evocaciones declamatorias de los méritos y calidad de sus antepasados. Gustaba, asimismo, de nombrar títulos, de describir uniformes palaciegos y de encarecer sus buenas relaciones. En una sociedad como aquélla, o como ésta, pues la variación en dieciséis años no ha sido muy grande; en esta sociedad, digo, no vigorizada por el trabajo, y en la cual tienen más valor que en otra parte los parentescos, las recomendaciones, los compadrazgos y amistades, la iniciativa individual es sustituida por la fe en las relaciones. Los bien relacionados lo esperan todo del pariente a quien adulan o del cacique a quien sirven, y rara vez esperan de sí mismos el bien que desean. En esto de vivir *bien relaciona-*

da, la señora de Bringas no cedía a ningún nacido ni por nacer, y desde tan sólida base se remontaba a la excelsitud de su orgullete español, el cual vicio tiene por fundamento la inveterada pereza del espíritu, la ociosidad de muchas generaciones y la falta de educación intelectual y moral. Y si aquella sociedad anterior al 68 difería algo de la nuestra, consistía la diferencia en que era más puntillosa y más linfática, en que era aún más vana y perezosa, y en que estaba más desmedrada por los cambios políticos y por la empleomanía; era una sociedad que se conmovía toda por media docena de destinos mal retribuidos, y que dejaba entrever cierto desprecio estúpido hacia el que no figuraba en las altas nóminas del Estado o en las de Palacio, siquiera fuesen de las más bajas.

Por eso Rosalía no podía perdonar a las hijas de Emperador que fuesen ramas de arbusto tan humilde como el conserje de un establecimiento de enseñanza: ¡un portero! Además, Sánchez Emperador había sido colocado en la Farmacia por don Martín de los Heros, y su filiación progresista bastaba para que Rosalía abriera mentalmente un abismo entre las libreas del Estado y las de Palacio.

Cuando Amparo y Refugio se sentaban a la mesa de Rosalía, lo que acontecía tres o cuatro veces al mes, no perdía ésta ocasión de mostrarles de un modo significativo la superioridad suya. Mas no sabía hacerlo con la delicadeza y el fino tacto de las personas marcadas de ese sello de nobleza que está juntamente en la sangre y en la educación; no sabía hacerlo de modo que al inferior no le doliese la herida de su inferioridad; hacíalo con formas afectadas, que ocultaban mal la grosería de su intención. Al propio tiempo, solía tener Rosalía con ellas rasgos de impensada crueldad, que brotaban de su corazón como la mala hierba de un campo sin cultivo. Este detalle pinta a la señora de Bringas y da completa idea de su limitada inteligencia, así como de su perversa educación moral, vicio histórico y castizo, pues no lo anula, ni aun lo disimula, el barniz de urbanidad con que resplandecen, a la luz de las relaciones superficiales, la gran mayoría de las personas de levita y mantilla. Además, la lucha por la existencia es aquí más ruda que en otras partes; reviste caracteres de ferocidad en el reparto de las mercedes políticas, y en la esfera común de la vida tiene por expresión la envidia en variadas formas y en peregrinas manifestaciones. Se da el caso extraño de que el superior tenga envidia del inferior, y ocurre que los que comen a dos carrillos defienden con ira y anhelo una triste migaja. Todo esto, que es general, puede servir de base para un conocimiento exacto de las humillaciones que aquella señora imponía a sus protegidas y de la sequedad con que les hacía sentir el peso de su mano al darles la limosna.

Bringas no era así. Cuando Amparo llegaba muerta de cansancio a la casa, y la de Pipaón con desabrido tono le decía: «Amparo, ve ahora mismo a la calle de la Concepción Jerónima y tráeme los delantalitos de niño que dejé apartados»; cuando la hacía recorrer distancias enormes, y luego la mandaba a la cocina, y por cualquier motivo trivial la reprendía con aspereza, el bueno de don Francisco sacaba la cara en defensa de la huérfana, pidiendo a su mujer tolerancia y benignidad.

—Déjala que trabaje —contestaba Rosalía—. ¿Pues qué? Si al fin ha de vivir de sus obras ¿Crees tú que va a tener alguna herencia? Acostúmbrala a los mimos, y verás de qué se mantiene cuando nosotros, por cualquier motivo, le faltemos. Están muy mal acostumbradas esas niñas... Es preciso, Bringas, que cada cual viva según sus circunstancias.

Refugio, la más pequeña de las dos, se cansó pronto de la protección de su vanidosa pariente. Era su carácter algo bravío y amaba la independencia. El tono, el aire de su protectora, así como los trabajos que les imponía, la irritaban tanto, que renunció al arrimo de la casa y despidióse un día para no volver más. Amparo, que era humildísima y de carácter débil, continuó amarrada al yugo de aquella gravosa protección. Tuvo, además, bastante buen sentido para comprender que la libertad era más triste y más peligrosa que la esclavitud en aquel singular caso.

Cuando se retiraba por las noches a su domicilio, después de hacer recados penosos, algunos muy impropios de una señorita; después de coser hasta marearse, y de dar mil vueltas ocupada en todo lo que la señora ordenaba, ésta le solía dar unas nueces picadas, o bien pasas que estaban a punto de fermentar, carne fiambre, pedazos de salchichón y mazapán, dos o tres peras y algún postre de cocina que se había echado a perder. En ropa de uso, rarísimas eran las liberalidades de Rosalía, porque ella la apuraba tanto, que al dejarla no servía para maldita cosa. Pero no faltaba algún jirón sobrante, pedazo de faya deshilachada o de paño sucio, los recortes de un vestido, retazos de cinta, botones viejos. Bringas, por su parte, no regateaba a su protegida las mercedes de su habilidad generosa, y estaba siempre dispuesto a componerle el paraguas, a ponerle clavo nuevo al abanico, o nuevas bisagras al cajoncito de la costura. Fuera de esto (conviene decirlo en letras de molde para que lo sepa el público), Amparo recibía semanalmente de su protector una cantidad en metálico que variaba según las fluctuaciones del tesoro de aquel hombre ahorrativo y económico en altísimo grado. Bringas tenía en el cajón de la derecha de su mesa (que era de las que llaman de ministro) varios apartadijos de monedas. De allí salía todo lo necesario para los diferentes gastos de la casa, con una puntualidad y un método que quisiéramos fuese imitado por el Tesoro público. Allí lo superfluo no existía mientras no estuvieran cubiertas todas las atenciones. En esto era Bringas inexorable, y gracias a tan saludable rigor, en aquella casa no se debía un maravedí ni al *Sursum Corda* (expresión del propio Thiers).

Los restos de lo necesario pasaban semanalmente a la partida y al cestillo de lo superfluo, y aún había otro hueco adonde afluía lo sobrante de lo superfluo, que era ya, como se ve, una quinta esencia del numerario y la última palabra del orden doméstico. De esta tercera categoría rentística procedían los alambicados emolumentos de Amparo, que generalmente tenían adecuada forma en pesetas ya muy gastadas y en los cuartos más borrosos. Todo lo apuntaba don Francisco en su libro, que era hecho por él mismo con papel de la oficina y muy bien cosido con hilo rojo. El bendito hombre tenía la meritoria debilidad de engañar a su muier cuando le pedía cuentas de aquellos despilfarros semanales, y si había dado catorce, decía en tono tranquilizador, guardando el libro:

—Sosiégate, mujer. No le he dado más que nueve reales... Ni sé yo cómo se arreglará la pobre para pagar la casa este mes, porque la gandulona de su hermana no le ayudará nada... Pero no podemos hacer más por ella. Y milagro parece que vayamos saliendo adelante con tantas atenciones. Este mes, el calzado de los niños nos desequilibra un poco. Espero que Agustín se acuerde de lo que prometió respecto al pago del colegio y del piano de Isabelita. Si lo hace, vamos bien. Si no, renunciaré a gabán nuevo para este invierno. Y lo mismo digo de tu sombrero, hijita... Ya ves: el tonto de mi primo podría regalarte uno de alto precio; pero él no se hace cargo de las verdaderas necesidades, y no conviene darle a entender que confiamos en su generosidad. Mucho tacto con él, que estos caracteres huraños suelen tener una perspicacia y una desconfianza extraordinarias.

Capítulo 5

Como no tuviera quehaceres de consideración, o algún trabajo extraordinario bien retribuido, lo que sucedía muy contadas veces, Amparo no dejaba de acudir ningún día al principal de la Costanilla de los Ángeles. Allí la vemos puntual, siempre la misma, de humor y genio inalterables; grave, sin tocar en el desabrimiento, callada, sufrida, imagen viva de la paciencia, si ésta, como parece, es una imagen hermosa; trabajadora, dispuesta a todo, ahorrativa de palabras hasta la avaricia, ligeramente risueña si Rosalía estaba alegre, sumergida en profundísima tristeza si la señora manifestaba pesadumbre o enojo.

Oigamos la cantilena de todos los días:

—Amparo, ¿has traído la seda verde? ¿No? Pues deja la costura y ponte el manto: ahora mismo vas por ella. Pásate por la droguería y trae unas hojas de sanguinaria. ¡Ah!, se me olvidaba: tráeme dos tapaderas de a cuarto... ¿Ya estás de regreso? Bien: dame la vuelta de la peseta. Ahora date un paseo por la cocina, a ver qué hace Prudencia. Si está muy afanada, ayúdala a lavar la ropa. Después vienes a concluirme este cuello.

Y llena de espíritu de protección, se remontaba otras veces a las alturas del patriarcalismo, como un globo henchido de gas se eleva al empíreo, y decía en tono muy cordial:

—Amparo, a la sombra nuestra puedes encontrar, si te portas bien, una regular posición, porque tenemos buenas relaciones y... ¡Ah!... ¿No sabes lo que se me ocurre en este momento? Una idea felicísima. Pues sencillamente que debías meterte monja. Con tu carácter y tus pocas ganas de novios, tú no te has de casar, y, sobre todo, no te has de casar bien. Conque piénsalo, mira que te conviene. Yo haré por conseguirte la dote. Creo que si se le habla a Su Majestad, ella te la dará. Es tan caritativa, que si estuviera en su mano, todo el dinero de la nación (que no es mucho, no creas) lo emplearía en limosnas.

Y otro día es fama que dijo:

—Oye, tú... Se me ha ocurrido otra idea feliz... Hoy estoy de vena. Si te decides por el monjío, me parece que no necesitamos molestar a *la Señora,* que hartas pretensiones y memoriales de necesitados recibe cada día, y la pobrecita se aflige por no poder atender a todos. ¿Sabes quién puede darte el dote? ¿No se te ocurre? ¿No caes?... El primo Agustín, que está siempre discurriendo en qué emplear los dinerales que ha traído de América. Yo se lo he de decir con maña, a ver qué tal lo toma. Es la flor y nata de los hombres buenos; pero como tiene esas rarezas, hay que saberle tratar. Siendo, como es, tan dadivoso, no se le puede pedir nada a derechas. Es desconfiado como todos los huraños, y a lo mejor te sale con unas candideces que parece una criatura. Hay que saberle tratar, hay que ser, como yo, buena templadora de gaitas para sacar partido de él... Ya ves, ayer me regaló un magnífico sombrero... Todo porque me vio afanadísima arreglando el viejo, y me oyó renegar de mis pocos recursos... Como tú ayudes, tendrás la dote... Me parece que es él quien llama. Hoy quedó en traerme billetes para el Príncipe... Y esa calamidad de Prudencia no oye... ¡Prudencia!... Tendrás que salir tú... No, ya va a abrir esa acémila... Es él... ¿No lo dije? Buenos días, Agustín. Pasa, da la vuelta por allí. Da un puntapié a la cesta de la ropa. Ahora una bofetada a la puerta. Aproxima el baúl vacío. Aparta ese mantón que está sobre la silla... No te quites el sombrero, que aquí no hace calor.

Esto pasaba en el cuartito de la costura, el cual era, además, guardarropa de Rosalía y estaba lleno de armarios y perchas, con cortinas de percal que defendían del polvo los montones de faldas y vestidos. Baúles enormes ocupaban el resto, dejando tan poco sitio para las personas, que éstas, al entrar y al salir, tenían que buscarse un itinerario y muchas veces no lo encontraban.

—¿Y qué es de tu vida? —le preguntó Rosalía—. ¿Has dado ya tu paseo a caballo?... Mira, ponte bien la corbata, que al paso que lleva, el lazo llegará pronto al cogote... ¡Ay, qué desgarbado eres! Si te dejases gobernar, qué pronto serías otro. Tú mismo no te habías de conocer.

—Ya estoy viejo para reformas —replicó Caballero, sonriendo—. Déjame como soy. ¿Está bien así la corbata? Vaya unos melindres. Pásmate de lo que te digo: he vivido quince años sin ver un espejo, o lo que es lo mismo, sin verme la fisonomía y sin saber cómo soy.

—¡Jesús!, qué hombre... Y un día por fin te miraste y dijiste, como el de Caspe: «Otra que Dios, yo conozco esa cara...» ¿Oyes, Amparo?

Las dos se reían.

Agustín Caballero no era ya mozo; pero, sin duda, el cansancio y los afanes de una penosa vida tenían más parte que los años en la decadencia física que expresaba su rostro. En su barba negra brillaban hilos de plata, distribuidos desigualmente, pues debajo de las sienes dominaban las canas casi por entero, mientras el bigote y todo lo que caía bajo el labio inferior era negro. El pelo, cortado a punta de tijera, ofrecía también caprichoso reparto de aquellos infalibles signos del cansancio vital: en los temporales, escarcha; en lo demás, intensa negrura ligeramente salpicada de rayitas argénteas. El color de su rostro era malísimo: color de América, tinte de fiebre y fatiga en las ardientes humedades del golfo mejicano, la insignia o marca del apostolado colonizador que, con la vida y la salud de tantos nobles obreros, está labrando las potentes civilizaciones futuras del mundo hispanoamericano.

Siempre vi en Caballero una vigorosa constitución física, medio vencida en ásperas luchas con la Naturaleza y los hombres; una fuerte salud gastada en mil pruebas; una hermosura tostada al sol. Aquella cabeza y aquel cuerpo, bien cuidados por peluqueros y sastres, habrían sido algo más que medianamente hermosos. Pero el retraimiento social y un trabajo de Hércules quitaron para siempre a una y otro toda fineza y elegancia, y hasta la posibilidad de adquirirlas. Por esto, Caballero, con muy buen sentido, había comprendido que era peor afectar lo que no tenía que presentarse tal cual era a las vulgares apreciaciones de la afeminada sociedad en que vivía. En verdad, aquel hombre, que había prestado a la civilización de América servicios positivos, si no brillantes, era tosco y desmañado, y parecía muy fuera de lugar en una capital burocrática donde hay personas que han hecho brillantes carreras por saberse hacer el lazo de la corbata. No es ésta la primera vez que, trasplantado aquí el yankee rudo, ha tenido que huir aburridísimo y sin ganas de volver más. Caballero permaneció algo más tiempo que otros, y desafiaba lo que podríamos llamar su impopularidad. Había hecho sonreír con trivial malicia a muchas personas; era torpe para saludar, e incapaz de sostener una conversación sobre motivos ligeros y agradables. En medio de las expansiones de alegría, se mantenía seriote y taciturno. Si no ignoraba las fórmulas elementales del vivir social, era lego en otras muchas de segundo orden, que son producto del refinamiento de costumbres y de las continuas innovaciones suntuarias.

Su despreocupación no era tanta que le permitiese mirar con indiferencia la ridiculez que caía sobre él en ocasiones; y para evitarla, atento a su dignidad, que en mucho estimaba, huía del trato de las personas bulliciosas. Hacía vida muy retirada, y no sostenía relaciones constantes más que con sus primos los Bringas y con dos o tres amigos del comercio y banca de Madrid, a quienes conoceremos más adelante.

En octubre de aquel año, cansado Agustín de la tediosa vida que en Madrid hacía, marchó a Burdeos, donde tenía algunos negocios. Pero inopinadamente volvió, sin explicar el motivo de su pronto regreso. Tan sólo dijo a Bringas:

—Allí me aburría más. Pero pienso volver si Dios me da vida y me sale un proyecto que tengo.

Cuando Rosalía, con vivas instancias, la retenía en su casa después de comer, y casi por fuerza le introducía en la modesta tertulia de su sala, se pasaba toda la noche en un rincón, más callado que si estuviera en misa, o bien aguantando la verbosidad de algún señor mayor o señora entrada en años, de las que hablan a borbotones. Respecto a su fortuna, nadie sabía la verdad. Quién la suponía colosal, quién regularcita y muy saneada; pero el propio misterio en que esta circunstancia estaba envuelta, hacíale más interesante a los ojos de muchos, y familia hubo, entre las relaciones de los Bringas, que le puso con bélico ardor las paralelas de la estrategia social para conquistarle. Pero él, revelando una sutil agudeza, más propia del salvaje que del cortesano, resistía tan valerosamente, que los sitiadores levantaban el asedio sin ganas de volverlo a poner. No hay que decir que se le dispensaba mucho por la idea que todos tenían de su desmedida riqueza y de su noble y elevado carácter. Verdaderamente, si él hubiera querido ceder a tantas asechanzas amables, sus rudezas habrían pasado como donaires, y su sequedad, por la más cumplida elegancia.

—Puedes fumar si quieres —le dijo Rosalía—. Ni a Amparo ni a mí nos molesta el humo del cigarro. Repítenos eso del espejo para que nos riamos otro poco. ¡Quince años sin verte la cara!

—Es cierto... Y durante dos años y medio estuvimos un amigo y yo en un monte de la Sierra Madre sin tener el disgusto de ver lo que llamamos una persona.

—Esto no necesitas jurarlo para que lo crea. Bien se te conoce. Y cuando llegaste a ver un ser humano, echaste a correr, ¿verdad? Esas mañas te han quedado, primo. La otra tarde, cuando estabas en la sala y entraron las de Pez, pegaste un brinco, y te faltaba tierra por donde huir. Yo creí que te tirabas por el balcón. ¿Por qué eres así, por qué tienes miedo a la gente? Haces mal, muy mal. Sin duda crees que no gustas, que se ríen de ti. ¡Ay bobo, no, no! Todos te respetan y te alaban. Yo sé que no eres desagradable, ni mucho menos. Gustas, chico; gustas, yo te lo digo. Eres simpático a muchas que yo me sé, y si tú no fueras tan encogido...

—No me fío, no me fío —murmuró Caballero, como quien sigue una broma.

—¡Qué timidez la tuya...! ¡Cuidado que con cuarenta y cinco años...! ¿Me equivoco en la cuenta?

—Por ahí...

—Con cuarenta y cinco años no saber..., no gustar de los placeres de la sociedad...

—Cada hombre —manifestó Agustín— es hechura de su propia vida. El hombre nace, y la Naturaleza y la vida le hacen. El mismo derecho que tiene esta sociedad para decirme: «¿Por qué no eres igual a mí?», tengo yo para decirle a ella: «¿Por qué no eres como yo?» A mí me han hecho como soy el trabajo, la soledad, la fiebre, la constancia, los descalabros, el miedo y el arrojo, el caballo y el libro mayor, la sierra de Monterrey, el río del Norte y la pútrida costa de Matamoros... ¡Ay! Cuando se ha endurecido el carácter, como los huesos, cuando a uno se le ha pintado su historia en la cara, es imposible volver atrás. Yo soy así; la verdad, no tengo maldita gana de ser de otra manera.

—Ya comprendo, sí... Pero no se te pide que hagas el pollo; lo que se te pide es...

Rosalía, que con grandísimo contento se metía en las honduras de este tema sabroso, por la autoridad y tino que en él sabía revelar, interrumpía con no menor disgusto a cada momento sus observaciones para atender a cosas domésticas. No pasaban cinco minutos sin que entrase Prudencia con un recado tan enojoso como importante:

—Señora, el mielero.

—Que hoy no tomo.

—Señora, el del arrope... Señora, el carbonero... Señora, el panadero... ¿Cuánto tomo?... Señora, haga el favor de sacar la sopa... Señora, el vinatero... Señora, un recado de las señoras de Pez preguntando si va usted al teatro esta noche... Señora, jabón... Señora, ¿voy por mineral?

Y la atormentada dama contestaba sin confundirse, tenía que salir y entrar, y sacar cuartos, y dar órdenes, y pasar a la despensa, y dale y vuelve, y otra vez, y torna y vira... Pero no soltaba, en medio del laberinto casero, el hilo de su tema, y en un respiro siguió de este modo:

—Lo que se te pide es que seas amable, atento..., y que no eches a correr cuando entran visitas...

—Basta, prima... —dijo Caballero, fatigado ya del sermón—. Hablemos de otra cosa. Aquí tienes las butacas para la función de esta noche en el Príncipe.

—¡Oh!, gracias... Eso sí, a obsequioso no te gana nadie. ¿Pero qué?... ¿Has traído tres?... ¿Vas tú?

—Yo no pienso... La tercera es para que vaya también...

Hizo un gesto mostrando a Amparo, pues su timidez era tal que a veces no osaba nombrar a las personas que tenía delante.

—¿Ésta?... Por los clavos de Cristo, Agustín. Si ella no va, ni quiere, ni le gusta, ni puede —manifestó Rosalía, dando a las ventanillas de su nariz toda la dilatación posible.

La sola idea de presentarse en el teatro con la chica de Sánchez, cuyo humilde guardarropa era incompatible con toda exhibición mundana, ponía a la señora de Bringas en un estado de vivísima irritación. Ni comprendía que a su primo se le ocurriera tal dislate. Bastaba esta salida de tono, si no hubiera otras, para que Caballero mereciera la borla de doctor en ignorancia social.

Amparo se reía sin decir nada, mirando a Caballero con indulgente desaprobación, como se mira a un niño merecedor por su buena índole de que se le perdonen las tonterías propias de la edad.

—Pues a oportuno no te gana nadie —dijo la Pipaón, ensañándose un poco con su primo—. Buena cosa le propones a ésta. La ofendes..., sin malicia, se entiende... le das una puñalada proponiéndole ir al teatro. ¿De qué crees que hablábamos las dos ahora, y no sólo ahora, sino otras veces? ¿Cuál es la afición, el deseo de esta infeliz? ¿No sabes? Tú qué has de saber, si siempre estás en Babia. No tienes penetración. Otro cualquiera habría comprendido que Amparo está demente por hacerse monja... Eso se cae de su peso, porque, verdaderamente, no puede, no debe, no está en circunstancias de aspirar... Si no hablamos en casa de otra cosa...

—Poco a poco, señora mía —observó Caballero, sonriendo—. A mí no me han dicho nada.

—Pero eso se comprende, eso se adivina —replicó ella con la vehemencia que ponía siempre en sus apreciaciones sobre la cosa más absurda—. El hombre de sociedad caza las ideas al vuelo. Tú, si no te ponen las cosas delante, así, en la punta de la nariz, no las ves.

—Acabáramos.

—Otro hombre listo habría conocido la dificultad que hay para realizar este pensamiento, la dificultad de la dote... Esto se cae de su peso. Amparo es pobre. Nosotros somos ricos de buena voluntad nada más. Es verdad que tenemos buenas relaciones, y las buenas relaciones allanan los peores caminos. Nosotros tenemos muchos amigos, entre ellos algunos que son poderosos. ¿Seremos tan desgraciados que no encontremos algún solterón rico que tenga un arranque de generosidad y diga: «Yo doy la dote para esa señorita monja?»

Rosalía miró a su primo revelando la seguridad de obtener respuesta categórica y feliz a la indirecta que acababa de dirigirle. Agustín, herido en su sensible corazón, respondería infaliblemente: «Aquí está el hombre.» Pero la de Bringas vio fracasado por aquella vez su astuto plan, porque el primo, sin revelar haberlo comprendido, se levantó de súbito y dijo:

—Pues yo, prima, tengo que marcharme.

Con mal disimulado despecho, Rosalía no pudo menos de exclamar:

—Eso es..., siempre tan brutote... Abur, hijo, que te vaya bien; expresiones en llegando.

Capítulo 6

Caballero dio un paso hacia la puerta. Pero en aquel instante entraron los dos niños pequeños de Rosalía, que venían del colegio. Corrieron ambos a abrazar a su mamá, y después a Amparo.

—Un besito al primo.

—Ven acá, mona —dijo Caballero, que tenía pasión por los niños.

—La merienda, mamá —clamaron los dos a un tiempo.

—La merienda, mamá —repitió Caballero, tomando a cada uno de una mano y saliendo con ellos hacia el comedor.

Isabelita, cubierta la cabeza con una toquilla roja, calzados los pies de zapatillas bordadas, andaba a saltos, colgándose del brazo de Agustín. El pequeño, fajado en una especie de *carrik* que le arrastraba, con la cara mocosa y enrojecida por el frío, andaba como un viejo, haciéndose el cojo y el jorobado. Pero de repente daba unos brincos tales y tan fuertes estirones al brazo de su tío, que éste no podía menos de quejarse.

—Juicio, muchachos, juicio.

Un momento después, cada uno de los Bringas del porvenir atacaba con furia un pedazo de pan seco. Caballero se sentó en una silla junto a la mesa del comedor y les miraba embelesado, considerando y envidiando aquel soberano apetito, aquella alegría que rebosaba de ellos como del tazón de una fuente el agua henchida y rumorosa. Alfonsito, que había ido el domingo anterior con su tío al Circo de Price, dedicaba todas las horas libres a hacer de volatines. Sintiéndose con furiosas ganas de ser *clown*, quería imitar los lucidos ejercicios que había visto. Sin quitarse el *carrick* que le ahogaba, hacía difíciles cabriolas en los respaldos de las sillas.

—Niño, que te caes... Este pillo se va a matar el mejor día... Como le vuelvas a llevar al circo, verás —decía su madre, corriendo tras él.

Isabelita, sentada sobre las piernas de su tío, y cogiendo el pan con la mano izquierda, enseñábale con la derecha un sobado librejo, donde tenía varias calcomanías.

La Pipaón de la Barca, luego que le quitó el abrigo a Alfonsito, y los calzones y los zapatos, para que no destrozara la ropa con su endiablado furor acrobático, volvió a donde estaban su hija y el primo.

—¿Quieres tomar alguna cosa, Agustín? ¿Quieres una copita de manzanilla?... Es de la misma que nos has regalado. Así es que de lo tuyo bebes.

—Gracias, no tomo nada.

—Supongo que no lo harás de corto...

Desde el otro lado de la mesa, la dama contempló largo rato en silencio el bonito grupo que hacían el salvaje y la niña, y fue acometida de un pensamiento muy suyo, muy propio de las circunstancias y que se había hecho consuetudinario y como elemental en ella. Era un desconsuelo que se había constituido en atormentador y en perseguidor de la buena señora, y como tal se le ponía delante muchas veces al día. Helo aquí:

«Si yo tuviera poder para quitarle al primo diez años y ponérselos a mi niña..., ¡qué boda, santo Dios, qué boda y qué partido! Ya lo arreglaría yo por encima de todo, y domaría al cafre, que, bajo su corteza, esconde el mejor corazón que hay en el mundo. ¡Ay! Isabelita, niña mía, lo que te pierdes por no haber nacido antes... ¡Y tú tan inocente sobre esas salvajes rodillas, sin comprender tu desgracia!... ¡Tan inocente sobre ese monte de oro sin darte cuenta de lo que pierdes!... ¡Oh!, si hubieras nacido a los nueve meses de haberme casado yo con Bringas, ya tendrías dieciséis años. ¡Pobre hija mía, ya es tarde! Cuando tú seas casadera, el pobre Agustín estará hecho un arco... ¡Qué cosas hace Dios! ¡Ay Bringas, Bringas!... ¡Por qué no nació nuestra hija en el otoño del 51!... ¡Una renta de veinte, treinta mil duritos!... Me mareo... Lo bastante para ser una de las primeras casas de Madrid... Y ahora, ¿adónde irán a parar los dinerales de este pedazo de bárbaro?...»

Era tan enérgico, tan vivo, este pensamiento, que la ambiciosa dama le veía fuera de sí misma, cual si tomase forma y consistencia corpóreas. La tarde caía, el comedor estaba oscuro. El pensamiento revoloteaba por lo alto de la sombría pieza, chocando en las paredes y en el techo, como un murciélago aturdido que no sabe encontrar la salida. La de Pipaón, a causa de la creciente oscuridad, no veía ya al grupo. Oía tan sólo los besos que daba Caballero a la niña, y las risas y chillidos de ésta cuando el salvaje le mordía ligeramente el cuello y las mejillas.

Otro pensamiento distinto del antes expuesto, aunque algo pariente de él, surgía en ocasiones del cerebro de la esposa de Bringas, sin darse a conocer al exterior más que por ligerísimo fruncimiento de cejas y por la indispensable hinchazón de las ventanillas de la nariz. Este pensamiento estaba tan agazapado en la última y más recóndita célula del cerebro, que la misma Rosalía apenas se daba cuenta de él claramente. Helo aquí, sacado con la punta de un escalpelo más fino que otro pensamiento, como se podría sacar un grano de arena de un lagrimal con el poder quirúrgico de una mirada:

«Si por disposición del Señor Omnipotente, Bringas llegase a faltar..., y sólo de pensarlo me horripilo, porque es mi esposo querido...; pero supongamos que Dios quisiese llamar a sí a este ángel... Yo lo sentiría mucho; tendría una pena tan grande, tan grande que no hay palabras con qué decirlo... Pero al año y medio, o a los dos años, me casaría con este animal... Yo le desbastaría, yo le afinaría y así mis hijos, los hijos de Bringas, tendrían una gran posición, y creo, sí..., lo digo con fe y sinceridad, creo que su padre me bendeciría desde el Cielo.»

—Luz, luz —dijo de pronto una fuerte voz.

Era Bringas, que volvía de su paseo vespertino. Todas las tardes, al salir de la oficina, iba al Ministerio de Hacienda, donde se le reunían don Ramón Pez y el oficial mayor del Tesoro. Los tres daban la vuelta de la Castellana o del Retiro, y regresaban a sus respectivos domicilios al punto de las seis o seis y media.

—Hola..., ¿estás aquí? —preguntó don Francisco, tropezando con Caballero.

—¿Sabes que vamos al teatro esta noche? Agustín nos ha traído butacas.

—Lo siento —manifestó Bringas—; pensaba trabajar esta noche... ¡Ah!, gracias a Dios que traen luz... Mira, mirad qué bisagras tan bonitas he comprado para componer la arqueta de la marquesa de Tellería. Quedará como nueva... Pero oye tú: si vamos al teatro, hay que comer temprano. Hija, son las siete menos cuarto.

Rosalía, atenta a activar la comida, fue en busca de Amparo, y con aquel cariño que se desbordaba en ella siempre que se disponía a engalanarse para ir de fiesta, le dijo:

—Hijita, no trabajes más... Pon esta luz en mi tocador, que voy a empezar a arreglarme, y date una vuelta por la cocina a ver si esa calamidad de Prudencia ha hecho la comida... Lo mejor es que pongas tú la mesa... ¿Qué vestido crees que debo llevar?

—Lleve usted el de color de caramelo.

—Eso es, el de color de caramelo.

Amparo pasó a la cocina.

—Luz, luz a mi cuarto —repitió Bringas.

El señorito, que estaba en su cuarto estudiando con Joaquinito Pez, pidió también luz. Porque su aplicado hijo no se quedase a oscuras, don Francisco renunció a alumbrar su cuarto, y con la más paternal abnegación dijo así:

—Yo me vestiré a oscuras... Agustín, ¿por qué no te quedas a comer con nosotros? Comeremos más y comeremos menos.

Rosalía, que en aquel momento pasaba con un gran jarro para ir a la cocina en busca de agua, dio un disimulado golpe en el brazo de su marido. Bien entendió Bringas aquel mudo lenguaje que quería decir: «No convides hoy, hombre.»

—Señores —dijo Amparo, sonriendo—, apartarse. Voy a poner la mesa.

Y mientras extendía el mantel, Caballero, mirándola, contestaba maquinalmente:

—Hoy no puedo. Me quedaré otro día.

En esto llegaba al comedor un rumorcillo oratorio, procedente del inmediato cuarto en que encerrados estaban el estudioso hijo de Bringas y el no menos despierto niño de Pez. Ambos habían principiado la carrera de Leyes, y se adiestraban en el pugilato de la palabra espoleados desde tan temprana edad por la ambicioncilla puramente española de ser notabilidades en el Foro y en el Parlamento. Paquito Bringas no sabía Gramática, ni Aritmética, ni Geometría. Un día, hablando con su tío Agustín se dejó decir que Méjico lindaba con la Patagonia, y que las Canarias estaban en el mar de las Antillas. Y no obstante, esta lumbrera escribía memorias sobre la *Cuestión social,* que eran pasmo de sus compañeritos. La tal criatura se sentía con bríos parlamentarios, y como Joaquinito Pez no le iba en zaga, ambos imaginaron ejercitarse en el arte de los discursos, para lo cual instituyeron infantil academia en el cuarto del primero, lo mismo que podrían establecer un nacimiento o un altarito. Pasábanse las horas de la tarde echando peroratas, y mientras el uno hacía de orador, el otro hacía de presidente y de público. Algunas veces concurrían a aquel juego otros amigos, el chico de Cimarra, el de Tellería, y mejor repartidos entonces los papeles, no se daba el caso de que uno mismo tocara la campanilla y aplaudiera.

Agustín y don Francisco se acercaron a la puerta y oyeron de la propia boca de Joaquinito estas altisonantes palabras: «Señores, volvamos los ojos a Roma; volvamos a Roma los ojos, señores, ¿y qué veremos? Veremos consagradas por primera vez la propiedad y las libertades personales...»

—Estos chicos de ahora son el demonio... —dijo el padre sin disimular su gozo—. A los quince años saben más que nosotros cuando llegamos a viejos... Y lo que es éste hará carrera. Pez me ha prometido que en cuanto el niño sea licenciado le dará una placita de la clase de quintos... A poco más que se ejercite, hablará mejor que muchos diputados...

—A estos condenados muchachos —observó Agustín—, parece que los ha traído al mundo la diosa, el hada o la bruja de las tarabillas...

—Y en la manera de educarlos, querido —indicó Bringas, frotándose las manos—, no soy de tu parecer. Lo que tantas veces me has dicho de enviarle a una casa de Buenos Aires o de Veracruz con buenas recomendaciones sería malograr su brillante porvenir burocrático y político... ¡Ea!, niños —añadió abriendo la puerta del cuarto—. Se levanta la sesioncita. Venga esa luz...

Joaquinito, saliendo del cuarto con un rimero de libros debajo del brazo, despidióse de don Francisco, y el primogénito de Bringas entregó la luz a su padre, que se dirigió al despacho. Éste tenía una como alcobilla que servía al buen señor de taller y de vestuario. Allí estaban sus herramientas, su lavabo y su ropa.

—Ven para acá, Agustín —decía, luz en mano, marchando con grave paso hacia su cuarto.

Iluminado de lleno aquel semblante, que pertenecía también a una de las más insignes personalidades del siglo, semejaba mi don Francisco el faro de la Historia derramando claridad sobre los sucesos. Luego que llegaron, puesto el humoso quinqué sobre la mesa, Thiers dijo a su primo:

—Paquito será un funcionario inteligente, y después... sabe Dios qué. Ahora, lo que más me preocupa es la educación de Isabelita, que dentro de algunos años será una mujer. Es preciso ponerle maestro de piano..., de francés. La música y los idiomas son indispensables en la buena sociedad.

Caballero debía de pensar en las musarañas, porque no respondió cosa alguna.

En tanto, Rosalía tan pronto llamaba a Amparo para que le prestase algún servicio de tocador, como la mandaba a la cocina para que la comida no se retrasase. Por no tener dos cuerpos, atendía difícilmente a cosas tan diversas. La señora, después de arreglarse el pelo, se había restregado muy bien el cuello y los hombros con una toalla mojada, y luego empezó con esmero el aliño de su rostro, que, en verdad, no necesitaba de mucho arte para ser hermoso.

—Por Dios, hija, da una vuelta por allá... No, alcánzame antes ese lazo azul... Ve, corre pronto. Ya pueden poner la sopa. Comerás con nosotros; luego acuestas a los chicos y te vas.

Poco después Prudencia ponía la sopera humeante en la mesa del comedor, y los pequeños daban voces por toda la casa llamando a comer. Ellos fueron los primeros que tomaron asiento, metiendo mucha bulla; vino luego don Francisco vestido ya y muy limpio, mas con el chaquetón de casa en vez de levita; siguióle Paquito leyendo un librejo, y, por último, apareció Rosalía.

—¡Qué guapa estás, mamá!

—Silencio..., os voy a dar azotes.

—¡Qué blanquita estás, mamá!... ¡Y qué rebonita!

Y era verdad. Rosalía, compuesta y emperifollada, no parecía la misma que tan al desgaire veíamos diariamente consagrada al trajín doméstico, a veces cubierta de una inválida bata hecha jirones, a veces calzada con botas viejas de Bringas, casi siempre sin corsé, y el pelo como si la hubiera peinado el gato de la casa. Mas en noches de teatro se transformaba con un poco de agua, no mucha, con el contenido de los botecillos de su tocador y con las galas y adornos que sabía poner artísticamente sobre su agraciada persona. Tenía en tales casos más blanco el cutis, los ojos con cierta languidez, y lucía su bonito cuello carnoso. Fuertemente oprimida dentro de un buen corsé, su cuerpo, ordinariamente flácido y de formas caídas, se transfiguraba también, adquiriendo una tiesura de figurín que era su tormento por unas cuantas horas, pero tormento delicioso, si es permitido decirlo así. Presentóse en el comedor con su peinador parecido a sobrepelliz, y no le faltaba más que el vestido de color de caramelo para igualar a una duquesa.

—¿Llegaremos tarde?... —dijo, haciendo atropelladamente las cortas raciones de sus hijos y de Amparo.

—Creo que estaremos allí a la mitad del primer acto. Echan *Dar tiempo al tiempo.*

—De Pipaón de la Barca..., digo, de Calderón. ¡Cómo tengo la cabeza! Aprisa, aprisa; comer aprisa... ¿Y Agustín?

—Se fue... Estábamos hablando de poner maestro de piano a la niña, cuando de repente, sin mirarme, dice: «Yo le compraré el piano a tu hija y le pagaré el maestro», y sin darme las buenas noches salió como una saeta. Yo creo que Agustín no tiene la cabeza buena.

La comida era escasa, mal hecha, y el comer, presuroso y sin amenidad. Antes de concluir, Rosalía se levantó de la mesa para darse la última mano, y tras ella corrió Amparo, que, casi, casi, no había comido nada. Se miraba y se remiraba la dama en el espejo de su tocador, manejando con nerviosa presteza la borla de los polvos. Luego se puso el vestido, y concluida esta difícil operación, siempre quedaba un epílogo de alfileres y lazos que no tenía fin.

—Ahora —dijo a Amparo— acuestas a los niños y te vas a tu casa. No se te haga tarde... ¡Ah! Mañana me traes dos manojos de trencilla encarnada, y no te olvides del *cold-cream* de casa de Tresviña... Te traes también cuatro cuartos de raíz de lirio, y luego te pasas por la pollería y me compras media docena de huevos... Vaya, no más.

Los chicos seguían enredando en el comedor.

—¿Qué ruido es ése? Paco, diles que si voy allá... A ver; el abrigo, los guantes, el abanico. Bringas, ¿te has arreglado?

—Ya estoy pronto —dijo el padre de familia, que se acababa de enfundar en un gabán color de café con leche—... ¿Será cosa de llevar el paraguas? Lo llevaremos por si acaso.

—Vamos, vamos... ¡Qué tarde es...! ¿Se olvida algo?

Y desde la puerta volvía presurosa.

—¡Jesús!, ya me dejaba los gemelos... Vamos... Abur, abur...

Capítulo 7

Iban a pie, porque los gastos de coche habrían desequilibrado el rigurosísimo presupuesto de don Francisco, que a su cachazudo método debía la ventaja de atender a tantas cosas con su sueldo de veinte mil reales. En el teatro pasaba Rosalía momentos muy felices, gozando, más que en la función, en ver quién entraba en los palcos y quién salía de ellos, si había mucha o poca concurrencia, si estaban las de A o las de B y qué vestidos y adornos llevaban, si la marquesa o la condesa habían cambiado de turno. En los entreactos, leía Bringas *La Correspondencia;* luego subía a este o el otro palco para saludar a tal o cual señora, y Rosalía, desde su butaca, cambiaba sonrisas con sus amigas. Era ella dama de buenas vistas, sin que llegara a ser contada entre las celebridades de la hermosura; era simplemente *la de Bringas,* una persona conocidísima, entre vulgar y distinguida, a quien jamás la maledicencia había hecho ningún agravio. Madrid, sin ser pequeño, lo parece a veces (entonces lo parecía más), por la escasa renovación del personal en paseos y teatros. Siempre se ven las mismas caras, y cualquier persona que concurra con asiduidad a los sitios de pública diversión, concluye por conocer en tiempo breve a todo el mundo.

A Rosalía le gustaba, sobre todas las cosas, figurar, verse entre personas tituladas o notables por su posición política y riqueza aparente o real; ir a donde hubiera bulla, animación, trato falaz y cortesano, alardes de bienestar, aunque como en el caso suyo estos alardes fueran esforzados disimulos de la vergonzante miseria de nuestras clases burocráticas. Era hermosa, y le gustaba ser admirada. Era honrada, y le gustaba que esto también se supiera.

Merece ser notado el heroísmo de los Bringas para presentarse en la sociedad de los teatros con aquel viso de posición social y aquel aire de contento, como personas que no están en el mundo más que para divertirse. Todo el sueldo del oficial segundo de la Comisaría de los Santos Lugares no habría bastado a aquel derroche de butacas, si éstas se hubieran comprado en el despacho. Sobre que don Francisco era hombre de probidad intachable, la índole de su destino no le habría permitido manipularse un sobresueldo, como es fama que hacían los Peces y otros funcionarios de la casta ictiológica. No: los Bringas iban al teatro, digámoslo clarito, de limosna. Aquellos esclavos de la *áurea miseria* no se permitían tales lujos sino cuando esta o la otra amiga de Rosalía les mandaba las butacas de turno, porque no podía ir aquella noche; cuando el señor de Pez o cualquier otro empleado pisciforme les cedía el palquito principal. Pero eran tantas y tan buenas las relaciones de la venturosa familia, que los obsequios se repetían muy a menudo. Luego la liberalidad del primo Caballero aumentó estos zarandeos teatrales.

El desnivel chocante que se observa hoy entre las apariencias fastuosas de muchas familias y su presupuesto oficial, emana quizás de un sistema económico menos inocente que la maña y el arte ahorrativo del angélico Thiers y que la habilidad de Rosalía para explotar sus relaciones. Hoy el parasitismo tiene otro carácter y causas más dañadas y vergonzosas. Existen todavía ejemplos como el de Bringas, pero son los menos. No se trate de probar que la mucha economía y un poco de adulación hacen tales prodigios, porque nadie lo creerá. Cuando algún extranjero desconocedor de nuestras costumbres públicas y privadas admira en los teatros a tantas personas que revelan en su cara desdeñosa una gran posición, a tantas damas lujosamente adornadas; cuando oye decir que a la mayor parte de estas familias no se les conoce más renta que un triste y deslucido sueldo, queda sentado un principio económico de nuestra exclusiva pertenencia, al cual se le ha de aplicar pronto una voz puramente española, como el vocablo *pronunciamiento,* que está dando la vuelta al mundo y anda ya por las antípodas.

Esto no va con los pobres y menguados Bringas, que, por no bajar un ápice de la línea social en que estaban, sabían imponerse sacrificios domésticos muy dolorosos. En el verano del 65, recién abierto el ferrocarril del Norte, la familia no consideró decoroso dejar de ir a San Sebastián. Para esto, don Francisco suprimió el principio en las comidas durante tres meses, y el viaje se realizó en agosto, por supuesto, consiguiendo billetes gratuitos. Por no poder sostener dos criadas, el santo varón se embetunaba todas las mañanas su propias botas, y aun es fama que se atrevió a componerlas alguna vez, demostrando así su prurito económico como su saber en toda clase de artes. Rosalía barría y arreglaba su cuarto. Cuando Amparo dio en ir a la casa, ésta la peinaba, y antes la propia señora se arreglaba el cabello pues Bringas declaró la guerra a muerte a los gastos de peinadora. Las comidas eran, por lo general, de una escasez calagurritana, por cuyo motivo estaban los chicos tan pálidos y desmedrados. Don Francisco era hombre que si veía en la calle un tapón de corcho, o un clavo en buen estado, se bajaba a cogerlo, si iba solo. Las hojas blancas de las cartas que recibía servíanle las más de las veces para escribir las suyas. Tenía un cajón que era la sucursal del Rastro, y no había cosa vieja y útil que allí no se encontrara. No estaba suscrito a ningún periódico, ni en su vida había comprado un libro, pues cuando Rosalía quería leer alguna novela, no faltaba quien se la prestase. Y la misma escuela económica era tan bien aplicada al tiempo, que a Bringas nunca le faltaba el necesario para cepillar su ropa y quitarle el lodo a los pantalones. Cuando Prudencia estaba muy afanada con la comida y el lavado de la ropa, el jefe de la familia, acudiendo a la cocina en mangas de camisa, no se desdeñaba de aviar las luces de petróleo o de hacer la ensalada; y en días de limpieza, él mismo ponía las cenefas de papel picado en la cocina. Saca a relucir indiscretamente estas cosillas el narrador, para que se vea que si aquella pareja sabía explotar a la sociedad, no dejaba de hacerse merecedora, por su arreglo sublime, de las gangas que disfrutaba.

nail

keeping up

edges

Capítulo 8

Tres noches después, el primo repitió el obsequio de las butacas; pero Rosalía vaciló en aceptarlas, porque al pequeñuelo le había entrado una tos muy fuerte y parecía tener algo de fiebre. A todo el que a la casa llegaba, decía la señora: «¿Qué le parece a usted, tendrá destemplanza?» Y a su marido le preguntaba sin cesar: «¿Qué hacemos, vamos o no al teatro?» El amor a las pompas mundanas no excluía en la descendiente de los Pipaones el sentimiento materno, por lo cual, después de muchas dudas resolvió no salir aquella noche. Pero después de las seis estaba el chiquitín tan despejado, que ganó terreno la opinión contraria, y con ingeniosas razones Rosalía la hizo prevalecer al fin.

—Bien, iremos, aunque no tengo ganas de salir de casa —dijo, preparando sus atavíos—. Pero tú, Amparo, te quedas aquí esta noche. No me fío de Calamidad. Quedándote tú, voy tranquila. Se te arreglará tu cama en el sofá del comedor, donde dormirás muy ricamente como aquellas noches, ¿te acuerdas?..., cuando Isabelita estuvo con anginas. Fíjate bien en lo que te digo. Le das el jarabe antes que se duerma, y si despierta, otra cucharadita.

No dejemos pasar, ya que se habla de medicinas, un detalle de bastante valor que puede añadirse a los innúmeros ejemplos de la sabiduría vividora de los Bringas. Aquella feliz familia traía gratis los medicamentos de la botica de Palacio, por gracia de la inagotable munificencia de la reina. Sin más gasto que un bien cebado pavo por Navidad, los visitaba en sus indisposiciones uno de los médicos asalariados de la servidumbre de la Casa Real.

Los chicos se durmieron después de mucha bulla y jarana, y a las nueve y media de la noche todo era silencio y paz en la casa. Cansada del trabajo de aquel día, sentóse Amparo junto a la mesa del comedor, donde había quedado la lámpara encendida, y se entretuvo en hojear un voluminoso libro. Era la Biblia, edición de Gaspar y Roig, con láminas. Habíala regalado a nuestro don Francisco un amigo que se fue a Cuba, y constituía, con el Diccionario de Madoz, toda la riqueza bibliográfica de la casa, fuera de los libros de Paquito el orador. Más atendía a las láminas que al texto la fatigada joven; pasaba hojas y más hojas con perezoso movimiento, y así transcurrió algún tiempo hasta que la campanilla de la puerta anunció una visita... Amparo pensaba quién pudiera ser, cuando se presentó Caballero dándole las buenas noches en tono muy afectuoso.

—¿Fueron al teatro? —preguntó con sorpresa sentida o estudiada, que esto no se puede saber bien—. Esta tarde los vi inclinados a no ir. Por eso he venido ¿Y el nene?

—Sigue bien; no tiene nada... Me he quedado aquí para que Rosalía pudiera salir tranquila.

—Más vale así. Pues, señor... —murmuró Agustín, dejando capa y sombrero—. Este comedor está abrigadito. ¿Qué lee usted?

Amparo alargó sonriendo el libro.

—¡Ah!..., buena cosa... Yo tengo una edición mejor... ¿A ver esa lámina? Un ángel entre dos columnas rodeado de luz... ¿Qué dice? «Y he aquí un varón cuyo aspecto era como el de un bronce.» Bien, eso está bien.

La fisonomía del salvaje era poco accesible generalmente a las interpretaciones del observador; pero el observador en aquel caso y momento se podía haber arriesgado a dar a la expresión de aquel rostro la versión siguiente: «Ya sabía yo que esos majaderos estaban en el teatro, y que la encontraría a usted solita.»

—Pues, señor...

Y no salía de esto; si bien tenía fuerte apetito de hablar, de decir algo. Solo ante ella, sin temor de indiscretos testigos, el hombre más tímido del mundo iba a ser locuaz y comunicativo. Pero las burbujas de la elocuencia estallaban sin ruido en sus morados labios, y...

—¿A ver esa lámina?... Dice: «¿Quién es éste que viene de Edón?...» Pues, señor...

La dificultad en estos casos es hallar un buen principio, dar con la clave y fórmula del exordio. ¡Ah!, ya la había encontrado. Los negros ojos de Caballero despidieron fugitivo rayo, semejante al que precede a la inspiración del artista y del orador. Ya tenía la primera sílaba en su boca, cuando Amparo, con franco y natural lenguaje que él no habría podido imitar en aquel caso, le mató la inspiración.

—Diga usted, don Agustín, ¿cuántos años estuvo usted en América?

—Treinta años —replicó el tal, descansando de sus esfuerzos de iniciativa parlante, porque es dulce para el hombre de pocas palabras contestar y seguir el fácil curso de la conversación que se le impone—. Fui a los quince, más pobre que la pobreza. Mi tío estaba establecido en el estado de Tamaulipas, cerca de la frontera de Tejas. Pasé primero diez años en una hacienda donde no había más que caballos y algunos indios. Después me fijé en Nuevo León; hice varios viajes a la costa del Pacífico, atravesando la Sierra Madre. Cuando murió mi tío me establecí en Brownsville, junto al río del Norte, y fundé una casa introductora con mis primos los Bustamantes, que ahora se han quedado solos al frente del negocio. Yo he venido a Europa por falta de salud y por tristeza... ¡Oh!, es largo de contar, muy largo; y si usted tuviera paciencia...

—Pues sí que la tendré... Habrá usted pasado muchos trabajos y también grandes sustos, porque yo he oído que hay allá culebras venenosas y otros animaluchos, tigres, elefantes...

—Elefantes, no.

—Leopardos, dragones o no sé qué, y, sobre todo, unas serpientes de muchas varas que se enroscan y aprietan, aprietan... Jesús, ¡qué horror!... ¿Y piensa usted volver allá? —prosiguió, sin dar tiempo a que Caballero diera explicaciones sobre la verdadera fauna de aquellos países.

—Eso no depende de mí —contestó el indiano mirando al hule que cubría la mesa.

—Pues ¿de quién ha de depender, don Agustín? —indicó Amparo, quizás con demasiada familiaridad—. ¿No es usted libre?

Caballero la miró un momento, ¡pero de qué manera! Parecía que la abrasaba con sus ojos y la suspendía sacándola del asiento. Después repitió con visible embarazo el *no depende de mí,* tan quedo, tan inarticulado, que antes fue sentido que dicho.

—¿Es cierto que se va usted a meter monja? —preguntó luego.

—Eso dice Rosalía —replicó ella con gracia—. Tanto lo dirá, que al fin quizá salga cierto. ¡Ay!, don Agustín, dichoso el que es dueño de sí mismo, como usted. ¡En qué condición tan triste estamos las pobres mujeres que no tenemos padres, ni medios de ganar la vida, ni familia que nos ampare, ni seguridad de cosa alguna como no sea de que al fin, al fin, habrá un hoyo para enterrarnos!... Eso del monjío, qué quiere usted que le diga, al principio no me gustaba; pero va entrando poquito a poco en mi cabeza, y acabaré por decidirme...

En el cerebro del tímido surgió bullicioso tumulto de ideas; palabras mil acudieron atropelladas a sus secos labios. Iba a decir admirables y vehementes cosas; sí, las diría... O las decía, o estallaba como una bomba. Pero los nervios se le encabritaron; aquel maldito freno que su ser íntimo ponía fatalmente a su palabra, le apretó de súbito con soberana fuerza, y de sus labios, como espuma que salpica de los del epiléptico, salpicaron estas dos palabras:

—Vaya, vaya.

Amparo, con su penetración natural, comprendió que Agustín tenía dentro algo más que aquel *vaya, vaya,* tan frío, tan incoloro y tan insulso, y se atrevió a estimularle así:

—Y usted, ¿qué me aconseja?

Antes que el consabido freno pudiera funcionar, la espontaneidad, adelantándose a todo en el alma de Caballero, dio esta respuesta:

—Yo digo que es un disparate que usted se haga monja. ¡Qué lástima! Es que no se lo consentiremos...

Arrojado este atrevido concepto, Agustín sintió que el rubor, ¡cosa extraña!, subía a su rostro caldeado y seco. Era como un árbol muerto que milagrosamente se llena de poderosa savia y echa luego en su más alta rama una flor momentánea. El corazón le latía con fuerza, y tras aquellas palabras vinieron éstas:

—¡Hacerse monja! Eso es de países muertos. ¡Mendigos, curas, empleados; la pobreza instituida y reglamentada!... Pero no; usted está llamada a un destino mejor, usted tiene mucho mérito.

—¡Don Agustín!

—Sí; lo digo, lo vuelvo a decir..., usted es pobre, pero de altas, de altísimas prendas.

—Don Agustín, que se remonta usted mucho —murmuró ella hojeando el libro.

—¡Y tan guapa!... —exclamó Caballero con cierto éxtasis, como si tales palabras se hubieran dicho solas, sin intervención de la voluntad.

—¡Jesús!

—Sí, señora; sí.

—Gracias, gracias. Si usted se empeña, no es cosa de que riñamos. Es usted amable.

—No, no —dijo el cobarde envalentonándose—. Yo no soy amable, yo no soy fino, no, no soy galante. Yo soy un hombre tosco y rudo que he pasado años y más años metido en mí mismo, al pie de enormes volcanes, junto a ríos como mares trabajando como se trabaja en América. Yo desconozco las mentiras sociales, porque no he tenido tiempo de aprenderlas. Así, cuando hablo, digo la verdad pura.

Amparo, sin dejar de aparentar un mediano interés por las láminas de la Biblia, pareció querer variar la conversación, diciendo:

—Por nada del mundo iría yo a esas tierras.

—¿De veras?... ¡Quién sabe! Mucho se pierde en la soledad; pero también mucho se gana. Las asperezas de esa vida primitiva entorpecen los modales del hombre pero le labran por dentro.

—¡Ay!, no. No me hable usted de esa vida. A mí lo que me gusta es la tranquilidad, el orden, estarme quietecita en mi casa, ver poca gente, tener una familia a quien querer y que me quiera a mí, gozar de un bienestar medianito y no pasar tantísimo susto por correr tras una fortuna que al fin se encuentra, sí, pero ya un poco tarde y cuando no se puede disfrutar de ella.

¡Qué buen sentido! Caballero estaba encantado. La conformidad de las ideas de Amparo con sus ideas debía darle ánimo para abrir de golpe y sin cuidado el arca misteriosa de sus secretos. El soberano momento llegaba.

—Pues, señor... —murmuró recogiendo sus ideas y auxiliándose de la memoria.

Porque, al venir a la casa, había preparado su declaración; traía un magnífico plan con oportunas frases y razonamientos. Los mudos suelen ser elocuentísimos cuando se dicen las cosas a sí mismos.

Capítulo 9

Lo que había pensado Caballero era esto: «Llego, como los primos se han ido al teatro, me la encuentro sola. Mejor coyuntura no se me presentará jamás. Es preciso tener valor y romper este maldito freno. Entro, saludo, me siento frente a ella en el comedor, hablamos primero de cosas indiferentes. Ella estará cosiendo. Le diré que por qué trabaja tanto. Contestará, como si la oyera, que le gusta el trabajo y que se fastidia cuando no hace nada. Diréle entonces que eso es muy meritorio, y que... Adelante: de buenas a primeras le suelto esto: "Amparo, usted debe aspirar a una posición mejor; usted no está bien donde está, en esta servidumbre mal disimulada; usted tiene mérito, usted..." Y ella, como si la oyera, llena de modestia y gracia, se echará a reír y contestará: "Don Agustín, no me diga esas cosas." Volveré entonces a hablar del trabajo, que es para mí una necesidad, y diré que hallándome sin ocupación en Madrid y aburridísimo, me marcharé a Burdeos para establecer allí el negocio de banca. Al oír esto, es indudable, es infalible, como si lo viera, que se echará a reír otra vez y mirándome muy de

find

frente dirá: "Pero, don Agustín, ¿cómo es que al mes de estar en Burdeos se volvió usted a Madrid a aburrirse más y a no hacer nada?" Oída por mí esta pregunta, ya tengo el terreno preparado. La respuesta es tan fácil, que no tengo que hacer más que abrir la boca y dejar salir las palabras, sin que el miedo me sofoque ni la cortedad me embargue la voz. Hilo a hilo afluirán corriendo las frases de mis labios, y le diré: "Ya que usted me habla de ese modo, le voy a contestar con franqueza, descubriendo todo lo que hay dentro de mí. Usted me comprenderá..., el tedio de Madrid me siguió a Burdeos, y mi espíritu era allí tan incapaz de ordenar un negocio como aquí lo fue. Usted no lo entenderá, y voy a explicárselo. Pasé lo mejor de mi vida trabajando como se trabaja en América, en un mundo que se forma. La soledad fue mi compañera, y en la soledad se nutrían mis tristezas a medida que crecía el montón frío de mis caudales. Amigos, pocos; familia, ninguna. ¡Ay!, niña, usted no sabe lo que es vivir tantos años, lo mejor de la vida, privado del calor de los sentimientos más necesarios al hombre, habitando una casa vacía, viendo como extraños a todos los que nos rodean, sin sentir otro cariño que el que inspira el cajón del dinero, sin otra intimidad que la de las armas que nos sirven para defendernos de los ladrones, durmiendo con un rifle, despertando al gemir de las carretillas en que se llevan y traen los fardos... Para abreviar: yo me vine a Europa seguro de tener un capital con que pasar la vida, y por el viaje me decía: ¿Pero tú has vivido en todo este tiempo? ¿Has sido un hombre o una máquina de carne para acuñar dinero?" Cuando yo esté diciendo esto me oirá con toda su alma, fijos en mí sus bellos ojos. Yo me animaré más, y libre ya de todo miedo, continuaré así: "No debo ocultar nada de lo que encierra mi corazón, lleno del tristísimo desconsuelo de su virginidad. Yo no he vivido en Méjico, la capital, donde seguramente habría conocido mujeres que me hubieran interesado. Aquella ciudad de pesadilla, aquella Brownsville, que no es mejicana ni inglesa; donde se oyen mezcladas las dos lenguas formando una jerga horrible, y donde no se vive más que para los negocios; pueblo cosmopolita, promiscuidad de razas; aquella ciudad de fiebre y combate no podía ofrecerme lo que yo necesitaba. La corrupción de costumbres, propia de un pueblo donde el furor de los cambios lo llena todo, hace imposible la vida de familia. Las grandes fortunas que en aquel maldito suelo se improvisaron tuvieron por origen la cruel guerra de Secesión, el abastecimiento de las tropas del Sur y el contrabando de efectos militares. Por las vicisitudes de la guerra, que hacían girar cada día el rumbo del negocio, los especuladores no podíamos tener residencia fija. Tan pronto estábamos en Matamoros como en Brownsville. A veces teníamos que embarcar víveres atropelladamente y remontar el río Grande del Norte hasta cerca de Laredo. Y ¡qué confusión de intereses, qué desorden moral y social! Americanos, franceses, indios, mejicanos, hombres y mujeres de todas castas, revueltos y confundidos, odiándose por lo común, estimándose muy rara vez... Aquello era un infierno. Allí el amancebamiento y la poligamia y la poliviria estaban a la orden del día. Allí no había religión, ni ley moral, ni familia, ni afectos puros; no había más que comercio, fraudes de género y de sentimientos... ¿Cómo encontrar en semejante vida lo que yo ansiaba tanto? Cuando me vi rico, dije: 'Ahora, ellos', y me embarqué para Europa. Por la travesía pensaba así: 'Ahora en la vieja España, pobre y ordenada, encontraré lo que me falta, sabré redondear mi existencia, labrándome una vejez tranquila y feliz...' Llegué a España. En Cádiz no quedaba nadie de la un tiempo numerosa familia de Caballero. Quise ver a Bringas, hermano de mi madre. Vine a Madrid, y Madrid me gustó, créalo usted. Este pueblo, donde es una ocupación el pasearse, me agrada a mí, que me había resecado el alma y la vida en un trabajo semejante a las empresas de los héroes y caballeros, si se las desnuda de poesía y se las reviste de egoísmo. Las relaciones entre las personas son aquí dulces y fáciles. Se ven mujeres bonitas, graciosas y finas por todas partes. Donde tanto abunda el género (perdóneme usted este vocablo comercial), fácil es encontrar lo bueno. A los pocos días de estar aquí, vi a una...”

»Al llegar a este punto tan delicado, debo reunir todas las fuerzas de mi espíritu para no decir una tontería. Adelante... “Vi a una mujer que me pareció reunir todas las cualidades que durante mi anterior vida solitaria atribuía yo a la soñada, a la grande, hermosa, escogida, única, que brillaba dentro de mi alma por su ausencia y vivía dentro de mí con parte de mi vida. Cuando lo que se ha pensado durante mucho tiempo aparece fuera de uno, en carne mortal, llega la hora de creer en la Providencia y de hallar justificada la vida. Tuve grandísima alegría al ver a la tal mujer, y desde el primer momento me gustó tanto, tanto... Diré las cosas claras, con toda la llaneza de mi carácter. Pues oiga usted: la vi un sábado, y me hubiera casado con ella el domingo. Parecíame haberla visto y conocido y tratado desde muchos años antes, casi desde que ella era tamañita así y apenas alcanzaba a poner las manos sobre esta mesa. Figurábame que poseía todos sus secretos y que ninguna particularidad de su vida me era ignorada. No sé por qué su semblante y sus ojos eran su alma, su historia, y tenían una diafanidad admirable y como milagrosa. Cosa rara, ¿verdad? Todo lo que de ella necesitaba yo saber, lo sabía sólo con mirarla. Sospechas de engaño, de doblez, de mentira... ¡Oh!, nada de esto cabía en mí viéndola. El amor y la confianza eran un mismo sentimiento, como en otros casos lo son el amor y el recelo. No necesitaba yo de rebuscados antecedentes para saber que era virtuosa, prudente, modesta, sencilla, discreta, como no necesitaba de ojos ajenos para saber que era hermosa. Y créalo usted: por ser ella de cuna humilde me gustaba más; por ser pobre, muchísimo más. Aborrezco esas niñas llenas de pretensiones y de vanidad que contrastan con el mediano pasar de sus padres; aborrezco las redichas, las compuestas, las noveleras, las que llevan en su frivolidad la ruina de sus futuros maridos... Bien, adelante... Quise decirle lo que sentía, y no tuve ocasión ni lugar adecuados a mi objeto. Mi timidez me impedía buscar aquella ocasión, y apartar los testigos... Yo soy poco hablador; me falta el don, mejor dicho, la iniciativa de la palabra. Mi corazón se espanta del ruido, y se sobrecoge azorado cuando la voz se esfuerza en sacarlo a la vergüenza pública. Pensé escribir una larga carta; pero esto me parecía ridículo. No, no; era preciso hacer un esfuerzo, y encararme con ella, y plantear la cuestión en estos términos tan enérgicos como breves: *Yo me quiero casar con usted. Dígame usted pronto sí o no.* Esta resolución la tomé en Burdeos, y sin pérdida de tiempo me vine escapado. Allá estaba más triste que aquí, y cada día que pasaba sin realizar aquel sueño érame la vida más insoportable. No se apartaba nunca la imagen querida de mi imaginación. La veía tan clara, tan clara, cual si la tuviera delante, con sus ojos hermosísimos, mañana y tarde de mi vida, su cabello castaño, su expresión dulce y triste, y aquella graciosa conformidad con su estado pobre, que tanto la enaltece en el concepto mío... Por el tren pensaba yo: 'Llego, se lo digo, acepta, me caso y nos vamos a Burdeos a vivir, a vivir y a vivir'. Pero llegué, la vi... ¡demonio de freno!, y no le dije nada."

»Al llegar a esto, Amparo habrá comprendido perfectamente. Me oirá toda turbada, sin saber qué decir. Casi, casi no necesitaré añadir una sola palabra, ni pronunciar las frases sacramentales y cursis: "Yo la amo a usted", que no se usan más que en las novelas. Concluiré con estas sustanciosas palabras: "Si le soy poco agradable, dígamelo con franqueza. Un pormenor añado que no creo esté de más. Soy rico, y si usted se quiere casar conmigo, nos estableceremos donde a usted le agrade. ¿En Burdeos? Pues en Burdeos. ¿En La Meca? Sea. ¿Quiere usted vivir en Madrid? Me es igual. Le dejo a usted la elección de patria, pues hoy por hoy me considero desterrado... ¿He dicho algo? ¡Ay!, los mudos que rompen a hablar son terribles. Lo que falta le toca a usted."»

Ésta era la estudiada declaración de Caballero; éste era el discurso que en la memoria traía, *mutatis mutandis,* como orador que va al Congreso, pronto a consumir turno parlamentario. Pero cuando llegó el momento de empezar, fuele tan difícil a nuestro buen indiano dar con el principio, que se le embarullaron en el cerebro todas las partes y conceptos de su bien dispuesta oración, y no supo por donde romper. Todo, ideas y palabras, se evaporó, se fue dejándole tan sólo una congoja profunda y el sentimiento tristísimo de su propio silencio. El tiempo, no se sabe cuánto, se deslizó entre aquellas dos figuras mudas; y mientras Caballero miraba a la lámpara cual si de su luz quisiera extraer el remedio de tan gran confusión, Amparo dejaba caer perezosamente sus ojos sobre los renglones del libro y leía frases como ésta de los Salmos: «Estoy hundido en cieno profundo donde no hay pie; he venido a abismos de agua, y la corriente me ha anegado.»

Cerró bruscamente el libro, y como prosiguiendo un coloquio interrumpido, dijo así:

—Y ¿piensa usted volver a Burdeos?

¡Dios de los mudos, qué feliz ocasión! La respuesta era tan natural, tan fácil, tan humana, que si Agustín no hablaba merecía perder para toda su vida el uso de la palabra. Por su cerebro pasó un relámpago. Era una breve, ingeniosa y transparente contestación. Al sentirla en su mente, se conmovió su ser todo, punzado por sobrehumano estímulo. Como habla el teléfono articulando palabras transmitidas por órgano lejano, dejó oír el bueno de Caballero esta gallarda respuesta:

—Sí..., pienso retirarme a Burdeos cuando pierda toda esperanza..., cuando usted se haga monja...

Amparo lo oyó espantada; púsose muy pálida; después, encendida. No sabía qué decir... Y él, tan tranquilo, como el que ha consumado con brusco esfuerzo una obra titánica. Lanzado ya, sin duda iba a decir cosas más concretas. Y ella, ¿qué respondería?... Pero de improviso oyeron un metálico y desapacible son...

¡Tilín!..., la campanilla de la puerta. Bringas y consorte volvían del teatro.

Capítulo 10

No causó sorpresa a Rosalía hallar a su primo en la casa tan a deshora. Habría ido a ver cómo seguía el pequeñuelo. ¿Qué cosa más natural? Agustín quería tanto a los niños, que cuando estaban enfermitos se acongojaba como si fueran hijos suyos, y se aturdía, y quería llamar a todos los médicos de Madrid. ¡Qué padrazo sería si se casara!... Demasiado aprensivo y meticuloso quizá, pues no había que tomar tan a pecho las ronqueras, las fiebrecillas y otras desazones sin importancia propias de la edad tierna. El sábado de aquella semana, hallándose Amparo y Rosalía en el cuarto de la costura, la dama habló así con su protegida:

—¿Sabes lo que nos ha dicho hoy Agustín? Que no tengamos cuidado, que él te dotará..., que él te dotará. ¿Oyes? Ahora, decídete.

Amparito no dijo nada, y su silencio turbó tanto el espíritu de la augusta señora, que ésta no pudo menos de enojarse un poco.

—Parece que lo tomas con poco calor. Pues mira, para ti haces. Yo he conocido mujeres tontas e irresolutas, pero como tú ninguna. Como no quieras que te salga por ahí un marqués... ¡A fe que están buenos los tiempos!

Amparito, deseando llevar el sosiego al alma de su protectora, dijo que lo pensaría.

—Sí, pensándolo puedes estar toda la vida. Entre tanto, sabe Dios lo que podrá pasar... Madrid está lleno de asechanzas. Déjate ir, déjate ir y verás...

Llegada la hora de marcharse, recogió Amparo su costura, se puso su velo y se despidió.

—Toma —le dijo Rosalía saliendo de la despensa y entregándole con ademán espléndido dos mantecadas de Astorga que, por las muchas hormigas que tenían, parecía que iban a andar solas—. Están muy buenas... ¡Ah!, espera. Llevas estas botas viejas de Paquito al zapatero de tu portal para que les ponga palas. Líalas en el pañuelo grande. El lunes, no te olvides de pasar por la tienda de sombreros. Luego vas a la peluquería, y me traes el *crepé* y el pelo, que Bringas me hace los añadidos, y también hará uno para ti.

Un ratito se detuvo aún, dando vueltas por la casa con disimulo. Esperaba a que Bringas le diera la corta cantidad que acostumbraba poner en sus manos todos los sábados; pero con gran sorpresa y aflicción vio que don Francisco no le daba aquella noche más que un afectuoso «adiós, hija», pronunciado en la puerta de su despacho. Como ella expresara de un modo muy discreto la sospecha de que su digno patrono padecía un olvido, Bringas se vio en el duro caso, con gran dolor de su corazón, de formular categóricamente la negativa, diciendo, como se dice a los pedigüeños de las calles:

—Por hoy, hija, no hay nada. Otra vez será.

Don Francisco se ajustaba las gafas con la mano derecha, y con la izquierda sostenía la cortina de la puerta de su despacho. Por el corto hueco que resultaba, vio Amparo, al salir, al señor de Caballero, sentado en un sillón y más atento a la descrita escena que al periódico que en su mano tenía.

Aquel día estaba Agustín convidado a comer en la casa, y ocioso es decir que sus agradecidos primos se desvivían en casos tales por obsequiarle y atenderle. Angustiosos sacrificios, consumados sin gloria en el foro interno del hogar, conducían a aquel resultado; y en ellos podría encontrarse la explicación de la imposibilidad en que estuvo Bringas aquel sábado de ser tan caritativo como lo fuera otros. Sí; la adición de un plato de pescado, o de un ave flaca, a la comida de diario, perturbaba horrorosamente el presupuesto de la familia, y obligaba a don Francisco a hacer transferencias de un capítulo a otro, hasta que la cuestión aritmética se resolvía castigando el capítulo último, que era el de beneficencia.

Mientras la dichosa familia sentábase alegre a la mesa bien provista, entre la risueña algazara de los niños, Amparito subía lentamente, abrumada de tristeza —que me digan que esto no es sentimental—, la escalera de su casa. Abrió la puerta su hermana, en traje y facha que declaraban hallarse ocupada en vestirse para salir a la calle, esto es, en enaguas, con los hombros descubiertos, bien fajada en un corsé viejo, con el peine en una mano y la luz en la otra.

La salita en que entraron, pequeña y nada elegante, contenía parte de los muebles del difunto Sánchez Emperador: un sofá que por diversas bocas padecía vómitos de lana, dos sillones reumáticos, y un espejo con el azogue viciado y señales variolosas en toda su superficie. El tocador ocupaba lugar preferente en la sala, por no haber en la casa un sitio mejor, y sobre el mármol de él puso Refugio el anciano quinqué, para continuar su obra. Se estaba haciendo rizos y sortijillas, y a cada rato mojaba el peine en bandolina, como pluma en el tintero, para escribir sobre su frente aquellos caracteres de pelo que no carecían de gracia.

Frontero al tocador estaba el retrato, en fotografía de

gran tamaño, del papá de las susodichas niñas, con su gorra galonada y el semblante más bonachón que se podía ver. Le hacían la corte otros retratos de graduados de la Facultad en medallones combinados dentro de una orla, que debía de estar compuesta con medicinales hierbas y atributos de Farmacia. Sobre la cómoda pesaba descomunal angelote de yeso en actitud de sustentar alguna cosa con la mano derecha, si bien ya no se le daba más trabajo que tener la pantalla del quinqué cuando no estaba en su verdadero lugar

Amparo se sentó en uno de aquellos sillones de 1840, cuyo terciopelo era del que había sobrado cuando se hicieron los divanes del decanato; y respirando fuerte, a causa del cansancio de subir tantos escalones, no cesaba de mirar a su hermana. Ésta, alzando los brazos, seguía consagrada con alma y vida a la obra de su pelo, que era lo mejor de su persona: una masa de dulce sombra que daba valor a su rostro tan blanco como diminuto. La falta de un diente en la encía superior era la nota desafinada de aquel rostro; pero aun este desentono dábale cierta gracia picante, parecida, en otro orden de sensaciones, al estímulo de la pimienta en el paladar. Con burlesca vivacidad miraban sus ojos picaruelos, y su nariz ligeramente chafada tenía la fealdad más bonita y risueña que puede imaginarse. Cuando se reía, todos los diablillos del infierno de la malicia serpenteaban en su rostro con un tembloreo como el de los infusorios en el líquido. De sus sienes bajaban unas patillas negras que se perdían difuminadas sobre la piel blanca, y el labio superior ostentaba una dedada de bozo más fuerte de lo que en buena ley estética corresponde a la mujer. Pero lo más llamativo en esta joven era su seno, harto abultado, sin guardar proporciones con su talle y estatura. La ligereza de su traje en aquella ocasión acusaba otras desproporciones de imponente interés para la escultura, semejantes a las que dieron nombre a la Venus Calípija.

Con tales encantos, Refugio no podía sostener comparación con su hermana, cuya hermosura grave, a la vez clásica y romántica, llena de melancolía y de dulzura, habría podido inspirar las odas más remontadas, idilios tiernísimos, patéticos dramas, mientras que la otra era un agraciado tema de anacreónticas o de invenciones picarescas. Decía doña Nicanora, la esposa del vecino don José Ido, hablando de Amparito, que si a ésta la cogiesen por su cuenta las buenas modistas, si la ataviaran de pies a cabeza y la presentasen en un salón, no habría duquesas ni princesas que se le pusieran delante.

—¡Y qué cuerpo tan perfecto! —añadió la señora de Ido poniendo, según su costumbre, los ojos en blanco—. He tenido ocasión de verla cuando íbamos juntas a los baños de los Jerónimos... Me río yo de las estatuas que están en el Museo.

Refugio fue la primera que habló, diciendo:

—¿Cuánto traes hoy?

—Nada —replicó Amparo sin despecho.

—Anda, anda a casa de los parientes... Sírveles. Yo te lo digo y no me haces caso. A ti te gusta ser criada, a mí no. Ahí tienes el pago.

Volvióse su hermana, y articulando mal las palabras, porque tenía dos alfileres sujetos entre los dientes siguió la filípica:

—Humíllate más, sírveles, arrástrate a los pies de la fantasmona, limpíale la baba a los niños. ¿Qué esperas? Tonta, tontaina, si en aquella casa no hay más que miseria, una miseria mal charolada... Parecen gente, ¿y qué son? Unos pobretones como nosotras. Quítales aquel barniz, quítales las relaciones, ¿y qué les queda? Hambre, cursilería. Van de gorra a los teatros, recogen los pedazos de tela que tiran en Palacio, piden limosna con buenas formas... No, lo que es yo no les adulo. En mí no machaca la señora doña Rosalía, con sus humos de marquesa. Por eso le dije aquel día cuatro verdades, y no he vuelto allí ni pienso volver... Ella no me puede ver, ni el bobito de su marido tampoco, que parece un pisahormigas... Ya sé que dice herejías de mí... Me lo ha contado la criada... ¡Ay!... Vamos, me he enfadado tanto hablando de esa gente que... casi, casi, me trago un alfiler.

Amparo no contestó nada.

—¿Qué traes ahí? —prosiguió Refugio, explorando el lío que Amparo conservaba aún en la mano derecha—. Lo menos un potosí... ¿A ver? Medio panecillo, dos mantecadas de Astorga, tres pedazos de cinta... ¿Te parece que tiremos todo esto al tejado?

Amparo hizo un movimiento como para defender su lío.

—Ya ves lo que sacas del arrimo de esos pobretes... Mírate y mírame. Tú parece que acabas de salir de un hospital; yo voy sin lujo, pero apañadita; tú llevas las botas rotas, y... Mira las que estreno hoy.

Alzó un pie para que su hermana examinara las bonitas botas con las que estaba calzada.

—¿Con qué dinero las has comprado? —dijo Amparo, cogiendo la bota y ladeándola como si no hubiera dentro de ella un pie.

Refugio tardó mucho en contestar.

—Que me haces daño... Vaya —dijo, al fin, volviéndose al tocador.

—¿Cuánto te han costado? ¿De dónde has sacado el dinero?

Al cabo de un rato, Refugio dio esta respuesta:

—Vendí aquella falda de raso..., ¿sabes?... Además, yo tenía unos cuartos...

—¿Tú?... ¿Qué tiempo hace que no das una puntada? ¿Has vuelto por la tienda? ¿Te han dado trabajo?

—No hay ahora nada. Está Madrid muy malo —replicó la joven, queriendo esquivar el asunto—. Como la gente no habla más que de revolución, dice Cordero que no entra una peseta...

Amparo, quitándose su velo, lo doblaba cuidadosamente para guardarlo en la cómoda. La otra se lavaba los brazos con verdadero furor.

—Ahora, si te parece, comeremos.

Amparo salió al pasillo y fue a la cocina. Al poco rato, volvió diciendo con enfado:

—Cada vez que entro en mi casa se me caen las alas del corazón. ¡Qué desorden! Esto parece una leonera. Ninguna cosa está en su sitio. Eres una desastrada... Dios mío, ¡qué cocina! Tú no piensas más que en componerte. ¿Qué has puesto para comer?

—¡Oh!, no te apures... El cocidito de siempre. ¡Ah!... Doña Nicanora me prestó tres huevos.

—Y aquí noto alguna variación. Siempre estás llevando los trastos de un lado para otro. ¿En dónde has puesto las planchas?

—¿Las planchas?... —balbució Refugio un poco turbada—. Te diré..., no queda más que una. Las otras dos las he vendido. ¿Para qué las necesitábamos? Ya sabes que ayer vino el carbonero hecho un demonio... El casero estuvo hoy... No te enfades, hermanita —añadió, pasándole la mano por la cara con zalamería—. He tenido que empeñar tu mantón...

Amparo se enojó de veras; pero la otra no halló para aplacarla mejores razones que éstas:

—Para evitarlo, hijita, no tienes más sino traer muchos miles de casa de los señores de Bringas... Abre la boquirrita preciosa y pide, pide... Para ellos lo querrían... Dime una cosa: si no hubiera hecho lo que hice, ¿qué comeríamos hoy? ¿Nos mantendríamos con tus mantecadas de Astorga y tu vara y media de cinta?

Amparo, silenciosa y abrumada de pena, había extendido

un mantel sobre el hule de una mesa con faldas. Encima puso algunos platos desportillados, cucharas con el mango roto y dos tenedores cuyos mangos de hueso parecían teclas arrancadas de un piano viejo. Al poco rato apareció Refugio con un puchero de cuya boca salía humo, y cuya panza, cubierta de ceniza, conservaba algunas ascuas que se extinguían rápidamente. Lo volcó sobre una bandeja, y se lo llevó en seguida. Poco tardó en volver a sentarse; de un cesto sacó varios pedazos de pan, y a medida que los iba poniendo sobre la mesa, decía con sorna:

—Pastel de *fuagrá*..., jamón en dulce..., pavo en galantina.

Con estas tonterías, hasta la hermana mayor, que no estaba para bromas, se sonrió un instante, diciendo:

—Siempre has de ser tonta.

—¡Pues si una se va a poner triste...!

Amparo comía poco de aquel pobre, insustancial e incoloro cocido. Refugio, que había estado en la calle casi todo el día y hecho mucho ejercicio, tenía buen apetito.

—Todos los días no son iguales —dijo la menor—. Puede que cuando menos lo pensemos se nos entre la fortuna por las puertas... ¡Ah!, verás qué sueño tuve anoche... Antes te diré que ayer por la tarde estuve más de una hora en casa de Ido. El buen señor, muy entusiasmado y con los pelos tiesos, se empeñó en leerme un poco de las novelas que está escribiendo. ¡Qué risa!... Vaya unos disparates... No lo entiendo, pero me parece... Yo le decía: «Don José, sabe usted más que Salomón», y él se ponía tan hueco. Dice que sus heroínas somos nosotras, dos huérfanas pobres, pobres y honradas, se entiende... Resulta que somos hijas de un señor muy empingorotado... y cosemos, cosemos para ganar la vida..., ¡ah!, y hacemos flores. Tú, que eres la más romántica y hablas por lo fino, diciendo unas cosas muy *superfirolíticas*, te entretienes por la noche en escribir tus memorias... ¡Qué risa! Y vas poniendo en tu diario lo que te pasa y todo lo que piensas y se te ocurre. Él figura que copia párrafos, párrafos de tu diario... Nunca me he reído más... El hombre me puso la cabeza como un farol... Por la noche, como tenía el entendimiento lleno de aquellas papas, soñé unos desatinos... ¡Qué cosas, chica!, soñé que te había salido un novio millonario.

Amparo, que oía la relación con indiferencia, al llegar a lo del sueño se sonrió de improviso con la mayor espontaneidad. Aquella sonrisa le salía del fondo del alma. Su hermana expresaba su buen humor con sonoras carcajadas.

—Es tarde... —dijo, levantándose impaciente—. Acabaré de vestirme en seguida.

—¿Adónde vas?

—¿Que adónde voy? —replicó Refugio sin saber qué contestar o tomándose tiempo para urdir la contestación—. Ya te lo dije... ¿No te lo dije?... Pues creí que te lo había dicho.

—¿Vas al teatro?

—Justamente. Me han convidado las de Rufete. Después vamos al café, donde hay un cursi que nos convida a chocolate.

—¿A qué teatro vas?

—A la Zarzuela... Entramos en el escenario. Una de las de Rufete es corista.

—Esa gente no me gusta —indicó Amparo de malísimo humor—. Siempre hago propósito de no permitirte ir a ninguna parte, y mucho menos de noche. Pero no tengo carácter. Soy lo más débil...

Ya Refugio se había puesto la falda y se estaba poniendo el cuerpo, estirando la tela con esfuerzo de brazo y manos para poder enganchar los broches. Así resultaba un cuerpo tan fajado y ceñido, que parecía hecho a torno.

—Para sujetarme —dijo la del diente menos, con cierto

tonillo de soberbia— sería preciso que atendieras a mis necesidades. Tú puedes vivir de cañamones, como los pájaros, y vestirte con los pingajos que te da la Rosaliona; pero yo... Francamente, naturalmente, como dice Ido...

Se retorcía el cuerpo, cual si tuviera un pivote en la cintura, para verse los hombros y parte de la espalda. El vestido era bonito, nuevo, cortado con elegancia y de forma y adornos un poco llamativos. Otra vez, con alfileres en la boca, dijo a su hermana:

—Y si quieres que te hable clarito, no me gusta que me mandes como si yo fuera una chiquilla. ¿Soy yo mala? No. Me preguntas que cómo he comprado las botas y he arreglado mi vestido. Pues te lo diré. Estoy sirviendo de modelo a tres pintores... Modelo vestido, se entiende. Gano mi dinero honradamente...

—Mejor sería que cosieras y estuvieras en casa. ¡Ay!, hermana, tú acabarás mal...

—Pues tú..., ¿sabes lo que te digo? Tú acabarás en patrona de casa de huéspedes... No iré yo por ese camino. Yo me porto bien.

—No te portas bien; yo te he de enderezar —dijo Amparo, venciendo su debilidad y mostrando energía.

—¿Y con qué autoridad?...

—Con la de hermana mayor.

—¡Valiente bobería!... Si fueras mejor que yo, pase —observó la díscola Refugio, revolviéndose provocativa, irritada, blandiendo su argumento, cual si fuera una espada, ante el pecho indefenso de su hermana—; pero como no lo eres...

Y untando luego la punta de su arma con veneno de ironía, siguió diciendo:

—Paso a la señorita honrada, al serafín de la casa... ¡Ah!, no quiero hablar, no quiero avergonzarte; pero conste que yo no soy hipócrita, señora hermana. Aunque estamos solas, no quiero decir más..., no quiero que se te ponga la cara del color del terciopelo de ese sillón... Abur.

Amparo se quedó fría, y Refugio se fue. Iba tan elegantita, tan bien arreglada, que daba gusto verla. Tenía el culto de su persona, el orgullo de ponerse bien y de ser vista y admirada. Decía de ella doña Nicanora en son de menosprecio:

—Ésta que emplea tanto tiempo en lavarse, no puede ser cosa buena... Digan lo que quieran, la mujer honrada no necesita de tanta agua.

Capítulo 11

Quedóse Amparo sola, sentada en el sillón, apoyado el brazo en el velador y la mejilla en la palma de la mano. En esta postura dejaba ir el tiempo en lenta corrida, y la meditación era en ella como somnolencia. Por su mente discurrían cosas presentes y pretéritas, las unas, agradables; las otras, terriblemente feas, y daban vueltas en infalible serie, como las horas en el círculo del reloj. Cada idea y cada imagen perseguían a las que pasaron primero y eran acosadas de otras. Variaba el color y el sentido de ellas; pero el maldito círculo no se rompía. A ciertos intervalos se presentaba una sombra negra, y entonces la pensadora abría los ojos como espantada, buscando la luz. Y la claridad hacía su efecto; la sombra huía, mas con engañosa retirada, porque el solemne y terrorífico movimiento del círculo la volvía a traer. Abría Amparo los ojos y sacudía un poco la cabeza. Hay ocasiones en que puede uno llegar a figurarse que las ideas se escapan por los cabellos cual si fueran un fluido emparentado con la electricidad. Por esto tiene la raza humana un movimiento instintivo de cabeza, que es como decir: «Márchate, recuerdo; escúrrete, pensamiento.»

No podía apreciar bien la pensadora el tiempo que pasaba. Sólo hacía de rato en rato la vaga apreciación de que debía de ser muy tarde. Y el sueño estaba tan lejos de ella, que en lo profundo de su cerebro, detrás del fruncido entrecejo, le quemaba una cosa extraña...: el convencimiento de que nunca más había de dormir.

Dio un salto de repente, y el corazón le vibró con súbito golpe. Había sonado la campanilla de la puerta. ¿Quién podía ser a tal hora? Porque ya habian dado las diez y, quizás, las diez y media. Tuvo miedo, un miedo a nada comparable, y se figuró si sería... ¡Oh!, si era, ella se arrojaría por la ventana a la calle. Sin decidirse a abrir, estuvo atenta breve rato, figurándose de quién era la mano que había cogido aquel verde cordón de la campanilla, nada limpio por cierto. El cordón era tal, que siempre que llamaba se envolvía ella los dedos en su pañuelo. La campana sonó otra vez... Decidióse a mirar por el ventanillo, que tenía dos barrotes en cruz.

—¡Ah!..., es Felipe.

—Buenas noches. Vengo a traerle a usted una carta de parte mi amo —dijo el muchacho, cuando la puerta se le abrió de par en par y vio ante sí la hermosa y para él siempre agradabilísima figura de la Emperadora.

—Entra, Felipe —murmuró ella con la dificultad de voz que resulta cuando el corazón parece que sube a la laringe.

—¿Cómo lo pasa usted?

—Bien... ¿Y tú?

—Vamos pasando. Tome usted.

—¿No te sientas?

Tomó Amparo la carta. No sabía cómo abrirla, y el corazón le dijo que no contenía, como otras veces, billetes de teatro. Luego venía tan pegado el sobre, que le fue preciso meter la uña por uno de los picos para abrir brecha y rasgar después... ¡Jesús!... Si no acertaba tampoco a sacar lo que dentro había... ¡Dedos más torpes!... Por fin salió un papel azul finísimo, y dentro de aquel papel dejáronse ver otros papeles verdes y rojos y no muy aseados. Eran billetes del Banco de España. Amparo vio la palabra *escudos,* ninfas con emblemas industriales y de comercio, muchos numeritos... Le entró tal estupidez, que no supo qué hacer ni qué decir. Tuvo la idea de meter los papeles otra vez dentro del sobre y devolverlo. ¿Pero se enfadaría...? Puso la carta y su contenido en la mesa, y sobre todo apoyó el brazo. Tanta era su emoción, que necesitaba tomarse tiempo para adoptar el mejor partido.

—Siéntate, hombre... A ver, cuéntame qué es de tu vida...

Hablando, hablando, quizá se restablecería el orden en su cabeza trastornada.

—Dime: ¿qué tal te va con tu amo?

—Tan bien que no sé lo que me pasa. Yo digo que estoy durmiendo.

—¿Tan bueno es?

—¿Bueno? No, señora; es más que bueno, es un santo —afirmó Centeno, con entusiasmo.

—Ya, ya. Bien se conoce que estás en grande. Pareces un señorito. Ropa nueva, sombrerito nuevo.

—Es un santo, un santo del cielo —repitió el *Doctor* con cierto arrobamiento.

—¿Y estudias?

—Ya lo creo... Tengo poco trabajo y voy al Instituto... Le digo a usted que me vino Dios a ver.

—¡Cuánto me alegro!

Por un instante se apartó la mente de Amparo del interés de lo que oía para pensar así:

«¿Qué cantidad será ésta? Me da vergüenza de mirarlo ahora delante del muchacho.»

Mientras eso pensaba ella, Centeno se entretenía en contemplar a su sabor la perfecta cara, las acabadas manos y brazos de la Emperadora. Era Felipe uno de los admiradores más fervientes que ella tenía, y se habría estado mirándola sin pestañear tres semanas seguidas.

—Pero cuéntame, ¿cómo tuviste la suerte de conocer a ese señor?

—¡Ah!... Vea usted... Yo estaba el año pasado en un oficio muy perro.

—Sí; tocando la trompeta con el del petróleo.

—Después entré en la tienda de la calle Ancha, ya sabe usted, el número 17, donde dice: *Ultramarinos de Hipólito Cipérez.* No me iba mal allí. Don Agustín era amigo de mi amo; le había conocido en las Américas... Cuando se ponían a hablar, no concluían. Don Agustín registraba toda la tienda, y como es tan entendido en comercio, preguntaba: «¿A cuánto sube el arroz sobre vagón en Valencia? ¿Cómo se detalla aquí el azúcar? ¿A cuánto sale la galleta inglesa? ¿Son buen negocio las conservas de Rioja?» Y Cipérez le enteraba de todo. Muchos días comían juntos en la trastienda, y siempre que mi amo mandaba un recado a don Agustín, iba yo a llevarlo. Me gustaba mucho aquel caballero, y decía él que yo le había caído en gracia. Oiga usted lo mejor. Un día entró don Agustín en la tienda y dijo: «Caramba, estoy tan aburrido, que una de tres: o me pego un tiro, o me caso, o me pongo a trabajar; es decir, una de tres: o me mato, o me alegro, o me embrutezco para no sentir nada... Lo primero es pecado; lo segundo es difícil; vamos a lo tercero. Tengo ganas de hacer algo; déjeme usted que le ayude.» Y poniéndose en mangas de camisa, se fue al almacén, ¡qué salero!, y empezó a pesar sacos, a apartar cajas de pasas y a confrontar facturas para sacar los precios. El otro chico y yo no podíamos menos de echarnos a reír; pero don Agustín no se enfadaba. Al otro día, que era domingo, nos dio para que fuéramos al teatro. Una noche, hablando con Cipérez de las cosas de su casa, dijo que necesitaba un criado y que yo le gustaba, y me fui con él. Yo dije: «Aquí es la mía», y le enseñé mis libros y le pedí que me dejara libre algunas horas para volver al Noviciado. Se puso muy contento. «Hombre, sí; hombre, sí...» Poco trabajo tengo, porque hay dos criadas. Una de ellas, que es la que manda, hermana de la mujer de Cipérez, es muy buena señora, muy buena señora. Y allí ha de ver usted abundancia, sin que se pueda decir que hay despilfarro. La casa es un palacio. No crea usted..., cortinas de seda, alfombras y candeleros de plata... En la cocina hay máquina para hacer helado, y en el comedor un servicio de huevos pasados que es una gallina con pollos, todo de plata. La gallina se destapa, y allí se ponen los huevos pasados. A los pollos se les levanta la cabeza, y son las hueveras, y en el pico se pone la sal. ¡Oh!, pues si usted viera... En uno de los cuartos hay una pila de mármol con dos llaves, una de agua fría, otra de agua caliente. Da gusto ver aquello... La cocina es de hierro, con muchas puertas, tubos, hornillas, y horno, y demonios... ¡Vaya, que ha gastado el amo dinerales en arreglar la casa! Es suya; pues ¿qué cree usted?, la compró por tantos miles de miles de duros. Vivimos en el principal. ¡Si usted la viera! El amo tiene cama grande, muy grande. Dicen que se quiere casar... Y luego hay muchas alcobas, muchas, que, según doña Marta, serán para los niños... Hay un armario de tres espejos para ropa de señora. Está vacío. Yo meto en él la cabeza para oler el cedro, que huele muy bien... Síguele otro armario, lleno de montones de ropa blanca, que el señor trajo de París. Aquello no se toca. Hay allí mantelerías y otras cosas muy ricas, pero muy ricas; telas con mucho encaje, ¿sabe?... Es cosa para que no la toquen manos... Pues también tenemos un cajón de cubiertos de plata que no se usan nunca, y vajillas que están todavía metidas dentro de paja. Dice doña Marta que hay allí avíos para una casa de cuarenta de familia. Y todos los días están trayendo cosas nuevas. Don Agustín, como no tiene nada que hacer, se entretiene en ir a las tiendas a comprar cosas. El otro día llevaron una lámpara grande de metal. Parece de oro y plata, y tiene la mar de figuras y ganchos para luces... ¡Ah!, si viera usted una licorera que es un barco con sus velas, y está cargado de copas... En fin, monísimo. En el cuarto que va a ser para la señora hay muchos, muchísimos monigotitos de porcelana. No pasa día sin que el amo traiga algo nuevo, y lo va poniendo allí con un cuidado... ¡Y qué sofá, qué sillas de seda ha puesto en el tal cuarto! Nosotros decimos: «Aquí tiene que venir una emperatriz...» ¡Ah!, también hay en el cuarto de la señora una jaula de pájaros, todo figurado, con música, y cuando se le da al botón que está por abajo, *tiriquitiplín...*, empiezan a sonar las tocatas dentro, y los pájaros mueven las alas y abren el pico...

Centeno se reía; Amparo se echó a reír también, y al mismo tiempo sus ojos se humedecieron.

—Y tu amo, ¿qué hace?... ¿En qué se ocupa?

—Madruga mucho, escribe sus cartas para América, y después sale a dar un paseo a caballo. Monta muy bien. ¿Le ha visto usted? Es un gran jinete. Después que vuelve de pasear lee el correo... Suele ir por las tardes a casa de los señores de Bringas. Algunos días le entra la murria y no sale de casa. Se está todo el santo día dando vueltas en su despacho y en el cuarto de la señora.

—Y ¿tiene mal genio?

—¿Qué está usted diciendo, señora? ¿Mal genio? Lo dicho: o mi amo es santo, o no creo en santo ninguno. Conmigo tiene bromas. No me riñe sino así. «Hombre, hombre, ¿qué es eso?» Otras veces viene y me dice «Felipe, formalidad.» Y punto... Yo me porto bien, aunque me esté mal el decirlo. Cuando estoy estudiando en mi cuarto, porque tengo mi cuartito, suele entrar de repente, y coge mis libros y los lee... Como ha estado tantos años trabajando, no sabe mucho si no es de cosas de comercio, quiero decir, que no ha tenido tiempo de leer. A mí me pregunta de cuando en cuando alguna cosa, y si la sé le contesto; pero casi siempre da la condenada casualidad de que yo también me pego, y nos quedamos los dos mirándonos el uno al otro.

—¿Van muchos amigos a su casa?

—¡Quia!, no, señora. Constantes no van más que tres: el señor de Arnaiz, el señor de Trujillo y el señor de Mompou. Toman café en casa y juegan al billar con el amo. Son buenas personas. Lo que no falta nunca allí a todas horas del día es gente que va a pedir limosna, porque el señor es muy caritativo. ¡Ay Dios mío, qué jubileo! Unos van con cartitas; éstos, con un papel lleno de nombres, y otros se presentan llorando. Van viudas, huérfanos, cesantes, enfermos. Éste pide para sí, aquél para unos niños mocosos. Dice doña Marta que la casa parece un valle de lágrimas. Y el amo es tan buenazo, que a todos les da más o menos. Las monjas van así..., en bandadas. Unas piden para los viejos; otras, para los niños; éstas, para los incurables; aquéllas, para los locos, para los ciegos, para los lisiados, para los tiñosos y para las arrepentidas. Van artistas que se han estropeado una mano, y bailarinas que se han descoyuntado un pie; cantantes que se quedaron roncos y albañiles que se cayeron de los andamios. Van clérigos de la parroquia que piden para las monjas pobres, y señoras que juntan para los clérigos imposibilitados. Algunos piden con la pamema de una rifa, y llevan una fragata dentro de su fanal, colchas bordadas o una catedral hecha de mimbres. Ciertos sujetos clamorean para el beneficio de un cómico pobre, o para redimir del servicio militar a un joven honrado. Hay mujer que va pidiendo para una misa que ofreció, o para una enferma a quien han recetado tales baños. Las murgas están siempre soplando a la puerta de casa, y, en fin, mi amo, como dice doña Marta, es el segundo Dios de los necesitados... ¡Y como es tan rico...! Porque usted no sabe bien lo rico que es mi amo. ¡Tiene más millones, más millones...! —Al llegar aquí, Felipe se había entusiasmado tanto que se levantó y gesticulaba como un orador—. ¿Qué cree usted? El Banco le debe mucho, y cuando quiere dinero, pone su firma en un papelito y se lo da al cobrador de Arnaiz, el cual le trae luego una espuerta de billetes...

Ambos reían con natural y expansivo gozo.

—Me parece, amigo Felipe, que exageras mucho.

—¿Qué está usted diciendo?... Si es más que millonario. Al Gobierno le ha prestado la mar de dinero; sí señora, al Gobierno. En Londres, en Burdeos y en América tiene... No se puede contar.

Centeno expresó con indescriptible gesto la imposibilidad en que estaba de apreciar por medio de la aritmética los fabulosos caudales de su amo.

Por grande que fuera el interés con que Amparo oía las maravillas contadas por Felipe, mayor era su curiosidad por examinar a solas el contenido de la carta y ver si aquel bendito hombre había escrito algo en ella. Abrasada de impaciencia, dijo al muchacho:

—Mira, Felipe, es tarde. ¿No te reñirá tu amo si te entretienes? Creo que debes retirarte.

—Las nueve menos cuarto —dijo el *Doctor*, sacando del bolsillo, con cierta afectación, un bonito *remontoir* americano.

—¡Hola, hola!, ¿tienes reloj? ¡Chico!...

—Y de plata. Me lo dio el amo el día de San Agustín... Tiene razón la señorita. Debo marcharme. Don José Ido me dijo que al bajar entrara en su cuarto para charlar un poquito; pero es tarde...

—Sí, más vale que te vayas a tu casa —indicó Amparo, temerosa de que Ido y su mujer, que eran muy chismosos, se enteraran del recado que Felipe había traído—. Pórtate bien con tu amo y no le des disgustos, entreteniéndote fuera de la casa. No encontrarás otro arrimo como ése. Debes traerle en palmitas, debes ponerle sobre tu corazón...

—En mis propias entretelas, señorita... Conque...

—Adiós, hijo.

—Que usted lo pase bien... Que usted se conserve siempre tan buena...

—Adiós, hombre.

—Y tan guapa —añadió el *Doctor*, que ya iba aprendiendo a ser galante.

Capítulo 12

En cuanto Amparo se quedó sola, faltóle tiempo para ver y examinar lo que había recibido. En blanco estaba el papel que envolvía los billetes, los cuales, ¡oh prodigio!, representaban suma doscientas veces mayor que la que Bringas acostumbraba darle todos los sábados. Ella miraba el papel azul, creyendo encontrar algún signo, alguna cifra que fuesen expresión de la magnanimidad de aquel hombre santo, angelical, único; pero no había nada, ni un rasgo de pluma. Tal laconismo superaba en elocuencia a los mejores párrafos. Amparo le trajo a su memoria con vivo esfuerzo del espíritu, y creía estarle viendo, al través de la puerta del despacho, sentado y con un periódico en la mano, mientras Bringas la despedía con las desabridas palabras: «¡Hija, otra vez será!»

Grandísima fue la confusión de la joven al pensar qué haría con aquel dinero. Devolverlo era un acto orgulloso que ofendería al donador. ¡Y verdaderamente le hacía tanta, tantísima falta!... El casero la acosaba, y no la dejaban vivir acreedores igualmente feroces. Sí, sí; lo mejor que podía hacer era humillarse ante la majestad de aquella alma grande, y aceptar el socorro para atender a sus congojosas necesidades. Él no lo hacía por vanidad de hombre rico; hacíalo por puro anhelo de caridad y amor. ¿Cómo desairar estos dos sentimientos que, según la religión, son uno solo?

Esta consideración llevó sus ideas por otro camino. Lo que Agustín le había dicho algunas noches antes era de gran valor. Antes de oír aquella sustanciosa frase, ya ella había comprendido, con su penetración de hembra, que el señor de Caballero no la miraba como se mira a las personas que nos son indiferentes. Había sabido ella interpretar con seguro tino, aquella frialdad de estatua, aquel silencio grave, hallándoles un sentido atrozmente expresivo. Luego, él, de improviso, había dicho: «Me volveré a Burdeos cuando pierda la esperanza, cuando usted...» ¡Oh!, no, no; no podía ser; caso tan feliz salía fuera de los justos términos de la ambición humana... Pero ¿qué significaba entonces aquel regalo, que, si a primera vista no parecía delicado, revelaba franqueza noble y el deseo de atemperarse a las circunstancias? Y siendo ella pobre, pobrísima, ¿por qué no había de auxiliarla quien aspiraba nada menos que a...? Sueño, delirio; esto no podía ser... No obstante, un secreto instinto le decía que sí. Bien claro habían hablado aquellos ojos negros. Y el consabido socorro debía entenderse como un intento de ponerla en condiciones de igualarse con él... Otra confusión: siendo indudable que Caballero la quería para sí, ¿en qué condiciones sería esto? ¿Quería hacerla su esposa o su...? Él había dicho varias veces que deseaba casarse. A más de esto, aquella frase que dijo a Rosalía, aquel yo *la dotaré,* encerraba un sentido enteramente matrimonial.

Más se confundía Amparo al pensar lo que debía decir a su protector cuando le viera en la casa de Bringas. ¿Le daría las gracias, lo mismo que si hubiera recibido la butaca de un teatro o una caja de dulces? No... ¿Se callaría? Tampoco. ¿Le contestaría con un largo y bien estudiado discurso? Menos. No era caso de decir: «¡Ave María! Don Agustín, ¡qué cosas tiene usted!» La respuesta al gallardo obsequio era tan difícil y compleja, que lo mejor sería confiarla al papel. ¡Una carta! Feliz idea. Amparo tomó papel y pluma... Pero las dificultades fueron tales desde la primera palabra, que arrojó la pluma, convencida de su incapacidad para obra tan delicada. Todo cuanto se le ocurría resultaba pálido, insulso y afectado, como si hablara por ella un personaje de las novelas de don José Ido. Nada, nada de papeles escritos. El estilo es la mentira. La verdad mira y calla.

Las cosas que bullían en su cabeza, los disparates que pensaba, los proyectos que hacía, los desfallecimientos que sentía de pronto, pusiéronla en tal estado de sobreexcitación, que si no era la misma locura, poco le faltaba para llegar a ella. Añadíanse a tantos motivos de frenesí las maravillas contadas por Felipe, que no parecían sino *Las mil y una noches,* refundidas a estilo casero. En el rebullicio que tenía en su cabeza, vio Amparo los grifos del baño, la cocina con tantas puertas y hornillos, los montones de ropa y de vajilla, las figuritas de porcelana y los pájaros de la caja de música. Ya se paseaba por la sala, dando aire y espacio a todo aquel efluvio de pensamientos vanos; ya se sentaba para mirar atentamente a la luz, ya iba de una parte a otra de la casa. La una sonó en el reloj de la Universidad, y ella no pensaba en pedir reposo al sueño.

Refugio entró. Sorprendida de ver a su hermana levantada, tembló, esperando una reprimenda por haber venido tan tarde. Tenía el rostro encendido, y de sus ojos brotaban resplandores de fiebre o de alegría.

—¿Qué hay? —preguntó Refugio, antes de quitarse la toquilla con que se abrigaba.

Tenía tan poco imperio el egoísmo en el alma de la mayor de las Emperadoras, que hizo entonces, como otras muchas veces, una cosa de todo punto contraria a su conveniencia personal. ¡Era tan débil! Dejándose arrastrar de su índole generosa, mostró los billetes.

Refugio abrió los ojos, enseñó los dientes en un reír de loca, y dijo con toda su voz, que con el frío de la noche se había puesto algo ronca:

—¡Chica, chica!

—¡Ah! Poco a poco —dijo Amparo, guardándose el dinero en el seno con rápido movimiento—. Esto ha venido para mí. Que yo, como buena hermana, lo parta contigo, no quiere decir que tengas derecho...

—¿Pero quién...?

—Eso no te lo puedo decir... Lo sabrás más adelante... Pero te juro que es el dinero más honrado del mundo. Se pagarán todas las deudas. Y si te portas bien, si haces lo que te mande, si me prometes trabajar y no salir de noche, te daré algo... Acuéstate, estarás cansada.

Refugio, sin decir nada, entró en la alcoba. Desde la sala se la podía ver colgando su ropa en una percha.

Amparo se acostó también. En la oscuridad, de cama a cama, las dos hermanas hablaban.

—Se entiende que has de portarte bien..., hacer todo lo que yo te mande. Tu decoro es mi decoro; y si tú eres mala, mi opinión ha de padecer tanto como la tuya.

—Es que para que yo sea buena, hermana —replicó la otra desde el hueco de sus sábanas— lo primero que has de hacer es suprimir los sermones. No prediques, que eso no conduce a nada. ¿Por qué es mala una mujer? Por la pobreza... Tú has dicho: «Si trabajas...» ¿Pues no he trabajado bastante? ¿De qué son mis dedos? Se han vuelto de palo de tanto coser. ¿Y qué he ganado? Miseria y más miseria... Asegúrame la comida, la ropa, y nada tendrás que decir de mí. ¿Qué ha de hacer una mujer sola, huérfana, sin socorro ninguno, sin parientes y que se ha criado con cierta delicadeza?

¿Se va una a casar con un mozo de cuerda? ¿Qué muchacho decente se acerca a nosotras viéndonos pobres?... Y ya sabes: desde que la ven a una tronada y sola, ya no vienen a cosa buena... La costura, ¿para qué sirve? Para matarse. ¿Ese dinero lo has ganado tú haciendo camisas, bordando, o poniendo cintas a los sombreros?... ¡Qué risa! ¿Te lo han dado los Bringas?... ¡Tendría sal! Pues ¿de dónde lo has sacado? ¿Hay debajo de las tejas quien dé dinero por darlo, por hacer favor, por caridad pura?... No, hija: y a mí no me vengas con hipocresías... ¿Es que puede suceder que lluevan billetes de Banco? Tampoco. Pues entonces habla claro... Chica, yo necesito treinta duros; pero los necesito mañana mismo. Es que los debo, hija, los debo, y yo tengo mucha conducta. Si me los das...

Poco a poco se fueron entrecortando las palabras de Refugio. Estaba tan fatigada, que la excitación cerebral, producida por la vista de aquel inexplicable tesoro, fue vencida del cansancio. Se durmió profundamente, como ella dormía, con la tranquilidad del justo, resultado de una fácil conciencia.

Por la mañana, Amparo, que estaba despierta, sintió que su hermana se levantaba despacito, procurando no hacer ruido, y metía con sigilo y cautela la mano entre las almohadas...

—Chica, no seas mala —dijo la Emperadora mayor aplicándole ligera bofetada—. Estoy despierta. No he dormido en toda la noche. ¿Buscas el dinero? Sí, para ti estaba...

Refugio volvió a su cama, riendo. Toda la mañana, ya después de levantadas, estuvieron cuestionando, a ratos en broma, a ratos con seriedad. Negábase Amparo a dar dinero a su hermana si no prometía variar de costumbres, y Refugio, para conseguir su objeto sin renunciar a su libertad, empleaba toda suerte de halagos y carantoñas, o bien de tiempo en tiempo las amenazas, revolviéndolas con mentiras muy bien urdidas. Tenía un gran compromiso con las de Rufete, y cuando los pintores a quienes servía de modelo le pagaran, devolvería a su hermana la cantidad que le anticipase. De este enredo pasó a otro, y luego a otro, hasta que Amparo, cansada de oírla, la mandó callar; pero, irritada la pequeña, dejóse arrebatar de la ira, y con la voz de sus ya indomables pasiones increpó a su hermana de esta manera:

—Guarda tu dinero, hipocritona... No lo quiero... Me quemaría las manos. Es de pie de altar.

Tanta impresión hicieron en el ánimo de la otra estas palabras, que estuvo a punto de caer al suelo sin sentido. Sin responder nada, corrió a la alcoba y se reclinó sobre la cama, rompiendo a llorar. En la salita, Refugio, desbocada, prosiguió así:

—Tiempo hacía que no parecían por aquí dineritos de la lotería del diablo...

Después de una pausa lúgubre, Refugio vio que por entre las cortinillas de la alcoba asomaba el brazo de su hermana. La mano de aquel brazo arrojó dos billetes en medio de la sala.

—Toma, perdida —dijo una voz, ahogada por los sollozos.

Refugio tomó el dinero. Sabía conseguir de su hermana todo lo que quería, manejando un hábil resorte de vergüenza y terror. Amparo no había sabido sustraerse a este execrable dominio.

Aplacado su furor con la posesión de lo que deseaba, la hermana menor sintió en su alma cosquilleos de arrepentimiento. Era su carácter pronto y como explosivo, y tan fácilmente se remontaba a las cumbres de la ira como caía deshecho en el llano de la compasión. Había ofendido a su hermana, le había dado un terrible golpe en la herida sangrienta y dolorosa, y, afligida del recuerdo de esta mala acción, esperó a que la agraviada saliese para decirle alguna palabra conciliadora. Pero no salía: sin duda, no quería verla, y Refugio, al cabo, más vencida de su impaciencia que de la consideración hacia su hermana, salió a la calle.

Aquel día, por ser domingo, no fue Amparo a la casa de los Bringas. Entretúvose en arreglar la suya y coser su ropa, y después de una breve excursión a la calle para comprar varias cosillas que le hacían mucha falta, volvió a su trabajo doméstico con verdadero afán. Hizo propósito de establecer el mayor arreglo y limpieza en su estrecha vivienda. Pero, ¡ay!, con aquella loca de su hermana no era posible el orden. «¿Qué saco de comprar nada —pensó—, si el mejor día me lo vende o me lo empeña todo?»

Comió sola, porque la andariega no fue a la casa en todo el día. Entró de noche, ya muy tarde; pero las dos hermanas no se hablaron una palabra. Amparo estaba muy seria; Refugio parecía sumisa y deseosa de perdón. Viendo que su hermana no se daba a partido, bajó a casa de don José y estuvo charla que charla toda la noche. Estas tertulias de la pequeña en casa de los vecinos desagradaban mucho a su hermana.

Capítulo 13

Al día siguiente, lunes, se presentó Amparo a Rosalía, después de desempeñar diferentes comisiones que ésta le había encargado. Una de las primeras conversaciones que Rosalía tuvo con ella fuele horriblemente antipática, en términos que, de buena gana, habría puesto una mordaza en la boca de su excelsa protectora.

—Hoy estuve en San Marcos —le dijo ésta—, y me encontré a doña Marcelina Polo... ¡Qué desmejorada está la pobre señora! Será por los disgustos que le ha dado su hermano, que, según dicen, es una fiera con hábitos... Me preguntó por ti, y le dije que estabas buena, que quizá entrarías en un convento. ¿Sabes cómo me contestó?

Amparo aguardaba, más muerta que viva.

—Pues no me dijo nada; no hizo más que persignarse. Entró ella en la sacristía, y oí yo mi misa.

Llegada la hora en que acostumbraba ir Caballero, la joven no sabía si era temor o deseo de verle lo que embargaba su ánimo... Pero el generoso no fue aquel día, ¡cosa extraña!, y Amparo no se explicaba aquella falta sino suponiendo en él algo de lo que ella misma sentía: temor, cortedad, timidez. Él también era débil, sobre todo en asuntos del corazón, y no sabía afrontar las situaciones apuradas. En vez de Caballero, fue aquel día un señor, amigo de la casa, el hombre más cargante que Amparo recordaba haber visto en todos los días de su vida. Era un presumido que se tenía por acabado tipo de guapeza y buena apostura, y se las echaba de muy pillín, agudo y gran conocedor de mujeres. Mientras estuvo allí no apartó de Amparo sus ojos, que eran grandísimos, al modo de huevos duros y con expresión de carnero moribundo. La vecindad de una nariz pequeñísima daba proporciones desmesuradas a los ojos, que, en opinión del propio individuo, su dueño, eran las más terribles armas de amorosas conquistas. Dos chapitas de carmín en las mejillas contribuían al estrago que tales armas sabían hacer. Sonrisa con pretensión irónica acompañaba siempre al despotrique de miradas que aquel señor echaba sobre la joven; y sus expresiones eran tan enfatuadas, reventantes y estúpidas como su modo de mirar. Llamábase Torres, y era un cesante que se buscaba la vida sabe Dios cómo. La impresión que este individuo y sus miradas hacían en la huérfana quedan expresadas diciendo, a estilo popular, que ésta le tenía sentado en la boca del estómago.

Fuera de este suplicio de ojeadas y sandeces, nada ocurrió aquel día digno de contarse; mas cuando la joven volvió a su casa, ya entrada la noche, recibió de la portera una carta que habían traído en su ausencia, y al ver la letra del sobre sintió temor, ira, rabia; estrujóla, y, al subir a su vivienda, la rompió en menudos pedazos, sin abrirla. Los trozos de la carta, metidos unos dentro de los fragmentos del sobre y otros sueltos, estuvieron algún tiempo en el suelo, y cada vez que Amparo pasaba cerca de ellos parecía que solicitaban su atención. Hasta se podía sospechar que sobrenatural mano los dispuso sobre la estera de modo que expresasen algo y fueran signo de alguna muda, pero elocuente, solicitud.

Mirábalos ella y pasaba, pisándolos; pero los pedacitos blancos le decían: «Por Dios, léenos.» Para borrar todo rastro de la malhadada epístola, Amparo trajo una escoba, emblema del aseo, que también lo es del menosprecio. Pero a los primeros golpes pudo la curiosidad más que el desdén. Inclinóse, y de entre el polvo tomó un papel que decía: *moribundo.* Después vio otro que rezaba: *pecado.* Un tercero tenía escrito: *olvido que asesina.* Barrió más fuerte, y bien pronto desapareció todo.

Mas concluida la barredura, el desasosiego de la Emperadora fue tan grande, que no pudo comer con tranquilidad. A media comida levantóse de la insegura silla; no podía estar en reposo; sus nervios iban a estallar como cuerdas demasiado tirantes. Levantó manteles, púsose las botas, el velo, y se dirigió a la puerta; pero desde la escalera retrocedió como asustada, y vuelta a descalzarse y a guardar el velo. Aunque estaba sola y con nadie podía hablar, la viveza de su pensamiento era tal que arrojó a la faz de la tristeza y de la penumbra reinantes en su casa estas extravagantes cláusulas:

—No, no voy... Que se muera.

Más tarde debieron de nacer nuevamente en su espíritu propósitos de salir. Cada suspiro que daba haría estremecer de compasión al que presente estuviera. Después lloraba. ¿Era de rabia, de piedad, de qué...? Acostóse al fin y durmió con intranquilo sueño, entrecortado de negras, horripilantes pesadillas. Medio dormida, medio despierta, oyéronse en la angosta alcoba ayes de dolor, quejidos lastimeros, cual si la infeliz estuviese en una máquina de tormento y le quebrantaran los huesos y le atenazaran las carnes, aquella carne y aquellos huesos que componían, según doña Nicanora, la más acabada estatua viva que produjera el cincel divino. Despierta antes del día, en su cerebro, como luz pendiente de una bóveda, estaba encendida esta palabra: «Iré.» Y la oscilación y el balanceo de esta palabra encendida eran así: «Debo ir; mi conciencia me dice que vaya, y mi conveniencia también, para evitar mayores males. Voy como si fuera al cadalso.»

Lo primero que tuvo que hacer fue inventar la explicación de su ausencia de la casa de Bringas. Cuando no las pensaba con tiempo, estas mentirijillas le salían mal, y en el momento preciso se embarullaba, dando a conocer que ocultaba la verdad. Inventado el pretexto, se dispuso a salir, no verificándolo hasta que se hubo marchado su hermana. Las diez serían cuando se echó a la calle, digámoslo en términos revolucionarios, y tan medrosa iba, que se consideraba observada y aun seguida por todos los transeúntes.

«Parece que todos saben adónde voy —pensaba andando más que deprisa para recorrer el penoso camino lo más pronto posible—. ¡Qué vergüenza!»

Y la idea de que pudiera encontrar a alguna persona conocida, la hacía pasar bruscamente de una acera a otra y tomar las calles más apartadas. Habría deseado, para ir tranquila, ponerse una careta; y si aquellos días fueran los de Carnaval, seguramente lo habría hecho. Atravesó todo Madrid, de Norte a Sur. Las once serían cuando entraba en la calle de la Fe, que conduce a la parroquia de San Lorenzo, y reconoció desde lejos la casa a donde iba por una alambrera colgada junto a una puerta, como insignia del tráfico de trapo y cachivaches. *Se compra trapo, lana, pan duro y muebles,* decía un sucio cartelillo colgado en la pared. El portal no tenía número. Amparo, que no había estado allí más que una vez, cuatro meses antes, no podía distinguirlo de los demás portales sino por aquel emblema de la alambrera y del rótulo. Ya tan cerca del fin de su carrera, vacilaba; pero al fin, pasando junto a la mampara de un memorialista, penetró en feísimo patio, por un extremo del cual corría un arroyo de agua verde, uniéndose luego a un riachuelo de líquido rojo. Eran los residuos de un taller de tintorería de paja de sillas establecido en aquellos bajos.

Atravesó la joven apresuradamente el patio de un ángulo a otro. Mucho temió que unas mujeres que estaban allí le dijesen alguna insolencia; pero no hubo nada de esto. En el rincón del patio había una puerta que daba paso a la escalera, cuyo barandal era de fábrica. Paredes, escalones y antepechos debieron de ser blanqueados en tiempo de Calomarde; mas ya era todo suciedad y mugre lustrado por el roce de tantos cuerpos y faldas que habían subido por allí. Silencio triste reinaba en la escalera, que parecía una cisterna del revés. Se subía por ella al abismo, porque mientras más alta era, más oscura. Por fin llegó Amparo a donde pendía un cordón de cáñamo. Era menos limpio que el de su casa, por lo que hubo de cogerlo también con el pañuelo. Llamó quedito, y no tardó en abrirse la puerta, pintada de azul al temple, dejando ver colosal figura de mujer anciana, cuya cara morena, lustrosa y curtida, parecía una vieja talla de nogal. Sus cabellos, de color de estopa sin cardar, salían por debajo de un pañuelo negro, y era también negro el vestido con visos de ala de mosca que declaraban antecedentes de sotana. La voz cascada de aquella mujer dijo estas palabras, acompañadas de un reír menudo, semejante al rumor de un sonajero:

—¡Gracias a Dios! Que haya repique de campanas... Poco contento se va a poner.

—¿Hay alguien, Celedonia? ¿Hay alguna visita? —dijo Amparo con muchísimo recelo.

—Aquí no viene nadie, hija... Está solo y dado a los demonios. Cuando la vea a usted... Adelante. Si no tiene nada, nada más que soledad y tristeza. Le digo que pase y no quiere... Pase, pase. ¿A qué viene ese miedo? Ahora que tiene compañía, me voy a casa del tintorero.

Amparo entró en una sala no muy grande, cuyas dos ventanas daban al patio. Contenía esta pieza el moblaje de otra que había sido mayor, y de aquí su aspecto de prendería. El polvo dominaba absolutamente todo, envolviendo en repugnante gasa los objetos. Parecía un domicilio cuyos dueños estuvieran ausentes, dejándolo encomendado al cuidado de las arañas y los ratones. En el rincón opuesto a la puerta, detrás de una mesilla de salomónicas patas, colocada, junto a la ventana, había un sillón de hule negro y roto. En el sillón estaba un hombre, más bien que sentado, hundido en él, cubierto de la cintura abajo con una manta.

Al verle, la Emperadora fue hacia él, ligera. La fisonomía del hombre enfermo era todo dolor físico, ansiedad, turbación. Ella, turbada también, le alargó su mano, que él la tuvo entre las suyas mientras decía:

—Alabado sea Dios... ¡Tantos meses sin parecer por aquí! Me hubiera muerto..., quería morirme. ¡Ah Tormento, Tormento!... ¡Abandonarme así, como a un perro; dejarme perecer en esta soledad...!

—Yo no debía venir... Había hecho propósito de no venir más... Pecado horrible que no puede tener perdón.

Diciendo esto, parecía que se ahogaba. Rompió a llorar, ¡y de qué manera!... Vertía lágrimas antiguas, lágrimas pertenecientes a otros días y que no habían brotado en tiempo oportuno. Por eso tenían salobridad intensa, y le amargaban horriblemente cuando se las bebía. Vuelta la espalda al enfermo, estaba inmóvil y en pie, como una de esas bonitas imágenes que, vestidas de terciopelo, barnizada la cara y con un pañuelo en la mano, representan con su llanto eterno la salvación por el arrepentimiento.

Mirábale él con torvos y asustados ojos. También él lloraba quizás, pero por dentro. Su cara era cual mascarilla fundida en verdoso bronce, y lo blanco de sus ojos amarilleaba al modo del envejecido marfil. Queriendo dominar la situación, el enfermo desechaba con violento esfuerzo la tristeza y duelo del caso. Oídle decir, en tono de impaciencia:

—Tormentito, deja eso por ahora. Estoy muy mal y me afecto mucho. La alegría de verte después de tanto tiempo se sobrepone a todo. Siéntate.

—Sí —dijo, volviéndose, la que el doliente llamaba con nombre tan extraño—. He venido por cumplir una obra de misericordia: he venido a visitar a un amigo enfermo, y nada más. Se acabaron para siempre aquellas locuras...

—Bueno, bueno: se acabaron. Pero sosiégate ahora y siéntate.

Tormento miró a todos lados con rápido y atento examen. Sus ojos encendidos pestañeaban, y el pañuelo no había secado todo el llanto que abrasaba sus mejillas. Sonrisa ligeramente burlona animó sus labios, y dijo así:

—Que me siente... ¿Y dónde? Si todo está lleno de polvo. Si aquí parece que no se ha barrido en tres meses. Esto es un horror.

—Yo no he permitido que se barra ni se toque nada... —replicó el misántropo— hasta que tú vinieras.

—¡Hasta que yo viniera!... ¡Jesús!

—De modo que si no vienes... me dejo morir en este abandono. Ya ves cuánta falta me haces.

Tormento buscó con qué limpiar una silla, y, hecho esto, se sentó en ella frente al enfermo.

—¿Y qué dice el médico?

—¡El médico!... Celedonia ha querido varias veces traer uno; pero yo le he dicho siempre que si le traía le echaré por la ventana. Mi médico es otro; mi medicina es que me mire una persona que conozco, que venga a verme, que no se olvide de mí.

Decía esto como un niño quejumbrón, a quien la enfermedad da derecho a ser mimoso.

—Basta, basta... Todo pasó, pasó, pasó —dijo Tormento, pugnando por arrojar el peso que sobre su alma tenía.

—No me riñas...

—Es que me marcharé.

—Eso no... Seré bueno. Pero es tan verdad lo que te he dicho, es tan verdad que tú, alejándote, eres mi mal y volviendo mi salud, que hoy, sólo con verte, parece que estoy bueno, y que me vuelven las fuerzas. ¡Qué días he llevado! Hace un mes que apenas tomo alimento. Paso semanas enteras sin dormir... Dice Celedonia que esto es cosa del hígado, y yo le digo: «Que me la traigan, que me la traigan..., y verás cómo resucito...» ¡Y tú, tan inhumana, tan olvidadiza!... ¿Cuántas cartas te escribí hace tres meses? ¡Qué sé yo! Viendo que no me respondías ni me visitabas, me resigné. Pero hace días, creyendo morirme, no pude resistir más, y te puse cuatro letras.

—¡Por Dios!... —exclamó Tormento, sin fuerzas para resistir el peso de su conciencia—. Que no me arrepienta de haber venido. Aquello pasó, se borró, es como si no hubiera sucedido... Y la vida entera dedicada al arrepentimiento, ¿bastará, digo yo, bastará para que Dios perdone?...

Su espanto la obligaba a decirlo todo en impersonal, porque las palabras *yo, tú, nosotros,* le quemaban los labios.

—Si los padecimientos purifican, si el dolor sana —manifestó el enfermo, dándose fuerte golpe en la cabeza con la palma de la mano—, si el dolor sana el alma, más puro estoy que un ángel... Ahora, si es preciso el propósito de ahogar sentimientos ya muy arraigados, si no basta con hacer como si no se quisiera y es necesario dejar de querer realmente, entonces no hay remisión para mí. Ni puedo ni quiero salvarme.

Tormentito no tuvo fuerzas para decir nada contra esto. Su carácter débil sucumbía ante resolución tan categórica. Bajó los ojos, inclinando la cabeza. El peso aquel se hizo tan grande, que no podía soportarlo.

Un minuto después, en el tono más sencillo y pedestre del mundo, el tal dijo:

—¿Sabes? Me he puesto tan bien desde que te vi, que me alegraría de tener algo que almorzar.

—Pero qué..., ¿no hay...?

—¡Oh!, hija, estoy tan pobre, pero tan pobre... Vivo, si esto es vivir, de limosna. Hace algunos días que se acabaron todos mis recursos. Cobré algo de las cantidades que me debía Pizarro, el fotógrafo, ¿te acuerdas? Parte empleé en socorrer a esa desgraciada familia del sillero que vive arriba; el resto lo he ido gastando. Aún debo cobrar tres mil y pico reales que me debe Juárez, y, además, tendré lo que produzca la venta de los muebles y material de la escuela. Me lo ha tomado el Ayuntamiento; pero ésta es la hora en que no me ha dado un ochavo. Si no fuera por el padre Nones, ya me habría ido a un hospital.

Amparo se internó en la casa, y al poco rato volvió, diciendo:

—Si no hay nada, ni siquiera carbón.

—Nada, nada, ni siquiera carbón—repitió él, cruzando las manos.

Tormento volvió a desaparecer. Sintióla el enfermo trasteando en la cocina, y oyó la simpática voz que decía:

—Esto es un horror.

—¿Qué haces?

—Limpiar un poco —replicó ella desde lejos, confundiendo su voz con el sonido de calderos y loza.

Poco después entró en la sala, diligente. Se había quitado el velo y el mantón, y la mujer de gobierno se revelaba en ella.

—Pero esa Celedonia, ¿dónde está? —preguntó con mucha impaciencia.

—¿Celedonia? Échale un galgo... Como haya encontrado con quién charlar... ¿Para qué la quieres?

—Para mandarla a la compra, avisar al carbonero, al aguador... No puedo ver la casa tal como está, ni que, pudiéndolo yo remediar, esté sin comer una persona...

—Que te quiere tanto... Has hablado como el Evangelio... No, no te arrepientas.

—Una persona que nos ha socorrido a mí y a mi hermana en días de miseria...

—¡Bah!... No cuentes con Celedonia. Esa pobre mujer es muy buena para mí, pero no sirve más que para comerme lo poco que tengo. Cuando le dan los ataques de reúma y se tumba y se pone ella a gritar por un lado mientras yo gimoteo por otro, sin podernos consolar ni ayudar el uno al otro, esta casa es un Purgatorio... Mira, hija, más vale que vayas tú misma a comprar lo que desees darme. De tus manos comería yo piedras pasadas por agua... Ve...

—¿Y si me conocen? —dijo ella, temerosa.

Meditó un instante. Variando después de parecer y poniéndose el mantón por los hombros y en la cabeza un pañuelo que antes tenía al cuello, tomó la cesta de la compra y se dispuso a salir.

—Me atreveré —afirmó, sonriendo con tristeza—. Hago con esto otra obra de misericordia, y Dios me protegerá.

«¡Divina y salada! —pensó el infeliz señor, viéndola salir—. Se me parece a las seráficas majas que gozan un puesto en el cielo..., digo, en el techo de San Antonio de la Florida.»

Y el suspiro que echó fue tal, que hubo de resonar en Roma.

Capítulo 14

¿Qué se hizo de la brillante posición de don Pedro Polo bajo los auspicios de las señoras monjas de San Fernando? ¿Qué fue de su escuela famosa, donde eran desbravados todos los chicos de aquel barrio? ¿Adónde fueron a parar sus relaciones eclesiásticas y civiles, el lucro de sus hinchados sermones, el regalo de su casa y su excelente mesa? Todo desapareció; llevóselo todo la trampa en el breve espacio de un año, quedando sólo, de tantas grandezas, ruinas lastimosas. ¡Enseñanza grande y triste que debieran tener muy en cuenta los que han subido prontamente al catafalco de la fortuna! Porque si rápido fue el encumbramiento de aquel señor, más rápida fue su caída. Se desquició casi de golpe todo aquel mal trabado edificio, y bien pronto, ni rastro, ni ruido, ni polvo de él quedaron, siendo muy de notar que no se debió esta catástrofe a lo que tontamente llama el vulgo *mala suerte* sino a las asperezas del mismo carácter del caído, a su soberbia, a sus desbocadas pasiones, absolutamente incompatibles con su estado. Pereció como Sansón entre las ruinas de un edificio, cuyas columnas derribara él mismo con su estúpida fuerza.

Está averiguado que antes de la muerte de doña Claudia empezó el desprestigio de la escuela. El contingente de chicos disminuía de semana en semana. Alarmados los padres por los malos tratos de que eran objeto aquellos pedazos de su corazón, los retiraban de la clase, poniéndolos en otra de procedimientos más benignos. Y en la misma calle se estableció otro maestro que propalaba voces absurdas sobre los horrores que hacía Polo con los muchachos, descoyuntándoles los brazos, hendiéndoles el cráneo, despegándoles las orejas y sacándoles tiras de pellejo. Más tarde la gente que pasaba por la calle vio que por una de las ventanas bajas salía volando una criatura, como proyectil disparado por una catapulta. Otras cosas se referían igualmente espantables; pero no todo lo que se dijo merece crédito. Los pasantes contaban que algunos días estaba el maestro como loco furioso, dando gritos y echando de su boca juramentos y voquibles impropios de un señor sacerdote.

La muerte de doña Claudia, acaecida inopinadamente, fue como una prolongación de aquel sueño pesadísimo que le entraba después de comer y de cenar. Sobre esto se hablaba más de lo regular. El tabernero de enfrente parece que vio con disgusto el acabamiento de aquella dama, por la buena parroquiana que perdía. Desde que sucedió esta desgracia, las *señoras* y don Pedro empezaron a ponerse de punta, como dos sustancias que rechazan la combinación. Todos los días, cuestiones, razonamientos, recados importunos, disgustos aquí y allá; ellas, muy tiesas; él, más estirado aún. Cuenta la mandadera, mujer de gran locuacidad, digna de ser llevada a un Parlamento, que un día tuvieron las señoras y don Pedro un *coram vobis* en el locutorio, del cual resultó, tras muchos dimes y diretes, que el capellán mandó a las monjas al... (al infierno debió de ser), en las propias barbas de la madre abadesa. Con esto y otras cosas, don Pedro se vio obligado a desocupar la casa y dejar el capellanazgo a otro clérigo de temperamento más dócil. Él había nacido para domar salvajes, para mandar aventureros; quizás, quizás para conquistar un imperio, como su paisano Cortés. ¿Cómo había de servir para *afeitar ranas*, que esto y no otra cosa era aquel menguado oficio?... Se marchó contento y renegando de las monjas, a las cuales ponía de tal manera, que no había en verdad por dónde cogerlas.

Instalóse en casa propia, hacia la calle de Leganitos, y allí la incompatibilidad de su carácter con el de su hermana empezó a ser de tal naturaleza, que la existencia común se hizo difícil. Marcelina Polo, que en vida de su madre había tenido paciencia, mucha paciencia, y desprecio de sí misma, se hizo cargo de que, pudiendo ganar el Cielo con la oración, no había necesidad de conquistarlo con el martirio. Cuenta la criada que por entonces tuvieron, segoviana, astuta y chismosa, que el hallazgo de no sé qué papeles hizo descubrir a doña Marcelina debilidades graves de su hermano, y que, enzarzados los dos en agria disputa, sobrevino la ruptura. «Todo lo paso —decía—; paso que me tire los platos a la cabeza; paso que me diga palabras malsonantes; pero un pecado tan atroz y sacrílego, eso sí que no se lo paso.» Y se fue a vivir con una tal doña Teófila, señora mayor, que se le parecía como una gota a otra gota. Poco después embaucaron a doña Isabel Godoy (que había perdido a su fiel criada), y la trajeron a vivir consigo, instalándose en un casita en la calle de la Estrella. Cada una de las tres tenía su especial demencia: la Godoy consagraba sus horas todas a las prácticas de un aseo frenético; el desvarío de doña Teófila era la usura, y el de Marcelina, la devoción contemplativa, con más un cierto furor por la lotería, que heredó de su madre.

Las relaciones de esta señora con su hermano fueron desde entonces muy frías. Rara vez le visitaba para informarse de su salud, y no le prestaba servicio alguno doméstico ni le cuidaba en sus enfermedades. Creía, sin duda, cumplir con su conciencia rezando por él a troche y moche, y pidiendo a Dios que le apartase de los malos caminos. Casi todo el día se lo pasaba en las iglesias, asimilándose su polvo, impregnándose de su olor de incienso y cera, por lo cual, don Pedro, cuando recibía la visita de ella, ponía muy mala cara, diciéndole: «Hermana, hueles a sacristía. Hazme el favor de apartarte un poco.»

Desde que se malquistó con su hermana, fuese a vivir Polo a los barrios del sur. Era ya tan visible su decadencia, que no lograba disimularla. Ya no había parroquia ni cofradía que le encargasen un triste sermón, ni tampoco él, aunque se lo encargaran, tenía ganas de predicarlo, porque las pocas ideas teológicas que un día extrajo, sin entusiasmo ni calor, de la mina de sus libros, se le habían ido de la cabeza, donde parece que estaban como desterradas, para volverse a las páginas de que se salieron. Polo, en verdad, no las echaba de menos, ni tuvo intento de volver a cogerlas. Su mente, ávida de la sencillez y rusticidad primitivas, había perdido el molde de aquellos hinchados y vacíos discursos, y hasta se le habían olvidado las mímicas teatrales del púlpito. Era un hombre que no podía prolongar más tiempo la falsificación de su ser, y que corría derecho a reconstituirse en su natural forma y sentido, a restablecer su propio imperio personal, a hacer la revolución de sí mismo, y derrocar y destruir todo lo que en sí hallara de artificial y postizo.

Cuentan que en las sacristías de las iglesias adonde solía ir a celebrar misa armaba reyerta con los demás curas, y que un día él y otro de carácter poco sufrido hablaron más de la cuenta y por poco se pegan. Hubo de manifestar en cierta ocasión ideas tan impropias de aquellos lugares santos, que, según dicen, hasta las imágenes, mudas e insensibles, se ruborizaron oyéndole. El rector de San Pedro de Naturales le dijo que no volviera a poner los pies allí. Algún tiempo rodó de sacristía en sacristía, malquistándose con toda la sociedad eclesiástica y dando motivo a maliciosas hablillas. Su peculio, que ya venía sufriendo considerables mermas, entró en un período de verdadero ahogo. La pobreza enseñóle su cara triste, anunciándole la miseria, más triste aún, que detrás venía. Aún pudo haber encontrado su salvación; pero su alma no tenía fortaleza para arrancar de raíz la causa de trastorno tan grave y profundo. Las grandes energías que su alma atesoraba y que le habían valido para ganar épicos laureles en otros días, lugares y circunstancias, no le valieron nada contra su desvarío. Todas las armas se embotaban en la dureza de aquella sangre y vida petrificadas, que protegían su pasión como una coraza inmortal a prueba de razones morales y sociales.

Sobrevinieron entonces el desaliento, el malestar, la despreocupación y una pereza invencible. Levantábase tarde; huía espantado de la iglesia, que creía profanar con su sola presencia; pasaba semanas enteras encerrado como un criminal que a sí mismo se condenara a reclusión perpetua. Otras veces salía esquivando a sus pocos amigos, y se pasaba el día solo vagando por las afueras, mal vestido de paisano, con empaque tal, que se le habría tomado por presidiario que acaba de romper sus cadenas. En la clase eclesiástica no conservaba más que un amigo: el padre Nones, quien, con dulzura, le exhortaba a enmendarse y restablecer la vida normal. La querencia de este buen sacerdote llevóle a vivir a la humilde casa de la calle de la Fe, y por algún tiempo hizo tímidos esfuerzos para regularizar sus costumbres. Entonces le retiraron las licencias, y, roto el débil lazo que aún sujetaba su voluntad al cuerpo robusto de la Iglesia, se desprendió absolutamente de ella y cayó en abismos de perdición, ruina, miseria. Vivía estrechamente, apurando los pocos dinerillos que tenía, haciendo esfuerzos por cobrar las cantidades que le adeudaban algunas personas desde los tiempos de su prosperidad. Repartiendo cartitas y recados, iba cobrando lentamente de sus deudores sumas mezquinas. Concertó la venta del material de la escuela, que era suyo, con el Ayuntamiento; pero si éste tuvo prisa para posesionarse de lo comprado, no la tuvo para pagar.

Por ser desgraciado en todo, fuelo también don Pedro en la elección del ama de llaves que le servía, mujer de mucha edad, bondadosa y sin malicia, pero que no sabía gobernar ni su casa ni la ajena. Era madre de sacristanes, tía y abuela de monaguillos, y había desempeñado la portería de la rectoral de San Lorenzo durante luengos años. Sabía de liturgia más que muchos curas, y el almanaque eclesiástico lo tenía en la punta de la uña. Sabía tocar a fuego, a funeral y repique de misa mayor, y era autoridad de peso en asuntos religiosos. Pero con tanta ciencia, no sabía hacer una taza de café, ni cuidar un enfermo, ni aderezar los guisos más comunes. Su gusto era callejear y hacer tertulia en casa de las vecinas.

Estos hechos y circunstancias, el extravío de Polo, su falta de dinero, la incapacidad doméstica de Celedonia, llevaron la tal casa al grado último de tristeza y desorden. Pero cierto día entró inopinadamente en ella alguien que parecía celestial emisario, y aquel recinto muerto y lóbrego tomó vida, luz. Pronto se vio aparecer sobre todo esa sonrisa de las cosas que anuncia la acción de una mano inteligente y gobernosa, y quien con más júbilo se alzaba del polvo para gozar de aquella dulce caricia era el doliente, aterido, desgarrado y maltrecho don Pedro Polo.

lost

battered

stews

garnishing

torn

Capítulo 15

Al cual le retozaba el alma en el cuerpo cuando vio entrar a Tormento con el cesto de la compra bien repleto de víveres.

—¡Qué opulencia! —exclamó con alegres fulguraciones en sus ojos—. Parece que vuelven los buenos tiempos... Parece que ha entrado en mi choza la bendición de Dios en figura de una santa...

Detúvose aquí, cortando el hilo de aquel concepto que se le salía del alma. Tormento nada dijo y se internó en la casa. Pronto se sintieron los fatigados pasos de Celedonia, y luego los del carbonero y del aguador. Movimiento y vida, el delicioso bullicio del trajín doméstico reinaba en la poco antes lúgubre vivienda. Era agradable oír el rumor del agua, el repique del almirez, el freír del aceite en la sartén. Siguió a esto un estruendo de limpieza general: choque de pucheros y cacharros, azote de zorro y castigo del polvo. De improviso entró la joven en la sala con un pañuelo liado a la cabeza, cubierta con un delantal y con la escoba en la mano. Ordenó al enfermo que se metiese en la pieza inmediata, lo

peal of mortar

que él hizo de muy buena gana, y abiertas de par en par las ventanas de la sala, viose salir en sofocante nube, traspasada por los rayos del sol, la suciedad de tantos días. Infatigable, no permitía Tormento que la ayudase Celedonia, la cual entró renqueando para ofrecer su débil cooperación.

—No es preciso —dijo la otra—. Váyase usted a la cocina a cuidar del almuerzo.

—Para todo hay lugar —replicó la vieja—. Voy a llevarle agua tibia a ver si quiere afeitarse. Dos semanas hace que no lo hace, y está que parece el Buen Ladrón.

Cuando la sala quedó arreglada, volvió Tormento a la cocina, y entonces se oyó el tumulto del agua revolcándose en el fregadero entre montones de platos. Con los brazos desnudos hasta cerca de los hombros, la joven desempeñaba aquella ruda función, deleitándose con el frío del agua y con el brillo de la loza mojada. Sin descansar un momento, en todo estaba y no abría los labios más que para reprender a Celedonia por su pesadez. La reumática sacristana más bien servía de estorbo que de ayuda. Luego acudió Tormento a poner la mesa en la sala. El sol entraba de lleno, haciendo brotar chispas de las recién lavadas copas. Los platos habrían lucido como nuevos si no tuvieran los bordes desportillados y en todas sus partes señales de la mala vida que llevaban en manos de Celedonia.

Don Pedro, bien afeitado y vestido de limpio, volvió a ocupar su sillón, y se reía, se reía, henchido de un contento nervioso que le hacía parecer hombre distinto del que poco antes ocupara el mismo lugar.

—Me parece —decía, tocando el tambor con los dedos sobre la mesa— que de golpe se me ha renovado el apetito de aquellos tiempos... ¡Poder de Dios! ¡Qué día tan dichoso! He aquí los domingos del alma.

Tormento entraba y salía sin descanso. Hablaba poco y no participaba de la alegría del buen Polo. En la cocina faltaba aún mucho que hacer, por causa del abandono en que había encontrado todo. Así, pues, el almuerzo que pudo quedar dispuesto a las once, tardó aún tres cuartos de hora más. Don Pedro se asomaba de cuando en cuando a la puerta de la cocina para dar broma y prisa, y ningún contraste puede verse más duro y extraño que el que hacía su semblante tosco y amarillo, de color de bilis, de color de drama, con su reír de comedia y el júbilo pueril que le dominaba. Sus bromas inocentes eran así:

—Pero ¿no se almuerza en esta casa? Señora fondista, ¿en qué piensa, que así deja morir de hambre a los huéspedes?

Y luego prorrumpía en triviales carcajadas, que sólo hallaban eco en la candidez de Celedonia. Terminados los preparativos del almuerzo, quitóse Tormento el pañuelo de la cabeza y el delantal, diciendo:

—Vamos, ya es hora.

Cuando empezó a comer, Polo parecía el mismo de marras, con la diferencia del peor color y de la pérdida de carnes. Pero su espíritu discretamente jovial, su cortesía un poco seca a estilo castellano, su mirar expresivo y su apetito, reproducían los dichosos días pasados. Tormento comía al otro extremo de la mesa, y ya era comensal, ya sirviente, atendiendo unas veces a su plato, otras al servicio del amigo, para lo cual se levantaba, salía y entraba con diligencia. Incapaz de prestar ayuda, Celedonia no hacía más que charlar de la función religiosa del día, del Oficio Parvo que se preparaba para el siguiente y de lo mal que cantaba el padre Nones, a quien remedó con bastante fidelidad. Don Pedro la mandó varias veces a la cocina, sin ser obedecido.

Quería Polo entablar con la joven conversación larga; pero ella se defendía contra este empeño cortando la palabra del misántropo con su brusco levantarse para traer alguna cosa. No quería de ningún modo entrar en materia: se consideraba como visita, como persona extraña a la casa, que había entrado en ella con propósitos semejantes a los de la Beneficencia Domiciliaria. Batallaba en su mente por convencerse de que había ido a socorrer a un enfermo, a consolar a un triste, a dar de comer a un hambriento, y compenetrándose del espíritu que dictó las Obras de Misericordia, se atrevió a crear una nueva: la de *Limpiar el polvo y barrer la casa de los que lo hayan menester*... Había encontrado allí tanta miseria, tanta basura, que no podía verlo con indiferencia. Agregaba a estas ideas, para tranquilidad completa de su conciencia por el momento, el propósito de que tal visita sería la última, y un adiós definitivo y absoluto a la nefanda amistad, que era el mayor tropiezo y la única mancha de su vida.

Tormento sabía hacer muy bien el café. Aprendió este arte difícil con su tía Saturna, la mujer de Morales, y aquel día puso gran esmero en ello. Cuando Polo miraba delante de sí la taza de negro y ardiente licor, la joven, acordándose de algo muy importante, sacó un paquetito del bolsillo de su traje:

—¡Ah! También he traído cigarros. Me había olvidado de sacarlos. Puede que se hayan roto. Peseta de escogidos... Este de las pintitas debe de ser bueno.

Cuando mostraba el abierto envoltorio de papel con los puros, don Pedro, traspasado el corazón de un dardo de gratitud inefable, no sabía qué decir. Si fuera hombre capaz de llorar con lágrimas, las habría derramado ante aquel ejemplar de previsión, de dulzura y delicadeza. Volvió a pensar en la Providencia, de quien él antaño había dicho cosas buenas en el púlpito; pero no gustando de asociar ninguna idea religiosa al orden de ideas que entonces reinaba en su espíritu, creyó más del caso acordarse de las hadas, ninfas o entidades invisibles que tenían el poder de fabricar en un segundo encantados palacios y de improvisar comidas suculentas, como él había leído en profanos libros.

Con grandísima tristeza vio, cuando aún no había concluido de apurar la taza, que Tormento se levantaba, cogía su mantón y su velo, disponiéndose para marchar. De este modo se desvanecen en el aire y en el sueño las ninfas engendradas por la fantasía o por la fiebre.

—¡Cómo!... ¿Qué es eso?... —balbució angustiado.

—Me voy. Nada tengo ya que hacer aquí. Hago falta en mi casa.

—¡En tu casa! ¿Y cuál es tu casa? —murmuró severamente, no atreviéndose a decir: «Tu casa es ésta.»

—¡Por Dios!... Ésa no es la mejor manera de agradecerme el haber venido.

—Siéntate —ordenó el misántropo imperiosamente, hablando conforme a su carácter.

—Me voy.

—¿Que te vas? Es temprano. La una y media. Si insistes, saldré contigo, ¡ea!... ¿Vas para arriba? Yo, detrás. ¿Vas para abajo? Detrás, yo... No te dejaré a sol ni sombra.

Tormento, asustadísima, no tuvo fuerzas para protestar de aquella persecución. El peso que sentía sobre su alma debía de ser bastante grande para gravitar también sobre su cuerpo, porque se desplomó sobre la silla con los brazos flojos, la cabeza aturdida.

—No creas que vas a hacer lo que se te antoje —manifestó Polo, entre festivo y brutal—. Aquí mando yo.

—Hay personas con quienes no valen los propósitos buenos... —replicó ella, tratando de mostrar carácter—. Yo recibí una carta que decía: «Moribundo», y vine... Yo quería consolar a un pobre enfermo, y lo que he hecho es resucitar a un muerto, que me persigue ahora y quiere enterrarme con él... Por débil me pasó lo que me pasó. Esto de la debilidad no se cura nunca. Hoy mismo, al querer venir, una voz me decía aquí dentro: «No vayas, no vayas.» Dichosos los que han nacido crueles, porque ellos sabrán salir de todos los malos trances... Dios castiga a las personas cuando son malas y también cuando son tontas, y a mí me castiga por las dos cosas, sí: por mala y por necia... ¡Cuántos delitos hay que, bien mirados, son una tontería tras otra! Haber venido aquí, ¿qué es?... Sospecho que Dios me ha de castigar mucho más todavía. Yo vivo en medio de la mayor congoja. Mi vida es una zozobra, un susto, un temblor continuo, y cuando veo una mosca me parece que la mosca viene a mí y me dice...

No pudo seguir. El llanto la sofocaba otra vez.

—No llores, no llores —dijo Polo, un poco aturdido, mirando al mantel—. Cuando te veo tan afligida, no sé qué me da. Verdaderamente, sobre nosotros pesa una maldición.

Y echando de su pecho un suspiro tan grande que parecía resoplido de león, meditó breve rato, apoyando la cabeza en la mano. Tanto le pesaba una idea que tenía.

Capítulo 16

—Tengo una idea, Tormento; tengo una idea —murmuró con voz semejante a un quejido—. Te la diré, y no te rías de ella. Es una idea nacida en mi soledad, criada en mi tristeza y, por tanto, te parecerá un poco salvaje... Es que... como no hay remedio para mí en esta sociedad; como soy menos fuerte que mis pasiones y he tomado en tan grandísimo horror mi estado, se me ha venido a las mientes poner tierra, pero mucha tierra, entre mi persona y este país, se me ha ocurrido dar con mis huesos allá en lo último del mundo, en una isla del Asia, o bien en la California, o en alguna colonia inglesa... Hay tierras hermosas por allá; tierras que son paraísos, donde todo es inocencia de costumbres y verdadera igualdad; tierras sin historia, chica, donde a nadie se le pregunta lo que piensa; campos feraces, donde hay cada cosecha que tiembla el misterio; tierras patriarcales, sociedades que empiezan y que se parecen a las que nos pinta la Biblia. Sueño con romper con todo y marcharme allá, olvidando lo que he sido y matando de raíz el gran error de mi vida, que es haberme meti-

harvest

do donde no me llamaban y haber engañado a la sociedad y a Dios, poniéndome una máscara para hacer el bu a la gente.

Al oír esto, un relámpago de alegría brilló en los ojos de Tormento, que en aquel propósito de emigrar veía solución fácil al terrible problema que entorpecía su vida y su porvenir. Mas pronto se trocó su alegría en repugnancia cuando Polo añadió esto:

—Sí, ésa es mi idea... irme allá; pero llevándote conmigo... ¿Qué? ¿Te asustas? ¡Pusilánime! Miras demasiado las cosas que están cerca y tienes miedo hasta de las moscas. El mundo es muy grande, y Dios es más grande que el mundo... ¿Vendrás?

—¡Yo! —exclamó la joven, haciendo esfuerzos por disimular su horror y negando con la cabeza.

—Dame una razón.

—Que no.

—Pero una razón...

—Que no.

—Yo te contestaré con mil argumentos que de fijo te convencerán. ¡He pensado tanto en esto!... ¡He visto tan clara la pequeñez de lo que nos rodea...! Instituciones que nos parecen tan enormes, tan terribles, tan universales, se hacen granos de arena cuando con el pensamiento rodamos por esta bola y nos vamos a donde ahora está siendo de noche. ¡Cuidado que es grande el planeta, cuidado que es grande y hay en él variedad de cosas, de gente!... Échate a pensar...

Tormento no se echó a pensar nada, y si algo pensaba, no lo quería decir. Silenciosa, miraba sus propias manos, cruzadas sobre las rodillas.

—Dame alguna razón —repitió Polo—; dime algo que a ti se te haya ocurrido. ¿No tienes tú una idea? ¿Cuál es?

—Arrepentimiento...

—Sí; pero... ¿nada más?

—Arrepentimiento —volvió a decir la Emperadora sin mirarle ni moverse.

—Pero di una cosa. ¿A ti no te molesta esta sociedad, no te ahoga esta atmósfera, no se te cae el cielo encima, no tienes ganas de respirar libremente?

—Lo que me ahoga es otra cosa...

—La conciencia, sí... Pero la conciencia..., te diré..., también se ensancha saliendo a un círculo de vida mayor.

—La mía, no.

—Me parece —dijo don Pedro en un arrebato de mal humor, cercano a la ira—, me parece que eres algo egoísta.

—¿Quién lo será más?

—Bueno, soy egoísta..., y tú, una piedra —manifestó él, exaltándose—. Sí, eres una piedra, un pedazo de hielo. Vale más ser criminal que insensible, y de mí te puedo decir que prefiero ir al Infierno a ir al Limbo.

La joven discurría los medios de llevar la conversación a otro terreno. Su espíritu se compartía entre el arrepentimiento de la visita —achacando este mal paso a su debilidad bondadosa— y el propósito de decir a Polo: «Sí, váyase, váyase en buen hora a esa isla del África y déjeme en paz.» Pero su misma falta de carácter le impedía ser tan cruel y explícita... ¡Problema insoluble el suyo, dado el temple tenaz y vehemente de aquel hombre!... Los sentimientos de Amparito hacia él habían venido a ser los más contrarios a la incomprensible fragilidad de que provenía su desdicha: eran sentimientos de horror hacia la persona, extrañamente mezclados con respeto a la desgracia; eran lástima confundida con la repugnancia.

En el corazón tenía la desventurada joven tanta dosis de arrepentimiento como en la conciencia, y no podía explicarse bien el error de sus sentidos, ni el desvarío que la arrastró a una falta con persona que al poco tiempo le fue tan aborrecible... Mas no se atrevía a expresar estas ideas por miedo a las consecuencias de su franqueza, siendo de notar que si la caridad tuvo alguna parte en su visita, grande la tuvo también aquel mismo miedo, el recelo de que su desvío exacerbara a su enemigo y le impulsase por caminos de publicidad y escándalo. Sobre todas las consideraciones ponía ella el interés de encubrir su terrible secreto. Pero ya que estos motivos la llevaron a aquella casa funesta, era urgente pensar cómo salía de ella.

—Para muchos días —dijo— he dejado provisiones en la casa.

—¡Qué buena eres! —repitió Polo, volviendo a ser benigno y humilde, cual si le acometiera de nuevo la enfermedad—. Te vas, y ya me estoy yo muriendo. El mejor día, si no emigro, me verás pidiendo limosna por esas calles. Mi pobreza, hija, se va acumulando a interés compuesto... La suerte será que me moriré mucho antes.

Amparo tuvo ya entre sus labios esta observación: «¿Por qué no enmendarse y procurar recibir otra vez las licencias para ganarse la vida en la Iglesia?» Pero tanto le repugnaba la intromisión de cualquier idea religiosa en aquel tristísimo orden de ideas, que se tragó la frase. Todo recuerdo de cosas eclesiásticas, toda alusión o referencia a ellas, la hacían temblar con escalofríos, como si le pusieran un cilicio de hierro. Entonces era cuando su conciencia se alborotaba más, cuando su sangre ardía y cuando el corazón parecía subírsele a la garganta, cortándole el aliento. Apartando aquellas ideas, habló así:

—No hay que ver las cosas tan negras. Y ahora me acuerdo..., usted...

Hasta entonces había hablado en impersonal; mas obligada a emplear un pronombre, antes se hubiera cortado la lengua que pronunciar un tú.

—Usted tiene deudores...

—Sí..., y de ellos voy cobrando poco a poco. Pero ya se va agotando esa mina.

—Yo conozco a un deudor que podrá socorrerle a usted, devolviéndole una mínima parte de los beneficios que ha recibido.

Lo decía de tal manera, que Polo comprendió al instante.

—No seas tonta. Me enfadaré contigo...

—Es el caso que... —dijo Tormento, revolviendo en el hueco del manguito—. Yo había pensado al venir aquí... No es esto pagar una deuda, pues si fuéramos a pagar...

La infeliz no sabía encontrar la fórmula que deseaba fuese lo más delicada posible, y por querer emplear la más sutil y discreta, usó la más necia de todas, diciendo, al poner un billete sobre la mesa:

—Si más tuviera, más daría.

—¡Dios mío, qué tonta eres!...

—Vamos, que no está usted tan sobrado de recursos... Y me enfadaré de veras si se empeña en ser Quijote.

A don Pedro le repugnaba el recibir una limosna; pero lo que ésta tenía de prueba de confianza acalló sus escrúpulos.

—Si yo pudiera ser tan generosa como deseo —indicó ella, dando un gran suspiro y acordándose, con nuevas angustias, de la procedencia de aquel dinero—, no consentiría que pasara escaseces ninguna persona que a mí me ha favorecido en días muy malos. Cuando murió mi padre, ¿quién nos socorrió? ¿Quién costeó el entierro? Y después, cuando nos vimos tan mal, ¿quién vendió su ropa para que no nos faltara que comer?

—Cállate, tonta; eso no hace al caso. Cuando tengo la suerte de hacer un beneficio, no quiero que me lo recuerden más, no quiero que me lo nombren..., y mira tú lo que soy, me gustaría que la persona favorecida lo olvidase. Yo soy así.

Mientras esto decía él, ella sentía mil turbaciones, dudas y escrúpulos horribles. Sus sentimientos caritativos no podían manifestarse tranquilos, temerosos de hacer traición a algo muy respetable que había llegado a tener lugar de preferencia en su alma.

¡Extrañas simpatías del espíritu! Como se comunica el fuego de un cuerpo combustible a otro que está cercano, las zozobras del alma prenden y se propagan fácilmente si encuentran materia en que cebarse, materia preparada. Así, la turbación que removía el espíritu de la Emperadora se propagó, como un incendio que corre, al de don Pedro, el cual se vio súbitamente acometido de punzantes sospechas. Púsose de un color tal, que no habría pincel que lo reprodujera, como no se empapase en la tinta lívida del relámpago; y mascando una cosa amarga, dijo lentamente esta frase:

—Muy rica estás...

Bien sabía ella interpretar la ironía que el ex capellán empleaba alguna vez para manifestar sus ideas. Comprendió la sospecha, supo leer aquella coloración de luz eléctrica y aquel mirar indagador, y se hizo la distraída, afectando recoger y limpiar el manguito, que se había caído al suelo. Tan amante de la verdad era ella, que habría dado días de vida por poderla decir claramente; pero ¿cómo decirla, Santo Dios? Y la verdad se removía cariñosa en su interior, diciéndole: *dime...* Pero ¿cómo y con qué palabras? Por todo lo que encierra el mundo no saldría de su boca la verdad aquella. Y siéndole tan aborrecible la mentira, no había más remedio que soltar una y gorda. Polo le facilitó el embuste, diciendo:

—¿Trabajáis mucho?

—Sí, sí... Hemos hecho una obra... Hace un mes que vengo ahorrando y guardando todo lo que puedo, escondiendo el dinero, porque Refugio, si lo coge, me lo gasta todo.

Y se levantó, decidida a marcharse, más que por el deseo de salir, porque no se volviese a hablar del asunto...

Otra mentira. Dijo que Rosalía de Bringas le había encargado ir sin falta aquella tarde para sacar los niños a paseo. ¡Pues se pondría poco furiosa la señora..., con aquel genio!...

Inútiles fueron los esfuerzos de él por retenerla. Por fin se escapó. Bajando la escalera, sentía un descanso, un alivio tan grande, como cuando se despierta de un sueño febril.

«Ya no me llamo Tormento, ya recobro mi nombre —decía para sí, andando muy aprisa—. No volveré más, aunque se hunda el mundo. Procuraré no volver a ser débil; sí, débil, porque ésa es mi culpa mayor: ser buena y tener mucho miedo... Esto se acabó. Suceda lo que quiera, no le veré más... Pero si se irrita y me escribe cartas, y me persigue y descubre... ¡Señor, Señor, déjalo ir a esa isla de los antípodas, o llévame a mí de este mundo!»

Capítulo 17

Al encontrarse solo, entregóse don Pedro, con abandono de hombre desocupado y sin salud, a las meditaciones propias de su tristeza sedentaria, figurándose ser otro de lo que era, tener distinta condición y estado, o por lo menos llevar vida muy diferente de la que llevaba. Este ideal trabajo de reconstruirse a sí propio, conservando su peculiar ser, como metal que se derrite para buscar nueva forma en molde nuevo, ocupaba a Polo las tres cuartas partes de los días solitarios y de sus noches sin sueño, y en rigor de verdad, le tonificaba el espíritu, beneficiando también un poco el cuerpo, porque activaba las funciones vitales. Aunque forzada y artificiosa, aquella vida, vida era.

Sepultado en el sillón, las manos cruzadas en la frente formando como una visera sobre los ojos, éstos cerrados, se dejaba ir, se dejaba ir... de la idea a la ilusión, de la ilusión a la alucinación... Ya no era el desdichado señor, enfermo y triste, sino otro de muy diferente aspecto, aunque en sustancia el mismo. Iba a caballo, tenía barbas en el rostro, en la mano espada; era, en suma, un valiente y afortunado caudi-

sword

llo. ¿De quién y de qué? Esto sí que no se metía a averiguarlo, pero tenía sospechas de estar conquistando un grandísimo imperio. Todo le era muy fácil; ganaba con un puñado de hombres batallas formidables, y ¡qué batallas! A Hernán Cortés y a Napoleón les podría tratar de tú.

Después se veía festejado, aplaudido, aclamado y puesto en el cuerno de la luna. Sus ojos fieros infundían espanto al enemigo, respeto y entusiasmo a las muchedumbres, otro sentimiento más dulce a las damas. Era, en fin, el hombre más considerable de su época. A decir verdad, no sabía si el traje que llevaba era férrea armadura, o el uniforme moderno con botones de cobre. Sobre punto tan importante ofrecía la imagen, en el propio pensamiento, invencible confusión. Lo que sí sabía de cierto era que no estaba forrado su cuerpo con aquella horrible funda negra, más odiosa para él que la hopa del ajusticiado.

Y dejándose llevar, dejándose llevar, dio con su fantasía en otra parte. Mutación fue aquélla que parecía cosa de teatro. Ya no era el tremebundo guerrero que andaba a caballo por barranqueras y vericuetos, azuzando soldados al combate; era, por el contrario, un señor muy pacífico que vivía en medio de sus haciendas, acaudillando tropas de segadores y vendimiadores, visitando sus trojes, haciendo obra en sus bodegas, viendo trasquilar sus ganados y preocupándose mucho de si la vaca pariría en abril o en mayo. Veíase en aquella facha campesina tan lleno de contento, que le entraba duda de si sería él efectivamente o falsificación de sí mismo. Se recreaba oyendo cómo resonaban sus propias carcajadas dentro de aquella rústica sala, con anchísimo hogar de leña ardiendo, poblado el techo de chorizos y morcillas, y viendo entrar y salir muy afanada a una guapísima y fresca señora... No se confundían, no, aquellas facciones con las de otra... ¡Y qué manera de conservarse, mejorando en vez de perder! A cada pimpollo que daba de sí, aumentando con dichosa fecundidad la familia humana, parecía que el Cielo entusiasmado y agradecido le concedía un aumento de belleza. Era una diosa, la señora Cibeles, madraza eterna y eternamente bella... Porque nuestro visionario se veía rodeado de tan bullicioso enjambre de criaturas, que a veces no le dejaban tiempo para consagrarse a sus ocupaciones y se pasaba el día enredando con ellas...

—¿En qué piensa usted? —le dijo de golpe, con palabra punzante y fría, cual si le metiera una barrena por los oídos, la señora Celedonia, que se apareció delante de la mesa con las manos en la cintura—. ¿En qué piensa, pobre señor? ¿No ve que se está secando los sesos? ¿Por qué no pasea, si está bueno y no tiene sino mal de cavilaciones?

El soñador la miró, sobresaltado.

—¿Qué?... ¿Estaba durmiendo? ¿No ve que si duerme de día estará en vela por las noches? Échese a la calle, y váyase a cualquier parte, hombre de Dios; distráigase, aunque sea montando en el tiovivo, comiendo caracoles, bailando con las criadas o jugando a la rayuela. Está como los chiquillos, y como a los chiquillos hay que tratarle.

Don Pedro la miró con odio. La tarde avanzaba. El rayo de sol que entraba en la habitación al mediodía había descrito ya su círculo de costumbre alrededor de la mesa, y se había retirado escurriéndose a lo largo de la pared del patio, hasta desvanecerse en las techumbres. La sala se iba quedando oscura y fría. Destacábase Celedonia en su capacidad como la parodia de una fantasma de tragedia: tan vulgar era su estampa.

—¿Quieres irte con doscientos mil demonios y dejarme en paz, vieja horrible? —le dijo Polo con toda su alma.

—Vaya unos modos —replicó la sacristana, riendo entre burlas y veras—. ¡Qué modo de tratar a las señoras!... Aquí donde me ve, yo también he tenido mis quince...

—¿Tú?... ¿Cuándo?

—Cuando me dio la gana... Conque a ver. ¿Qué quiere que le traiga? ¿Quiere cenar? ¿Le traigo el periódico?

Hechas estas preguntas, que no tuvieron contestación, la fantasma salió despacio, cojeando y echando de aquella boca dolorosos ayes a cada paso que daba. Don Pedro se arrojó otra vez en el lago verdoso y cristalino, en cuyo fondo se veían cosas tan bellas. Bastábale dar dos o tres chapuzones para transfigurarse... Vedle convertido en un señor que se paseaba con las manos en los bolsillos por sitios muy extraños. Era aquello campo y ciudad al mismo tiempo, país de inmensos talleres y de extensos llanos surcados por arados de vapor; país tan distante del nuestro que a las doce del día dijo el buen hombre: «Ahora serán las doce de la noche en aquel Madrid tan antipático.» Sentado luego con joviales amigos alrededor de una mesilla, echaba tragos de espumosa cerveza; cogía un periódico tan grande como una sábana... ¿En qué lengua estaba escrito? Debía de ser en inglés. Fuera inglés o no, él lo entendía perfectamente, leyendo esto: «Gran revolución en España: caída de la Monarquía; abolición del Estado eclesiástico oficial; libertad de cultos...»

—El periódico, el periódico —gritó la espectral Celedonia, poniéndole delante un papel húmedo con olor muy acre de tinta de imprimir.

—¡Qué casualidad! —exclamó él encandilado, porque la luz que puso Celedonia sobre la mesa le hería vivamente los ojos.

—Pero ¿no ve que se va a consumir en ese sillón? —observó el ama de llaves—. ¿No vale más que se vaya a un café, aunque sea de los que se llaman cantantes? ¿No vale más que se ponga a bailar el zapateado? Lo primero es vivir. Márchese de jaleo y diviértase, que para lo del alma tiempo habrá. Hombre bobo y sin sustancia, ya le podía dar Dios mi reuma para que supiera lo que es bueno.

Empezó el tal a leer su periódico con mucha atención. Desgraciadamente para él, la Prensa, amordazada por la previa censura, no podía ya dar al público noticias alarmantes, ni hablar de las partidas de Aragón, acaudilladas por Prim, ni hacer presagios de próximos trastornos. Pero aquel periódico sabía poner entre líneas todo el ardor revolucionario que abrasaba al país, y Polo sabía leerlo y se encantaba con la idea de un cataclismo que volviera las cosas del revés. Si él pudiese arrimar el hombro a obra tan grande, ¡con qué gusto lo haría!

La noche la pasó mejor que otras veces, y al día siguiente, en vez de permanecer clavado en el sillón, paseaba muy dispuesto por la sala, como hombre que acaricia el sabroso proyecto de echarse a la calle, en el sentido pacífico de la frase. Poco después del mediodía le visitó el mejor de sus amigos, don Juan Manuel Nones, presbítero, hombre bondadosísimo, ya muy viejo, del cual es forzoso decir algunas palabras.

Era este señor tío carnal de nuestro amigo el notario Muñoz y Nones, por quien le conocimos en época más reciente. En la que corresponde a esta relación, era ecónomo de San Lorenzo, y vivía, si no nos engaña la memoria, en la calle de la Primavera, acompañado de un hermano seglar y de dos sobrinas, una de las cuales era casada. Creo que ya se ha muerto (no la sobrina, sino el padre Nones) aunque no lo aseguro. Tengo muy presente la fisonomía del clérigo, a quien vi muchas veces paseando por la Ronda de Valencia con los hijos de su sobrina, y algunas cargado de una voluminosa y pesada capa pluvial en no recuerdo qué procesiones. Era delgado y enjuto, como la fruta del algarrobo; la cara tan reseca y los carrillos tan vacíos, que cuando chupaba un cigarro parecía que los flácidos labios se le metían hasta la laringe; los ojos de ardilla, vivísimos y saltones; la estatura muy alta, con mucha energía física; ágil y dispuesto para todo; de trato llano y festivo y costumbres tan puras como pueden serlo las de un ángel. Sabía muchos cuentos y anécdotas mil, reales o inventadas; dicharachos de frailes, de soldados, de monjas, de cazadores, de navegantes, y de todo ello solía esmaltar su conversación, sin excluir el género picante, siempre que no lo fuera con exceso. Sabía tocar la guitarra, pero rarísima vez cogía en sus benditas manos el profano instrumento, como no fuera en un arranque de inocente jovialidad para dar gusto a sus sobrinas cuando tenían convidados de confianza. Este hombre tan bueno revestía comúnmente su ser de formas tan estrafalarias en la conversación y en las maneras, que muchos no sabían distinguir en él la verdad de la extravagancia, y le tenían por menos perfecto de lo que realmente era. *Un santo chiflado*, llamábale su sobrino.

Era extremeño. Su padre fue pastelero, y él había sido soldado en su mocedad. Estaba de guarnición en Sevilla cuando el alzamiento de Riego, y lo contaba con todos sus pelos y señales. Después formó en el cuadro cuando fusilaron a Torrijos. Había sido también un poquillo calavera, hasta que, tocado en el corazón por Dios, tomó en aborrecimiento el mundo, y convencido de que todo es vanidad y humo, se ordenó. Nunca tuvo ambición en la carrera eclesiástica, y siendo ministro de Gracia y Justicia el marqués de Gerona, despreció el arcedianato de Orihuela. Curtido en humanas desdichas, sabía presenciar impávido las más atroces, y auxiliaba a los condenados a muerte acompañándoles al cadalso. El cura Merino, los carboneros de la calle de la Esperancilla, la Bernaola, Montero, Vicenta Sobrino y otros criminales pasaron de sus manos a las del verdugo. En sus tiempos había sido gran cazador; pero ya no le quedaba más que el compás. En suma: había visto Nones mucho mundo, se sabía de memoria el gran libro de la vida, conocía al dedillo toda la fisonomía de la experiencia y (¡cuántas veces lo decía!) no se asustaba de nada.

Sobre Polo tenía tal ascendiente, que era quizá el único hombre que podía sojuzgarle, como se verá en lo que sigue. Había sido Nones amigo de su padre; a Pedro le conoció tamañito, y se permitía tutearle y echarle ásperas reprimendas, que el desgraciado ex capellán oía con respeto. Luego que éste le vio aquel día, y se estrecharon las manos con extremada cordialidad, entróle al misántropo una ansiedad vivísima; deseo repentino, apremiante y avasallador de vaciar de una vez todas las congojas de su alma en el pecho de un buen amigo. Este anhelo no lo había sentido nunca Polo; pero aquel día, sin saber por qué, le acometió con tanta furia que no podía ni quería dejar de satisfacerlo al instante. Y no se confesaba al sacerdote; se confiaba al amigo para pedirle no la absolución, sino un sano y salvador consejo...

—Don Juan, ¿tiene usted que hacer?... ¿No? Pues voy a retenerle toda la tarde, porque le quiero contar una cosa..., una cosa muy larga...

Decía esto con decisión inquebrantable. Su afán de descubrirse era más fuerte que él. Había en su alma algo que se desbordaba.

—Pues a ello —replicó Nones, sentándose y sacando la petaca—. Empecemos por echar un cigarrito.

Polo declaró todo con sinceridad absoluta, no ocultando nada que le pudiera desfavorecer; habló con sencillez, con desnuda verdad, como se habla con la propia conciencia. Oyó Nones tranquilo y severo, con atención profunda, sin hacer aspavientos, sin mostrar sorpresa, como quien tiene por oficio oír y perdonar los mayores pecados; y luego que el otro echó la última palabra, apoyándola en un angustioso suspiro, volvió Nones a sacar la petaca y dijo con inalterable sosiego:

—Bueno, ahora me toca hablar a mí. Otro cigarrito.

Capítulo 18

Mediano rato empleó el clérigo en dar fuego al cigarrito, en chuparlo, en soplar la ceniza... Después, sin mirar a su amigo, empezó a exponer ampliamente su pensamiento con estas palabras.

—La verdad más grande que se ha dicho en el mundo es ésta: *Nihil novum sub sole.* Nada hay nuevo bajo el sol. Por donde se expresa que ninguna aberración humana deja de tener su precedente. El hombre es siempre el mismo, y no hay más pecados hoy que ayer. La perversidad tiene poca inventiva, hijo, y si tuviéramos a mano el libro de entradas del infierno, nos aburriríamos de leerlo. Tan monótono es. Quien como yo ha estado barajando por tantos años conciencias de criminales y extraviados, no se asusta de nada. Y dicho esto, vamos al remedio.

»Dos males veo en ti: el pecado enorme y la enfermedad del ánimo que has contraído por él. El uno daña la conciencia; el otro, la salud. A entrambos hay que atacar con medicina fuerte y sencilla. Sí, Perico, sí *(Voz alta y robusta.):* es indispensable cortar por lo sano, buscar el daño en su raíz, y

¡zas!..., echarlo fuera. Si no, estás perdido. ¿Que esto te dará un gran dolor?... *(Voz aflautada y blanda.)* Pues no hay más remedio que sufrirlo. Luego vendrán los días a cicatrizarte, los días, sí, que pasarán uno tras otro sus dedos suaves y amorosos, y cada uno te quitará un poco de dolor, hasta que se te cierre la herida. Si tienes miedo, y en vez de cortar por lo sano quieres curarte con cataplasmas, el mal te vencerá, llegarás a convertirte en una bestia, y serás el escándalo de la sociedad y de nuestra clase.

»Porque mira tú *(Voz insinuante.)*, esas cosas, si bien se las mira, son niñerías para el que tenga un poco de fuerza de voluntad y aprenda a dominarse. Sucumbir a una borrasca de esas es vergonzoso para cualquiera, y más aún para quien lleva encima siete varas de merino negro. Y no hay aquello de decir *(Voz alta y estrepitosa.)*, llevándose las manos a la cabeza: «¡Dios mío, qué desgraciado soy! ¡Cómo erré la vocación!...» Pues haberlo pensado antes, porque harto se sabe *(Voz muy familiar.)* que en este nuestro estado no hay que pensar en boberías. ¡Adónde iríamos a parar si el Sacramento se pudiera romper cuando se le antoja a un boquirrubio, y volver al mundo, y dale con *hoy digo misa, y mañana me caso!...* Nada, nada; al que le toca la china se tiene que aguantar. Es lo mismo que cuando se pone a clamar al cielo uno que se ha casado mal. «Pues, amigo, qué quiere usted... hubiéralo pensado antes...» ¿Y los que después de elegir una profesión encuentran que no les va bien en ella? El mundo está lleno de equivocaciones. Pues si acertáramos siempre, seríamos ángeles. Lo que digo: al que le toca la china *(Voz sumamente pedestre y familiar.)*, no tiene más remedio que rascarse y aguantarse. Conque, amigo, fastidiarse, resignarse y volverse a fastidiar y a resignar...

Dijo esto enfáticamente, acompañando el gesto a la palabra. Después, inspirándose con otro par de chupadas, prosiguió su sermón:

—Aquí estamos dos amigos, uno frente a otro. Hablemos de hombre a hombre primero. Hay cosas que parecen dificilísimas y peliagudas cuando no se las mira de cerca; hay sacrificios que parecen imposibles cuando no se prueba a hacerlos. Pero cuando una voluntad resuelta apechuga con ellos, se ve que no son un arco de iglesia. Amigo *(Voz terrible.)*, batallas más bravas y espantosas que las que te aconsejo han ganado otros. ¿Y cómo? Con paciencia, nada más que con paciencia. Esta virtud se cultiva, como todas, con auxilio de la fe y de la razón. Y tú puedes volver sobre ti mismo y decir: «Pues, hombre, yo estoy faltando, pero faltando gravemente. Yo tengo que mirar por mi decoro, por mi salud, por mi salvación; yo no soy un chiquillo.» Créeme, una vez que hagas propósito de vencerte, llamando en tu auxilio a Dios y ayudándote de tu entendimiento, empezarás a sentir fuerzas para la gran obra, y esas fuerzas crecerán como la espuma. En eso, como en lo contrario, hijito, todo es empezar. Luego que digas «esto se acabó» *(Voz formidable.)*, si lo dices con propósito valiente, verás cómo cada día te nace en el alma una ligadura con que atarte, y vas poco a poco sujetando las innúmeras extremidades de la bestia que te patalea en las entrañas. Y no te digo que te des disciplinazos ni que te abras las carnes, no. Eso es una bobería. Confíate a la fe, a la voluntad y al tiempo. ¡Ah!..., ¡el tiempo!... *(Voz patética.)* ¡No sabes bien los milagros que hace este caballerito! Y con los que coge talludos como tú, hace mejores y más radicales curas. Porque no vengas echándotelas de pollo... *(Voz festiva.)* No tienes canas, pero el día menos pensado te llenas de ellas, y vendrá este achaque, luego el otro, hoy se cae un diente, mañana la mitad del pelo; que hoy el reúma, que mañana el estómago... Y éstas, amiguito, son las farmacias que usa el gran médico. Las enfermedades del cuerpo son las medicinas de los males de la mocedad en el espíritu. Te lo dice quien ha visto mucho mundo y chubascos más grandes que el tuyo y trapisondas más horrorosas. Resumiendo mi consejo, amigo Perico, oye mi receta: primero, cortar por lo sano, sacrificio completo, extirpación de la maleza en su origen; después, horas, días, meses, el agua tibia del tiempo, amigo querido. Cuando pasen algunos años, todo habrá terminado, y te encontrarás con que ha caído sobre tu cabeza la bendición de Dios, esta lluvia blanca, esta nevada que todo lo tapa, emblema del olvido y de la paz...

Polo, sin decir cosa alguna, extendió sus miradas por la venerable cabeza de Nones, blanquísima y pura como el vellón del cordero de la Pascua.

—Y ya que hemos hablado de hombre a hombre —prosiguió el cura en tono más severo—, voy a despacharme a mi gusto como sacerdote. Pero antes de entrar en ello, hazme el favor de decir a esa tarasca de Celedonia que traiga una copita de vino; eso es si lo tienes, que si no, venga de agua para refrescar las predicaderas.

Traído el vino, don Juan Manuel se fortificó con él los espíritus para seguir su plática:

—El papel ignominioso que haces ante el mundo, pues los curas te despreciarán por perdido, y los perdidos, por cura; el atentado contra tu salud, y los demás perjuicios temporales, son boberías en comparación de la ofensa que haces a Dios, a quien has querido engañar como a un chino..., permite este modo vulgar de expresarme. Estás en pecado mortal, y si ahora te murieras, te irías al Infierno tan derechito como ha entrado en mi estómago este vino que acabo de beber. En eso sí que no hay escape, hijo; en eso sí que no hay *tus-tus;* en eso sí que no hay quita y pon. Es solución redonda, terminante, brutal. Demasiado lo comprendes. Pues bien, desgraciado Periquillo *(Voz afectuosa.):* hablándote como amigo, como sacerdote, como ex cazador, como extremeño, como lo que gustes, te pregunto: «¿Quieres salvarte de la deshonra, de la muerte y de las llamas eternas?»

—Sí.

—¿Respondes con sinceridad?

—Sí.

—Pues si quieres curarte y salvarte, lo primero que tienes que hacer es ponerte a mi disposición, abdicar tu voluntad en la mía y hacer puntualmente todo lo que yo te mande.

—Estoy conforme.

—Bueno. Pues vas a empezar por salir de Madrid. Mi sobrino político, el marido de Felisa, la mayor de mis sobrinas, ha comprado una gran dehesa en la provincia de Toledo, entre El Castañar y Menasalbas. Allí está él: quiere que yo vaya; pero mis huesos no están ya para traqueteos. Tú eres el que vas a empaquetarte para allá, antes hoy que mañana. Te mando, como primer remedio, al yermo: ¡pero qué yermo delicioso! Hay sembradura, ganado, un poco de viña, y para que nada falte, hay también un monte que ahora están descuajando en parte. Tú les ayudarás, porque el manejo del hacha es la mejor receta contra melindres que se podría inventar. En esa finca, en ese paraíso te estarás hasta que yo te mande. Y cuidadito con las escapadas *(Voz familiar y expresiva; admonición con el dedo índice.)*, cuidadito con las epístolas. Debes hacer cuenta de que la tal persona no existe, de que se la ha llevado Dios... Y no te mando que estés allí mano sobre mano mirando a las estrellas, que holganza y pecado son dos palabras que expresan una misma idea. Harás toda la penitencia que puedas, y fíjate bien en el plan de mortificaciones que te impongo: levantarte muy temprano, y cazar todo lo que encuentres; andar de ceca en meca por llanos, breñas y matorrales; comer cuanto puedas, mientras más magras mejor; beber buen vino de Yepes; ayudar a Suárez en sus tareas; tomar el arado cuando sea menester, o bien la azada y el hacha; llevar el ganado al monte, y cargar un haz de leña si es preciso; en fin, trabajar, alimentarse, fortalecer ese corpachón desmedrado. Quiero que empieces por ponerte en estado salvaje; y si sigues mi plan, serás tal que al poco tiempo de estar allí, si te varean, soltarás bellotas... Desde que logres esta felicidad, serás otro hombre, y si no se te quitan todas esas murrias del espíritu, me dejo cortar la mano. Cuando pase cierto tiempo, iré a verte o me escribirás diciéndome cómo te encuentras. Te someteré a un examen, y si estás bien limpio de calentura, se te devolverán las licencias, y con ellas... *(Voz muy cariñosa.)* Aquí viene la segunda parte de mi plan curativo. Atención. Mientras tú estás allá... *civilizándote*, yo en Madrid me ocupo de ti, y te consigo, por mediación de don Ramón Pez, mi amigo, un curato de Filipinas.

Don Pedro hizo un movimiento de sorpresa, de sobresalto.

—Qué..., ¿te encabritas? Es que no confío yo en tu salvación completa si no ponemos mucha tierra y mucha agua de por medio. Patillas es listo... y podría suceder que mi convaleciente... Las recaídas son siempre mortales, hijo. Última palabra: si no aceptas mi plan completo, te abandono a tu desgraciada suerte. ¿Qué tienes que decir? ¿Vacilas?

En efecto, el enfermo vacilaba, dejando ver la irresolución en su semblante. Levantóse entonces bruscamente don Juan Manuel, cruzó el manteo, tomó con aire decidido la canaleja, y poniéndosela de golpe, como un militar se pone el sombrero de tres picos, dijo así:

—¡Ea!..., bastante hemos hablado. Quédate con todos los demonios, y no cuentes conmigo para nada.

Alzando la voz, que de afectuosa se trocó en severa, sacudió por un brazo a Polo, diciéndole:

—De mí no se ríe nadie... Ya sabes que tengo malas pulgas, y si me apuras, todavía soy hombre para cogerte por un brazo y hacerte cumplir, que quieras que no, con tu obligación, badulaque, mal hombre, clérigo danzante.

Tembló éste al oír tan airadas palabras, y retuvo a su amigo, agarrándole por el manteo. De esta manera quería indicarle que se sentara para seguir hablando. Así lo hizo el célebre Nones, y tales cosas humildes y compungidas le dijo el penitente, que el anciano se aplacó, y ambos celebraron su concordia con otro cigarrito.

Al día siguiente, don Pedro se fue a El Castañar.

Capítulo 19

Cuando Amparo llegó a su casa, era ya tan tarde que no quiso ir a la de Bringas. Intentó recordar el pretexto con que, según lo convenido consigo misma, debía explicar al día siguiente su falta de asistencia; mas la mal preparada disculpa se le había ido del pensamiento. Era preciso inventar otra, y a ello consagró por la noche los breves ratos que le dejaban libre sus cavilaciones sobre asunto más grave. «Seguramente —pensaba al acostarse—, hoy, que yo he faltado, habrá ido él.»

Así fue. Agustín había ido a la casa de sus primos muy temprano, a aquella matutina hora en que la viva imagen de Thiers recorría en mangas de camisa los pasillos, con la jofaina en las manos para transportar a su cuartito el agua con que había de lavarse, en aquella hora en que Rosalía, no bien dejadas las perezosas plumas, dedicábase a menesteres y trabajos impropios de quien la noche antes había estado en la tertulia de la Tellería hecha un brazo de mar, respirando aires de protección por las infladas ventanillas de su nariz. Como en Madrid todo el mundo se conoce y no había forastero en la reunión, a nadie se le ocurrió decir: «Pero esta señora de tantos humos, tan elegantona y tan perdonavidas, será esposa de algún prócer considerable o de cualquier rico negociante.» En la eterna mascarada hispanomatritense no hay engaño, y hasta la careta se ha hecho casi innecesaria.

Estaba la de Bringas en tal facha aquella mañana, que se la hubiera tomado por una patrona de huéspedes de las más humildes. ¡Qué fatiga la suya, y qué andrajos llevaba sobre sí! La criada estaba en la compra, y la señora, después de dar muchas vueltas por la cocina, arreglaba a los niños para mandarlos al colegio.

—¡Hola, Agustín!... ¿Por aquí tan temprano? —dijo a su primo, cuando éste entró en el comedor—. Anoche, en casa de Tellería, alguien, no recuerdo quién, habló de ti... Dijeron que te ibas despabilando y eres de los que las matan callando... ¡Si tendrás tú algún trapicheo por ahí...! Todavía, todavía hemos de buscarte una novia, y el mejor día te casamos.

Diciéndolo, Rosalía miraba con tristeza a su niña, mientras le ataba el delantalito y le ponía el sombrero. Hubiera querido la ambiciosa mamá que, por la sola virtud de sus amantes miradas, diera Isabelita milagroso estirón y llegase a casadera antes que Agustín se pusiese viejo.

—Mira tú, primo —díjole en una variante del mismo pensamiento—, no es por adularte; pero cada día parece que estás más joven y de mejor ver. Así, aunque esperaras cinco o seis años más, no perderías nada.

—No, Rosalía. Si me caso, ha de ser al año que viene.

—¿De veras?

—Digo que podrá ser. No lo aseguro.

Bringas llamó a su primo para hacerle leer un suelto del periódico que acababa de llegar.

—Mal, muy mal va esto —observó con tristeza don Francisco, empeñado en la faena de dar lustre a sus botas—. Otra vez partidas en el Alto Aragón... Esa pobre señora...

Amparo entró; entraron el carbonero, el panadero, la criada, el alcarreño de las castañas y nueces, y la estrecha morada, con el tráfago matutino, convidaba a huir de ella. Don Francisco, cuando dejó sus botas como espejos, echándoles el vaho y frotándolas después, se las puso.

—¡Qué vida más trabajosa! —dijo a su primo, mientras sacaba del cajoncillo los mezquinos dineros para la casa—. Y ahora tenemos un compromiso mayúsculo. Hemos de ir al baile de Palacio, y un baile de Palacio nos desnivela para tres meses. Pero Su Majestad se empeña en que vayamos, y quítaselo de la cabeza a Rosalía. Es preciso ir. Quien vive de la nómina no puede hacer un desaire al poder supremo.

No se sabe lo que a esto dijo Caballero; pero, sin duda, debió de hacer observaciones sobre los infortunios de la clase media en España. Luego que almorzó Bringas, salieron ambos primos, y Rosalía fue más tarde a la casa de su modista a empezar el estudio económico que tenía que hacer para procurarse un bonito vestido de baile. Aunque contaba con los regalitos de la reina, que quizá le mandaría alguna falda en buen uso, el arreglo de ella siempre ocasionaría gastos, y era preciso reducirlo todo lo más posible para alivio del espejo de los comineros, el santo don Francisco Bringas.

Caballero volvió a la casa por la tarde, cuando contaba encontrarla vacía de importunos testigos. Y fue como él lo pensaba, porque los niños no habían vuelto aún de la escuela, la criada había salido y los oradorcillos estaban tan enfrascados en su retórico juego dentro de la reducida asamblea de Paquito, que no ofrecían estorbo. Entró, pues, Agustín en el cuarto de la costura, seguro de encontrar allí lo que buscaba. Así fue. Callada y como medrosa, Amparo, cuando le vio entrar, se puso pálida. Él se sonrió y palideció también. Era ya un poco tarde, y uno y otro no se veían lo bastante para observar su emoción respectiva. Pensaba ella que no debía desperdiciar ocasión tan buena de dar las gracias por la merced recibida; pero no encontraba la forma. ¡Pues si la encontrara, qué cosas diría! Todo lo que su mente daba de sí cruelmente exprimida por la voluntad, resultaba frío, trivial, tonto y cursi. Cuando él dijo: «No creí que estaba usted aquí», a ella no se le ocurrió más que: «Sí, señor; aquí estaba.»

—¿Para qué cose usted más? Ya no se ve.

—Todavía se ve un poquito...

Estos sublimes conceptos eran el único producto de aquellos dos cerebros henchidos de ideas, y de aquellos corazones en que el sentimiento rebosaba. Mas Caballero, sintiéndose espoleado por la impaciencia, pensó: «Ahora o nunca»; y una frase brilló en su mente, una frase de esas que o se dicen o revienta el oprimido molde que las encierra. Más fuerte era el concepto contenido que la timidez del continente, y de aquella discreta boca salieron estas palabras, como sale un disparo por la boca del cañón:

—Tengo que hablar con usted...

—Sí, sí, ¡estoy tan agradecida!... —balbució ella con un nudo en la garganta.

—No, no es eso. Es que esta mañana hablamos Rosalía y yo de usted, y de si entra o no en el convento. Yo estoy en darle la dote; pero entendámonos, con una condición: que no se ha de casar usted con Jesucristo, sino conmigo.

¡Ah pillín!, bien preparado lo traías, que si no, cómo había de salir tan redondo. Caballero, en horrible batalla con su timidez, había pensado al entrar: «O lo digo palabra por palabra o abro la ventana y me tiro al patio.» Siguió a la frase triunfal un silencio... ¡Chas!, a Amparito se le rompió la aguja. Las miradas del indiano observando el bulto de su amada en la penumbra bastarían a suplir la luz solar que rápidamente mermaba. Sonó la campanilla.

—Perdóneme usted —dijo ella, levantándose casi de un salto—. Voy a abrir... Es Prudencia, que salió por mineral.

Pero Agustín le interceptó la puerta, tomándole las manos y apretándoselas mucho.

—¿No me contesta usted nada?

—Perdóneme un momento... Tocan otra vez.

La Emperadora salió a abrir. Prudencia pasó hacia la cocina con duro pisar de corcel no domado. Poco después, Amparo y Caballero se encontraban en el pasillo, junto al ángulo del recibimiento, oscuro como caverna. Las manos del tímido tropezaron en las tinieblas con las manos de la medrosa, y las volvió a cazar al vuelo. Apoyándose en la pared, ella no decía nada.

—¿Qué es eso?... ¿Llora usted? —preguntó el americano, oyendo una respiración fuerte—. ¿No me contesta usted a lo que he dicho?

Ni una palabra, gemidos nada más.

—¿No le agrada mi proposición?

Oyó Caballero las siguientes palabras que sonaban con gradual rapidez, como primeras gotas de una lluvia que amenaza ser fuerte:

—Sí..., yo..., yo..., sí; no...; veré...; usted...

—Hábleme con toda franqueza. Si a usted le desagrada...

—No..., no..., diré... Usted es muy bueno... Yo, agradecida.

—Pero esos lloros, ¿por qué son?

Parecía que se calmaba un tanto, enjugándose las lágrimas rápidamente con el pañuelo. Después se dirigió al cuarto de la costura, haciendo una seña al indiano para que la siguiera.

—¡Si Rosalía entra y me ve llorando...! —manifestó la joven con mucho miedo, ya dentro del cuarto.

—No se cuide de Rosalía y responda.

—Usted es muy bueno; usted es un santo.

—Pero se puede ser santo y no gustar...

—¡Oh!..., no..., sí..., estoy muy agradecida... tengo que pensarlo..., desde luego, yo...

—Vamos —dijo Agustín con cierta amargura—, no le gusto a usted...

—¡Oh!, sí... Mucho, muchísimo —replicó ella con expansivo arranque—. Pero...

—Pero ¿qué...? Usted no tiene parientes que se puedan oponer...

—No..., pero...

—Usted es libre. Ahora, si hay algún compromiso...

—Yo..., sí...; no..., no..., no es eso. No tengo nada que oponer —repuso ella con vivacidad—. Soy una pobre, soy libre, y usted, el hombre más generoso del mundo por haberse fijado en mí, que no tengo posición ni familia, que no soy nada... Esto parece un sueño. No lo quiero creer... Pienso si estará usted alucinado, si se arrepentirá cuando lo medite.

El respetuoso, el encogido Caballero, le habría contestado con un abrazo, expresando así, mejor que con frías palabras, la ternura de sus afectos, tan contrarios al arrepentimiento que ella suponía. Pero en aquel instante entró en la habitación un testigo indiscreto. Era una claridad movible que venía del pasillo. Prudencia pasaba con la luz del recibimiento en la mano para ponerla en su sitio. Ambos esperaron. La claridad entró, creció, disminuyendo luego hasta extinguirse, remedo de un día de medio minuto limitado dentro de sus dos crepúsculos. Callaban los amantes, esperando a que fuera otra vez de noche; pero como Amparo sospechase que la moza había mirado hacia el interior de la oscura estancia, salió y le dijo:

—¡Cuánto tarda la señora!

—¿Enciendo la del comedor? —preguntó la tarasca.

—¿Todavía?... Es muy temprano.

Cuando Prudencia volvió a la cocina, acercóse la Emperadora a la puerta del cuarto de la costura, y el tímido oyó este susurro, que sonaba con timbre de dulce confianza:

—¡Pst!..., venga usted para acá, caballero Caballero.

Uno tras otro llegaron al comedor, débilmente alumbrado por dos claridades: la que venía de la cercana cocina y la que asomaba por el tragaluz de la asamblea parlamentario-infantil. Se oía muy bien la voz de Joaquinito Pez, profiriendo estas precoces bobadas:

—Yo digo a los señores que me escuchan que la revolución se acerca con su tea incendiaria y su piqueta demoledora.

—¡Aprieta! —murmuró Agustín.

—Siéntese usted aquí —le dijo Amparo, señalándole una silla y abriendo los cajones del aparador para sacar los aprestos de poner la mesa.

—Yo soy hombre que cuando resuelvo una cosa me gusta llevarla adelante contra viento y marea.

—Pues yo digo que no sea usted tan precipitado y que medite mucho esas cosas tan graves —replicó la medrosa en voz baja, para que no se enterara la criada.

La vivísima alegría que llenaba su alma no era turbada en aquel momento por ningún pensamiento doloroso.

—Todo está muy meditado —afirmó él, gozándose en mirarla y remirarla—. Y además, lo que se siente no se calcula, porque el sentir y el calcular no son buenos amigos. Hace tiempo que dije: «Esta mujer será para mí, y por encima de todo será.» Los enamorados de veras tenemos doble vista; y sin haberla conocido a usted antes me consta, sí, me consta que estoy hablando ahora con la virtud más pura, con la lealtad más... Y no me habla usted sólo al corazón y a la cabeza, sino también a los ojos, porque es usted... más guapa que una diosa.

Era ésta la primera flor de galantería que el huraño había

arrojado en toda su vida a los pies de una mujer honesta. Con tanta facilidad lo dijo, y tan satisfecho se quedó, que gozaba reteniendo en su memoria el concepto que acababa de emitir.

—¡Por Dios, don Agustín! —observó Amparo, disimulando el gozo con la jovialidad—. Que voy a romper los platos si usted sigue diciendo esas cosas...

—Romperá usted toda la vajilla, porque aún me queda mucho que decir.

Otra vez sonó la cansada campanilla de la puerta.

—Debe de ser don Francisco —dijo la joven, saliendo a abrir.

Él era, en efecto, y se le conocía en la manera de llamar, pues tan extremado era su espíritu ahorrativo, que economizaba hasta el sonido de la campanilla. Metióse Bringas en su cuarto y a oscuras cambiaba su ropa, cuando entró, después de llamar con estrépito, su cara mitad. Venía muy sofocada, pues desde el obrador de la modista había ido a Palacio, sin lograr ver a su majestad, por ser día de consejo y audiencia. No bien puso el pie en el comedor, empezó a echar regaños por aquella boca: había tufo en la luz del recibimiento; estaba el comedor oscuro como boca de lobo; y en la cocina olía a quemado. Amparo encendió la lámpara del comedor. Ver Rosalía a su primo y desenojarse, todo fue uno.

—No sabía que estabas aquí. Se te encuentra siempre saliendo de la oscuridad, como una comadreja. Di una cosa: ¿Por qué no te vienes esta noche? Reunión de confianza..., poca gente, doña Cándida, las pollas de Pez... ¿Vendrás? No seas tan corto, por amor de Dios. Suéltate de una vez. Yo te respondo de que con poco esfuerzo has de hacer alguna conquista. Las chicas de Pez no cesan de preguntar por ti... Que qué haces..., que cómo vives..., que por qué no te casas..., que montas muy bien a caballo... Si es lo que te digo: tienes partido, tienes partido, y tú no lo quieres creer.

—Pues di a las niñas de Pez que me esperen sentaditas. Son muy antipáticas, muy mal educadas, muy presumidillas, y desde ahora compadezco al desgraciado que se haya de casar con ellas.

—¡Vaya que estás parlanchín esta noche! Parece que el galápago quiere salir de su concha. Bien, Agustín, bien.

—Felices —dijo Bringas, entrando de súbito envuelto en su bata del año cuarenta, la cual ni de balde se habría podido vender en el Rastro.

Caballero se despedía dando un apretón de manos a su primo y embozándose.

—Pero ¿te vas tan pronto?

—¡Ah!..., se me olvidaba. Mañana os traerán el piano para la niña. Yo le pagaré al maestro de música. El colegio de ella y su hermanito, corre también de mi cuenta.

—Eres de lo que no hay... —manifestó Bringas, abrazando a su primo con emoción—. Que Dios te dé toda la vida y salud que mereces...

Rosalía, dando un suspiro, abrazó tiernamente a su hija, que acababa de venir del colegio.

—¿Te vas tan pronto? —repitió don Francisco.

—Tengo que escribir algunas cartas.

—A propósito: mira, Agustín, no gastes dinero en tinta. Pasado mañana, domingo, voy a hacer algunas azumbres para mí y para la oficina. Te mandaré un botellón grande. Yo tengo la mejor receta que se conoce, y ya he traído los ingredientes... Conque no compres más tinta, ¿estás? Abur... y gracias, gracias.

Con estas cariñosas palabras y la oferta que había hecho, expresión sincera, si bien negra, de su inmensa gratitud, despidió en la puerta a su primo el señor de Bringas. Cuando volvió al comedor, restregándose las manos con tanta fuerza que a poco más echarían chispas, su mujer, meditabunda, perdida la vista en el suelo, parecía hallarse en éxtasis. A las observaciones entusiastas del esposo, sólo contestaba con arrobo de admiración:

—¡Qué hombre!... ¡Pero qué hombre!...

Capítulo 20

Poco más tarde despedíase Amparo, recibiendo de Rosalía los siguientes encargos:

—Mañana me traes media docena de tubos. Se acaba de romper el del recibimiento. Te pasas por la Cava Baja y das un recado al de los huevos. Tráete dos docenas de botones como éste y ven temprano para que me peines, porque he de ir a Palacio antes de la una.

En la calle, Amparo vio que se le ponía al lado un bulto, una persona, un fantasma embozado. Diole saltos el corazón al reconocer las vueltas rojas y grises de la capa.

—No se me escapa usted —dijo Agustín, echando la fisonomía fuera del embozo.

—¡Ay!

—No hay motivo para asustarse. Es preciso que esto acabe pronto. Es preciso que hablemos cuando nos plazca. Ni espiar los ratitos en que usted se halle sola en la casa del primo, ni esperarla a la puerta, como se espera a las modistas, me gusta.

—Tiene mucha razón —dijo ella, dejándose llevar de sus sentimientos.

—Por consiguiente, usted me dará permiso para ir a su casa. Desde hoy entra usted en una vida nueva. La que va a ser mi mujer..., y hasta ahora no ha dicho usted nada en contrario...

En la pausa que él hizo, Amparo, confundida, buscaba las frases más convincentes para contestar; pero aquel bálsamo suave que caía sobre las heridas de su corazón aletargaba su entendimiento.

—La que va a ser mi mujer —prosiguió Caballero—, no puede vivir de esta manera, sirviendo en una casa... porque esto es peor que servir... Ya es tiempo, además, de que usted vaya arreglando sus cosas...

Música celeste era lo que Amparo oía. Tal era su éxtasis, que no sabía por dónde andaba ni de qué modo expresar lo que sentía. La contestación rotundamente afirmativa tropezaba en sus labios con algo asfixiante, amargo y obstructivo que salía de su conciencia cuando menos lo pensaba. Pero era tanta la debilidad de su carácter, que ni la conciencia ni el afecto acertaban a declararse, y el *sí* y el *no,* pasado un rato de dolorosas tartamudeces, tornaban adentro... Rechazar de plano tanta felicidad, érale imposible; aceptarla, le parecía poco delicado. Creía salir del paso con la expresión de su agradecimiento, que, a su modo de ver, era como una aquiescencia condicional.

—No sé cómo agradecerle a usted... don Agustín. Yo no valgo lo que usted cree.

Sin hacer caso de esto, Caballero añadía:

—Desde mañana usted mudará de vida. Eso corre de mi cuenta. Y es preciso que Bringas y Rosalía lo sepan, porque a nada conduce el misterio.

Iban por la calle Ancha, sin separarse para dar paso a nadie. A ratos se miraban y sonreían. Idilio más inocente y más soso no se puede ver a la luz del gas y en la poblada soledad de una fea calle, donde todos los que pasan son desconocidos. En los sucesivos accidentes de aquel coloquio de tan poco interés dramático y cuyo sabor sólo podían gustar ellos mismos, la voz de Amparo decía:

—Sí..., lo había comprendido; pero tenía miedo de que usted me dijera algo. Yo no valgo tanto como usted se figura.

—¿Usted qué ha de decir, si es la misma modestia?

Iban despacio, y a cada frase se paraban, deseosos de hacer muy largo el camino. Los ojos de ella brillaban en la noche con dulce y poética luz, y estaba tan orgulloso y enternecido Caballero mirándolos, que no se habría cambiado por los ángeles que están tocando el arpa en las gradas del trono del Creador...

—Otra cosa... —dijo temblando dentro de su capa—. ¿No le parece a usted que nos tuteemos?

Este brusco proyecto de confianza asustó tanto a la Emperadora que... se echó a reír.

—Me parece —observó— que me será difícil acostumbrarme.

—Pues por mi parte... —manifestó el tímido—, creo que no tendré dificultad. Verdad que esto es ya en mí pasión antigua, y tanto me he acostumbrado a tal idea, que cuando estoy solo y aburrido en casa me parece que la veo entrar a usted, digo a ti; me parece que te veo entrar, y que te oigo, dando órdenes a los criados y gobernando la casa... Si ahora estas esperanzas de tanto tiempo se desvanecieran, créalo usted..., créelo, me enterrarían.

Amparito, confusa, se dejó estrechar la mano por la vigorosa y ardiente de su amigo. Miraba a otra parte, a ninguna parte. Tenía la vista extraviada. Había visto pasar una sombra negra.

—Ese gran suspiro —preguntó Caballero en tono pueril—, ¿es por mí?

Ella le miró. Iba a decir que sí; pero no dijo sino:

—Con cien mil vidas que tuviera no le pagaría a usted...

—Yo no quiero cien mil vidas; me basta con una, a cambio de la que yo doy. Lo que ofrezco no es gran cosa. Todos dicen que soy un bruto, un salvaje. Bien comprendo que no tengo atractivos, que mis modales son algo toscos y mi conversación seca. Me he criado en la soledad, y no es extraño que esa segunda madre mía me haya sacado un tanto parecido a ella. Quizá en la vida íntima me encontrarían aceptable los que me tachan de soso en la sociedad; pero esto no lo saben los que ven de lejos...

—Lo que a los demás no gusta —afirmó la joven, resuelta, inspirada—, a mí me gusta.

Estaba tan guapita, que al más severo se le podría perdonar que se enamorase locamente de ella, sólo con verla una vez. Ojos de una expresión acariciante, un poco tristes y luminosos, como el crepúsculo de la tarde; tez finísima y blanca; cabello castaño, abundante y rizado, con suaves ondas naturales; cuerpo esbelto y bien dotado de carnes; boca deliciosa e incomparables dientes, como pedacitos iguales de bien pulido mármol blanco; cierta emanación de bondad y modestia, y otros y otros encantos, hacían de ella la más acabada estampa de mujer que se pudiera imaginar. ¡Lástima grande que no llevara más gala que el aseo, y que estuviera su vestido tan entrado en días! El velo estaba pidiendo sustituto, el mantón lo mismo, y sus botas aparentaban, a fuerza de aliños, una juventud que no tenían. Pero todos aquellos desperfectos, y aun otros menos visibles, tendrían remedio bien pronto. Entonces, ¿qué imagen se compararía a la suya? Pensando rápidamente en esto, todo su ser vibraba con ansiedad muy viva. Porque Amparito, dígase claro, no tenía ambición de lujo, sino de decencia; aspiraba a una vida ordenada, cómoda y sin aparato, y aquella fortuna que se le acercaba, diciéndole: «Aquí estoy, cógeme», la volvía loca de alegría. Y, no obstante, valor le faltaba para cogerla, porque de su interior turbadísimo salían reparos terribles que clamaban: «Deténte...; eso no es para ti.»

Algo más de lo transcrito hablaron, frases sin sustancia para los demás, para ellos interesantísimas. En la puerta de la casa, cuando mutuamente se recreaban en sus miradas, recibiéndolas y devolviéndolas en agradable juego, Caballero deslizó estas palabras:

—¿Subo?

—Creo que no es prudente.

Ambos estaban serios.

—Me parece muy bien —dijo Agustín, que siempre era razonable—. Mañana... ¡Qué feliz soy! ¿Y usted..., y tú?

—Yo también.

—Sube. Aguardaré hasta que te vea dar la primera vuelta por la escalera.

Capítulo 21

Aquel buen hombre, que se había pasado lo mejor de su vida en un trabajo árido, siendo en él una misma persona el comerciante y aventurero, tenía, al entregarse al descanso, la pasión del orden, la manía de las comodidades y de cuanto pudiera hacer placentera y acompasada la vida. Le mortificaba todo lo que era irregular, todo lo que traía desentono a las metódicas costumbres que tan fácilmente adquiría. Había establecido en su casa un régimen por el cual todo se hacía a horas fijas. Las comidas se le habían de servir a punto, y hasta en cosas muy poco importantes ponía riguroso método. Ver cualquier objeto fuera de su sitio, en el despacho o en el gabinete, le mortificaba. Si en cualquier mueble notaba polvo; si por alguna parte se echaban de ver negligencias de Felipe, se incomodaba, aunque con templanza.

—Felipe, mira cómo está ese candelabro... Felipe, ¿te parece que es ese el sitio de las cajas de cigarros? Felipe, veo que te distraes mucho... Te has dejado aquí tus apuntes de clase. Hazme el favor de no ponerme aquí papeles que no sean míos.

Este prurito de método y regularidad se manifestaba más en las cosas de alto interés. Por lo mismo que había pasado lo mejor de su vida en medio del desorden, sentía al llegar a la edad madura vehemente anhelo de rodearse de paz, y de asegurarla arrimándose a las instituciones y a las ideas que la llevan consigo. Por esto aspiraba a la familia, al matrimonio, y quería que fuese su casa firmísimo asiento de las leyes morales. La religión, como elemento de orden, también le seducía, y un hombre que en América no se había acordado de adorar a Dios con ningún rito, declarábase en España sincero católico; iba a misa, y hallaba muy inconvenientes los ataques de los demócratas a la fe de nuestros padres. La política, otro fundamento de la permanencia social, penetró asimismo en su alma, y vedle aplaudiendo a los que querían reconciliar las instituciones históricas con las novedades revolucionarias. A Caballero le mortificaba todo lo que fuera una excepción en la calma y rutina del mundo, toda voz desafinada, toda cosa fuera de su lugar, toda protesta contra las bases de la sociedad y la familia, todo lo que anunciara discordia y violencia, lo mismo en la esfera privada que en la pública. Era un extenuado caminante que quiere le dejen descansar allí donde ha encontrado quietud, paz y silencio.

Había comprado una casa nueva, hermosísima, en la calle del Arenal, cuyo primer piso ocupaba por entero. Parte de ella estaba amueblada ya, atendiendo más a la disposición cómoda, según el uso inglés, que a ese lujo de la gente latina, que sacrifica su propio bienestar a estúpidas apariencias. Allí, sin que faltara lo que recrea la vista, prevalecía todo lo necesario para vivir bien y holgadamente. Aún no estaba completo el ajuar de todas las habitaciones, particularmente de las destinadas a la señora y a la futura prole de Caballero; pero cada día llegaban nuevas maravillas. La casa era tal, que sólo pocas familias de reconocida opulencia podían tenerla semejante en aquellos tiempos matritenses en que sobre la vulgaridad del gran villorrio empezaba a despuntar la capital moderna; y ésta la constituyen no sólo las anchas vías y espaciosos barrios, sino también, y más principalmente aún, la comodidad y aseo de los interiores. Los amigos de Caballero vieron asombrados el magnífico cuarto de baño que supo instalar aquel hombre extravagante venido de América; se pasmaron de aquella cocina monstruo que, además de guisar para un ejército, daba agua caliente para toda la casa; admiraron las anchas alcobas trasladadas de los recónditos cuchitriles a las luces y al aire directo de la calle; advirtieron que las salas de puro ornato no robaban la exposición de Mediodía a las habitaciones vivideras, y se asustaron de ver el gas en los pasillos, cocina, baño, billar y comedor; y otras muchas cosas vieron y alabaron que omitimos por no incurrir en prolijidad.

El despacho no estaba amueblado según los modelos convencionales de la elegancia, que tan fácilmente tocan en lo cursi. Desdeñando la rutina de los tapiceros, puso Agustín su despacho a estilo de comerciante rico, y lo primero que se veía al entrar en él era el copiador de cartas con su prensa de hierro y demás adminículos. Dentro de lujosa vitrina, había una linda colección de figurillas mejicanas, tipos populares expresados con verdad y gracia admirable en cera y trapo. Nada existe más bonito que estas creaciones de un arte no aprendido, en el cual la imitación de la Naturaleza llega a extremos increíbles, demostrando la aptitud observadora del indio y la habilidad de sus dedos para dar espiritu a la forma. Sólo en el arte japonés se encuentra algo de valor semejante a la paciencia y gusto de los escultores aztecas.

Dos estantes, uno repleto de libros de comercio y otro de literatura, hacían juego con la exhibición de figurillas, mas la literatura era toda de obras decorativas, si bien entre ellas

las había tan notables por su contenido como por sus pastas. Un calendario americano, género de novedad entonces, ocupaba uno de los sitios más visibles. El reloj de la chimenea era un hermoso bronce parisiense, de estilo egipcio, con golpes de oro y cardenillo; y en la misma chimenea, así como en la mesa, había variedad grande de objetos fabricados con ese jaspe mejicano que, por la viveza de sus colores y la transparencia de sus vetas, no tiene igual en el mundo. Eran jarroncillos y pisapapeles, la mayor parte de éstos imitando frutas, siendo en algunas piezas casi perfecto el engaño de la piedra, haciéndose pasar por vegetal. Completaba el ajuar del despacho sillería de *reps* verde claveteada, que a Caballero se le antojaba de un gusto detestable; mas había hecho propósito de regalarla a sus primos cuando llegara la remesa de muebles que estaba esperando.

Allí trabajaba Agustín, todos los días, dos o tres horas. Escribía cartas larguísimas a su primo, que había quedado al frente de la casa de Brownsville, y también tenía correspondencia tirada con sus agentes de Burdeos, Londres, París y Nueva York. Su letra clara, comercial, bien rasgueada y limpia, era un encanto; mas su estilo, ajeno a toda pretensión literaria y aun a veces desligado de todo compromiso gramatical, no merece, ciertamente, que por él se rompa el respetable secreto del correo. Aquel día, no obstante, introdujo en su epístola novedades tan ajenas al comercio, que no es posible dejar de llamar la atención sobre ellas. En un párrafo decía: «Me he enamorado de una pobre»; y más adelante: «Si tú la vieras, me envidiarías. La conocí en casa del primo Bringas. Su hermosura, que es mucha, no es lo que principalmente me flechó, sino sus virtudes y su inocencia... Querido Claudio, pongo en tu conocimiento que el señorío de esta tierra me revienta. Las niñas estas, cuanto más pobres, más soberbias. No tiene educación ninguna; son unas charlatanas, unas gastadoras, y no piensan más que en divertirse y en ponerse perifollos. En los teatros ves damas que parecen duquesas, y resulta que son esposas de tristes empleados que no ganan ni para zapatos. Mujeres guapas hay; pero muchas se blanquean con cualquier droga, comen mal y están todas pálidas y medio tísicas; mas antes de ir al baile se dan bofetadas para que les salgan los colores... Las pollas no saben hablar más que de noviazgos, de pollos, de trapos, del tenor H, del baile X, de álbumes y de sombreros así o asado... Una señorita que ha estado seis años en el mejor colegio de aquí, me dijo hace días que Méjico está al lado de Filipinas. No saben hacer unas sopas, ni pegar un triste botón, ni sumar dos cantidades; aunque hay excepciones, Claudio, hay excepciones...»

Y en otra carta decía: «La mía es una joya. La conocí trabajando día y noche, con la cabeza baja, sin decir *esta boca es mía*... La he conocido con las botas rotas, ¡ella, tan hermosísima, que con mirar a cualquier hombre habría tenido millones a sus pies!... Pero es una inocente, y tan apocada como yo. Somos el uno para el otro, y mejor pareja no creo que pueda existir. En fin, Claudio, estoy contentísimo, y paso a decirte que la partida de cueros la guardes hasta que pase el verano y sean más escasos los arribos de Buenos Aires. He tenido aviso de la remesa de pesos a Burdeos y de otra más pequeña a Santander. Ambas te las dejo abonadas en cuenta.»

Es de advertir que el afán de orden y de legalidad que dominaba al buen Caballero desde su llegada a Europa, se extendía, por abarcarlo todo, hasta lo que pertenece al fuero del lenguaje. Deseando no faltar a ninguna regla, se había comprado el Diccionario y Gramática de la Academia, y no los perdía de vista, mientras escribía, para llegar a vencer, con el trabajo de oportunas consultas, las dificultades de ortografía que le salían al paso a cada momento. Tanto bregó, que sus epístolas veíanse cada día más limpias de las gárrulas imperfecciones que las afearan antaño cuando las trazaba en el inmundo y desordenado escritorio de su casa de Brownsville.

Todas las tardes salía a dar un paseo a caballo. Era diestro y seguro jinete, de esa escuela mejicana, única, que parece fundir en una sola pieza el corcel y el hombre. Lo mismo en sus correrías por las afueras que en la soledad y sosiego de su casa, no se desmentía jamás en él su condición de enamorado, es decir, que ni un instante dejaba de pensar en su ídolo, contemplándolo en el espejo de su mente y acariciándolo de una y otra manera. A veces, tan clara la veía, como si viva la tuviera enfrente de sí. Otras se enturbiaba de un modo extraño su imaginación, y tenía que hacer un esfuerzo para saber cómo era y reconstruir aquellas lindas facciones. ¡Fenómeno singular este desvanecimiento de la imagen en el mismo cerebro que la agasaja! Por fortuna, no tardaba en presentarse otra vez tan clara y tan viva como la realidad. Aquellos hoyuelos, cuando se reía, ¡qué bonitos eran! Aquella manera particular de decir *gracias*, ¿cómo se podía borrar de la fantasía del enamorado? ¿Ni cómo olvidar la muequecilla antes de decir *no*, aquel repentino y gracioso movimiento de la cabeza al afirmar, la buena compañía que hacían los cabellos a los ojos, aquel tono de inocencia, de sencillez, de insignificancia con que hablaba de sí misma? ¡Qué manera aquella de mirar cuando se le decía una cosa grave! ¿Pues aquel modo de cruzar el manto sobre el pecho, con la mano derecha forrada en él y tapando la boca...?

Al día siguiente de la entrevista en la calle fría (y en dicha entrevista fue donde Caballero observó el accidente de la mano forrada que tan bien conservara en la memoria), escribióle una larga carta. En ella, más que las palabras amorosas, abundaban las frialdades positivas. Empezando por señalarle cuantiosa pensión mensual mientras llegase el feliz día del casorio, le proponía vivir en casa de Bringas. Si los primos se negaban a esto, él la visitaría en casa de ella. Amparo debía disponer con prontitud sus ajuares de ropa para entrar triunfal y decorosamente en su nuevo estado.

Capítulo 22

A sus amigos, que eran pocos y bien escogidos, había anunciado Caballero de un modo vago sus proyectos matrimoniales. Pero como no le conocían novia, todo se volvían cálculos, acertijos y conjeturas. Bien sabían ellos que Caballero no frecuentaba la sociedad. Jamás le vieron en los paseos haciendo el oso, rarísimas veces en los teatros, y no frecuentaba reuniones de señoras, como no fuese la de Bringas, donde brillaba por su frialdad y lo seco y esquivo de su conversación. Todos convenían en que era Agustín el más raro de los hombres; pero estaban tan satisfechos de su simpática amistad y le querían tanto, que no le faltaban al respeto ni aun con la inocente crítica de sus rarezas.

Entre los tales amigos descollaban tres, que eran los propiamente íntimos. Helos aquí: Arnaiz, ya viejo, dueño de un antiguo y acreditado almacén de paños al por mayor, importaba géneros de Nottingham y tomaba aquí letras sobre Londres. Había labrado con su honrada constancia una bonita fortuna, y a la sazón, apartado del tráfico activo, había cedido la casa a los hijos de su hermano, que la conservaban con la afamada razón de *Sobrinos de Arnaiz.* Trujillo y Fernández, que había casado con la hija única de Sampelayo, estaba al frente de la antigua y respetable casa de Banca de Madrid *G. de Sampelayo Fernández y Compañía,* que data del siglo pasado. Mompous y Bruil, corredor de cambios, primero, había hecho después un buen caudal comprando terrenos para venderlos por solares. Los tres eran personas de exquisita formalidad, de excelentes costumbres y con crédito firmísimo en la plaza.

Trujillo, que tenía varias hijas casaderas y bonitas, intentó agasajar a Caballero desde que le conoció, y ¡no eran esfuerzos los que hizo para que frecuentara su casa! Una noche estuvo al fin, pero no volvió a poner los pies allá sino para hacer la visita de ordenanza, cada tres meses, la cual duraba un cuarto de hora, y en ella estaba Agustín violentísimo y cohibido, hablando del tiempo y contando los minutos que le separaban del bendito momento de ponerse en la calle. Trujillo, emperrado en su idea, invitábale a comer para tal o cual día; pero Caballero buscaba siempre un medio de excusarse y huir el bulto, pretextando enfermedad u ocupaciones. Por fin, hubo de renunciar el honrado banquero a tenerle por yerno, sin que por eso disminuyese el noble afecto que a entrambos les unía. Por su parte, Mompous había acariciado en su mente de arbitrista iguales proyectos. Tenía un solar, es decir, una hija única y hermosa, y sobre ella pensó edificar, con la ayuda de Agustín, el gallardo edificio de la perpetuidad de su raza... «Caballero, mi mujer me ha dicho que vaya usted a comer el domingo.» Tanto repitió esto el ambicioso catalán, que un día Caballero no tuvo más remedio que ir. ¡Qué mal rato pasó el pobre, deseando que volara el tiempo! La chica, que era vaporosa y linda, no le gustaba nada; mas no existía habilidad femenina que ella no tuviese, incluso la de tocar el piano y cantar acompañándose. Delante de él lució la variada multiplicidad de sus talentos, mientras la mamá alababa el buen natural de aquel espejo de las niñas. Pero Agustín no supo o no quiso dirigirle más galanterías que aquellas que, por lo comunes, caen de todos los labios y no son sentidas ni verdaderas. «Este hombre es un oso.» Tal apreciación se hizo proverbial en casa de Mompous. El oso, o lo que fuera, no volvió más a aparecer por allí, a pesar de las ardientes insinuaciones de su amigo. La señora de éste, con su charlar meloso y sus rebuscadas expresiones de naturalidad, le hacía a Caballero tan poca gracia que por no verla daría cualquier cosa. Así, cuando a la casa iba para hablar con Mompous de algún negocio, se metía de rondón en el despacho y estaba el menor tiempo posible. Si sentía ruido de faldas, entrábale de repente una gran prisa, y se marchaba, dejando el negocio a medio tratar.

Hablando del misterio que envolvía los planes matrimoniales de Caballero, decía Trujillo:

—Verán ustedes cómo este hombre va a traer a su casa una tarasca.

Mompous opinaba lo mismo; pero Arnaiz, que veía más claro, por no tener más niñas disponibles que las de sus ojos, salía prontamente a la defensa de su amigo:

—Se equivocan ustedes. Este hombre de escasas palabras tiene muy buen sentido. Habla poco y sabe lo que hace.

Los domingos esta ilustre trinidad reuníase puntual en la casa del rico indiano a tomar café, porque verdaderamente, no había café en Madrid como el que allí se hacía. También solía entremeterse aquel Torres, pazguato y mirón que vimos en casa de Bringas, y era un cesante a quien Mompous daba de tiempo en tiempo trabajillos de corretaje y comisiones de venta o compra de inmuebles. En días de trabajo iban los tres amigos por la noche a jugar al billar con Caballero, y a tertuliar, apurando los temas políticos de la época, por punto general muy candentes. Arnaiz y Trujillo eran progresistas templados; Mompous y Caballero defendían a la Unión Liberal como el gobierno más práctico y eficaz, y todos vituperaban a la situación dominante, que, con sus imprudencias, lanzaba al país a buscar su remedio en la revolución. Pero las discusiones no se acaloraban sino al tocar los temas de política comercial, pues siendo Caballero librecambista furioso, y Mompous, como fiel catalán, partidario de un arancel prohibitivo, nunca llegaban a entenderse. Arnaiz y Trujillo se inclinaban a las ideas de Agustín, pero protestando de que en la práctica se debían plantear poquito a poco. No traspasaban nunca estas contiendas el límite de la urbanidad. Caballero hablaba siempre muy bajo, cual si tuviera miedo de su propio acento y sus conceptos eran siempre muy comedidos. A menudo sus tertulios, no oyendo bien sus palabras, decían: «¿Qué?» Y él entonces alzaba un punto la voz, que su timidez hacía un tanto temblorosa. En cambio, Arnaiz, hombre obeso y pletórico, decía con voz de trueno, precedida de violentas toses, los conceptos más triviales. *Júpiter tonante* llamábale Trujillo, y era cosa de taparse los oídos cuando decía: «Hoy he pagado el Londres a 47,90.»

Los domingos, al caer de la tarde, solía tener Caballero la visita de su prima, que pasaba siempre por allí con los niños al volver de paseo.

Una tarde observó que la casa se había enriquecido con valiosos objetos de capricho y elegantísimos muebles que Agustín, insaciable comprador, había adquirido días antes. Espejos de tallados chaflanes, bronces, porcelanas y cuadritos, amén de una galana sillería de raso rosa, ornaban lo que había de ser gabinete de la desconocida y mitológica señora de Caballero. Quedóse pasmada la de Bringas ante estos primores, y no halló mejor modo de endulzar su disgusto que estrenando un hermoso sillón cuya comodidad y amplitud eran tales que no había visto ella nada semejante.

Arrellanándose en él, con ambas manos en el manguito, echada hacia atrás la cachemira que Su Majestad le había regalado el año anterior, disparó a su primo miradas inquisitoriales. Agustín estaba sentado delante de ella, con Isabelita sobre las rodillas.

—Esto está perdido, Agustín —le dijo—. Tienes aquí un lujo insultante y revolucionario... Ya no me queda duda de que piensas casarte. Pero ¿con quién? Eres un topo, y todo lo has de hacer a la chita callando. Arnaiz le dijo ayer a Bringas que sí, que te casabas: pero que nadie sabía con quién. ¡Por Dios! —terminó con mal disimulada ira—, sé franco, sé comunicativo, sé persona tratable.

Esperando la contestación de su primo, que había de ser tardía y oscura, Rosalía contemplaba a la niña, tan chiquitita aún. ¡Ah!, maldito Bringas, ¡por qué no nació Isabel cinco años antes!

—Pues sí —manifestó Caballero—, me caso.

La Pipaón de la Barca se quedó como quien ve visiones al oír tan terroríficas palabras.

—Pégale, hija; pégale, sí —dijo a la niña—. Tírale de esas barbas. Es muy malo, muy malo.

Isabelita, lejos de hacer lo que su madre le mandaba, mirábale dudosa y como suspensa. Tenía de él concepto elevadísimo: considerábale como un ser a todos superior, y la acusación de maldad lanzada por su mamá poníala en gran confusión. Enlazaba con sus brazos el cuello de Agustín y le decía secretos al oído.

—Tu hija no te hace caso —observó Caballero, riendo—. Dice que me quiere mucho y que no soy malo.

—Hija, no sobes... Vete con tu hermano, que está jugando con Felipe... Conque a ver, hombre, explícate. Tú no vas a ninguna parte, no se te conocen relaciones... ¿Adónde demonios has ido a buscar esa mujer? ¿La has encargado a una fábrica de muñecas? ¿Vas a traer aquí una salvaje de América, con los brazos pintados y con una argolla en la nariz? Porque tú eres capaz de cualquier extravagancia.

Diciendo esto, por la mente de la dama pasó una sospecha, una idea que la espeluznaba como presentimiento de muerte y tragedias. Aquel resplandor lívido pasó pronto, cual relámpago, dejando la susodicha mente pipaónica en la oscuridad de las anteriores dudas.

—Hija, no sobes...

—Dice Isabel que no quiere ir a jugar con Felipe, que prefiere jugar conmigo.

—¿Conque te descubres o no, mascarita? No sé a qué vienen esos tapujos...

—Pronto te lo diré.

—Pues no sé... Ni que fuera delito —manifestó con repentina vehemencia la Bringas, levantándose—. Yo he visto hombres topos, he visto hombres pesados, hombres inaguantables; pero ninguno, ningunito como tú. Hija, vámonos de aquí; llama a tu hermano. Esta casa me apesta con tanto chirimbolo inútil. No, no me huele esto a cosa buena. Y, en resumidas cuentas, ¿a mí qué me importa? Ya puedes casarte con una fuencarralera o con alguna *loreta* de París... Abur. Eso, eso: guarda bien el secreto no sea que te lo roben. Así, callandito, se hacen las cosas.

Y el más reservado de los hombres, al despedirla en la puerta, le dijo dos o tres veces:

—¡Mañana, mañana te lo diré!

Y, en efecto, a la mañana siguiente se lo dijo.

Por espacio de algunos minutos, Rosalía se quedó como si le administraran una ducha con la catarata del Niágara.

—¡Con Amp...!

No tenía aliento para concluir de pronunciar la palabra. Representóse a la hija de Sánchez Emperador disfrutando de los tesoros de aquella casa sin igual, y consideraba esto tan absurdo como si los bueyes volaran en bandadas por encima de los tejados, y los gorriones, uncidos en parejas, tiraran de las carretas. Sus confusiones no se disiparon en todo aquel día; se le subió el color, cual si le hubiera entrado erisipela, y llevaba frecuentemente la mano a su cabeza, diciendo: «Parece que les tengo aquí a los dos convertidos en plomo.» Mas reflexionando sobre el peregrino caso, no acertaba a explicarse el motivo de su despecho. «Porque a mí, ¿qué me va ni me viene en esto?... Conmigo no se había de casar, porque soy casada; ni con Isabelita tampoco, porque es muy niña.»

No veía la hora de que viniese Bringas para dispararle a boca de jarro la tremenda nueva. También fue grande el asombro de don Francisco. Su esposa, encolerizada, dirigíase a él con impertinentes modos, como si aquel santo varón tuviera la culpa, y le decía:

—Pero ¿has visto, has visto qué atrocidad?

—Pero, mujer, ¿qué...?

—La verdad, yo contaba con que Agustín esperase siquiera seis años... Isabel tiene diez..., ya ves... Pero a ti no se te ocurre nada.

—¡Ave María Purísima!...

—Y pretende que la traigamos a casa mientras llega el día del bodorrio... Sí, aquí estamos para tapadera.

Bringas, hombre de sano juicio, que siempre trataba de ver las cosas con calma y como eran realmente, intentó aplacar a su exaltada cónyuge con las razones más filosóficas que de labios humanos pudieran salir. Según él, antes que ofenderse, debían alegrarse de la elección de su primo, porque Amparo era una buena muchacha y no tenía más defecto que ser pobre. Agustín deseaba mujer modesta y virtuosa y sin pretensiones... No era tonto el tal, y bien sabía gobernarse. Convenía, pues, celebrar la elección como feliz suceso, y no mostrar contrariedad, ni menos enojo. Si Agustín quería que su futura viviese con ellos una corta temporada, muy santo y muy bueno.

—Porque, mira tú —añadió con centelleos de perspicacia en sus ojos—, más cuenta nos tendrá siempre estar bien con el primo y su esposa que estar mal. Si ahora les desairamos, quizá después de casados nos tomen ojeriza, y... no te quiero decir quién perderá más. Él es muy bueno para nosotros, y no creo que Amparo se oponga a que lo siga siendo. Le debemos obsequios y favores sin fin, y nosotros, ¿qué le hemos dado a él? Una triste botella de tinta, hija... Tengamos calma, calma, y aplaudámosle ahora como siempre. Probablemente seremos padrinos, y habrá que correrse con un buen regalo. No importa, se sacará como se pueda. Ya sabes que él no se queda nunca atrás. Nuestra situación hoy, hija de mi alma, es apretadilla. Si me encargo el gabán, que tanta falta me hace; si vamos al baile de Palacio, tendremos que imponernos privaciones crueles: eso contando siempre con que la *Señora* te dé el vestido de color melocotón que te tiene ofrecido; que si no, ¡adónde iríamos a parar!... Pero la economía y un mal pasar dentro de casa harán este milagro y el del regalo para Agustín. Conque mucha prudencia y cara de Pascua.

Este sustancioso discursillo tuvo eco tan sonoro en el egoísmo de Rosalía, que se amansó su bravura y conoció lo impertinente de su oposición al casorio. Deseaba que Amparo llegase para hablarle del asunto y saber más de lo que sabía. ¡La muy pícara no había ido desde el sábado!... Estaba endiosada. Quería hacer ya papeles de humilladora, por venganza de haber sido tantas veces humillada.

Capítulo 23

La increíble fortuna no llevó al ánimo de Amparo franca alegría, sino alternadas torturas de esperanza y temor. Porque si negarse era muy triste y doloroso, consentir era felonía. El miedo a la delación hacíala estremecer; la idea de engañar a tan generoso y leal hombre la ponía como loca; mas la renuncia de la corona que se le ofrecía era virtud superior a sus débiles fuerzas. ¡Oh egoísmo, raíz de la vida, cómo dueles cuando la mano del deber trata de arrancarte!... No tenía perversidad para cometer el fraude, ni abnegación bastante para evitarlo. No le parecía bien atropellarlo todo y dejarse conducir por los sucesos; ni su endeble voluntad le daba alientos para decir: «Señor Caballero, yo no me puedo casar con usted..., por esto, por esto y por esto.»

Pasaba las horas del día y de la noche pensando en los rudos términos de su problema, perseguida por la imagen de su generoso pretendiente, en quien veía un hombre sin igual, avalorado por méritos rarísimos en el mundo. Aun antes de tener sospechas del enamoramiento de Caballero, había sentido Amparo simpatías vivísimas hacia él. Lo que los demás tenían por defectuoso en el carácter del indiano, conceptuábalo ella perfecciones. Adivinaba cierta armonía y parentesco entre su propio carácter y el de aquel señor tan callado y temeroso de todo; y cuando Agustín se le acercó, movido de un afecto amoroso, ella le esperaba, preparada también con un afecto semejante.

Desde que se trataron un poco, vio la medrosa en el tímido, como se ve la imagen propia en un espejo, sentimientos y gustos que eran también los de ella. Sí, ambos estaban, como suele decirse, vaciados en la misma turquesa. Agustín, como ella, tenía la pasión del bienestar sosegado y sin ruido; como ella, aborrecía los dicharachos, la palabrería insustancial y las vanidades de la generación presente; como ella, tenía el sentimiento intenso de la familia, la ambición de la comodidad oscura y sin aparato, de los afectos tranquilos y de la vida ordenada y legal. Sin duda, él había sabido leer cumplidamente en ella; pero Dios quiso que, al repasar las páginas de su alma, viese tan sólo las blancas y puras y no la negra. Estaba tan escondida, que ella sola podía y debía enseñarla, consumando un acto de valor sublime. El único medio de arrancar la tal página era llegarse a Caballero y decirle: «No me puedo casar con usted... por esto, por esto y por esto.»

Cuando la infeliz llegaba a esta conclusión, que aunque tardía daba, por ser conclusión, algún descanso a sus torturas, parecía que una sierpe le silbaba en el oído estos conceptos:

«Oiga usted, señorita: Si está decidida a no aceptar la mano de ese sujeto, ¿qué papel hace usted tomando su dinero? Al día siguiente de aquella noche en que su novio la acompañó hasta la puerta, usted recibió una carta con billetes de Banco. No eran los primeros que venían, pero si los más comprometedores. En esa carta decía, niña sin juicio, que ya la consideraba a usted como su esposa, y que, por tanto, debía existir entre ambos franqueza y comunidad de intereses. Le enviaba a usted una cantidad, y anunciaba repetir el obsequio todos los meses, hasta que se casara. Y el objeto de estos auxilios era que su novia se preparase dignamente al matrimonio. Si el pensamiento de usted era negarse, ¿por qué no devolvió el dinero en el mismo sobre que lo trajo?...»

¡Qué voz aquella! ¡Argumento doloroso como llaga, que no podía tener el alivio de una contestación! Sin duda, la infeliz, al recibir los dineros, no vio el compromiso que la aceptación le traía; estaba como tonta, embriagada con la ilusión de la espléndida suerte que Dios le deparaba, con la idea de su magnífica casa y de la venturosa familia que iba a fundar.

Cuando echó de ver la inconveniencia grande de aceptar el dinero, ya parte de éste se había ido en seguimiento del pago de unas deudas antiguas, ya la indigente novia se había encargado dos pares de botas y dos vestidos. ¡Ay, Dios mío! ¡Qué situación tan equívoca! ¿A quién pediría consejo? ¿Qué debía hacer?

Despertando asustada, en lo mejor de su sueño, Amparo daba vueltas en el cerebro a esta idea: «Lo mejor es dejar correr, dejar pasar, callarme, por repugnante que sea este silencio a mi conciencia.» Entonces, la culebra, deslizándose entre las almohadas, silbaba en su oído así: «Si tú callas, no faltará quien hable. Si tú no se lo dices, otro se lo dirá. Si él lo sabe antes de la boda, te apartará de sí con desprecio, y si lo sabe después, figúrate la que se armará...» Oyendo esto, lloró en silencio mojando con lágrimas sus almohadas, y se durmió sobre la tibia humedad de ellas... A las tres o cuatro horas despertó de nuevo cual si oyera un grito. Era, si, un grito que de su interior salia, diciendo: «Si lo sabe, antes o después, me perdonará... Como ha comprendido otras cosas que hay en mí, comprenderá mi arrepentimiento.»

Levantóse de prisa. Ya el día penetraba por las ventanas. Vistióse, y el agua fresca aclaró sus ideas... Estremecida de frío, y después confortada por la reacción, decía: «Me perdonará..., lo estoy viendo.»

Púsose a arreglar la casa con nerviosa actividad. Se habían duplicado sus aptitudes domésticas, y sentía verdadero frenesí de limpieza, de poner todo en orden. Cogiendo la escoba, la manejó casi casi con inspiración. Había en sus manos algo de la convulsiva fuerza de la mano del violinista en el arco. Nubecillas de polvo rastreaban por el suelo. Saliendo luego a la ventana, que daba a un panorama de tejados, la joven respiró con gusto el aire glacial de la mañana.

Luego pensó en los vestidos que le iba a traer la modista. Además, tenía otro, no nuevo, sino arreglado por ella misma, y pensaba estrenarlo al día siguiente. No era esto presunción, sino el ardiente afán de la decencia que en su alma tenía firme asiento. Su pasión por la vida regular se manifestaba también prefiriendo lo útil a lo brillante, y dando la importancia debida al bien parecer de las personas...

Hizo un poco de chocolate y se lo tomó con pan duro. Era preciso poner la casa como el oro, pues aquel día vendría Caballero a visitarla. Diera ella cualquier cosa por tener arte de encantamiento para remendar los vetustos muebles, para darles barniz, para tapar los agujeros de los forros y poner todo, no lujoso, sino presentable. Fija en su mente la visita, consideró los peligros que la rodeaban, y de esta meditación salía otra vez triunfante la idea grande y activa, la necesidad de abrir su alma al que tan digno era de verla toda.

Mientras preparaba su comida, diose a discurrir los términos más adecuados para esta declaración espeluznante. Pensó, primero, que necesitaba muchas, muchas palabras; estar hablando todo un día... Imaginó después que valía más decirlo en pocas. Pero ¿cuáles serían estas pocas palabras? Seguramente, cuando hiciera su confesión, se le habrían de saltar las lágrimas. Diría, por ejemplo: «Mire usted, Caballero, antes de pasar adelante, es preciso que yo le revele a usted un secreto... Yo no valgo lo que usted cree, yo soy una mujer infame, yo he cometido...» No, no; esto, no; esto era un disparate. Mejor era: «Yo he sido víctima...» Esto le parecía cursi. Se acordó de las novelas de don José Ido. Diría: «Yo he tenido la desgracia... Esas cosas que no se sabe cómo pasan, esas alucinaciones, esos extravíos, esas cosas inexplicables...» Él, al oír esto, sería todo curiosidad. ¡Qué preguntas le haría, qué afán el suyo por saber hasta lo más escondido, aquello que ni a la propia conciencia se le dice sin temor!... La gran dificultad estaba en empezar. ¿Tendría ella el valor del principio? Sí, lo tendría; se proponía tenerlo, aunque muriera en las angustias de aquella revelación semejante al suicidio.

Sintió a su hermana levantándose. Refugio entró también en la cocina, y, después de cambiar con Amparo palabras insignificantes, se metió en su cuarto para vestirse y acicalarse, operación en que empleaba mucho tiempo. Deseaba Amparo que la pequeña saliera pronto, para que no estuviese allí cuando el otro llegara. Refugio estaba irritada, y se transformaba rápidamente, por la ligereza de sus costumbres, en una mujer trapacera, envidiosa, chismosa. Amparo temía indiscreciones de ella. Siempre la reñía por sus salidas a la calle y por su desamor al trabajo. Aquel día no le dijo una palabra. Después que almorzaron, viendo que la otra se detenía, le habló así:

—Si sales, sal de una vez, porque yo también me voy, y quiero llevarme la llave.

Impertinente estaba aquel día la hermana menor. Comprendiendo Amparo que con cierto talismán se aplacaría, le dio dinero.

—Estás rica...

—Vete de una vez y déjame en paz.

Cuando estuvo sola, dio otra mano de limpieza a los muebles, y se arregló a sí misma lo mejor que pudo con lo poquito que tenía. La idea de la confesión no se apartaba de su pensamiento... Sentíase interiormente acariciada por fuerza pujante nacida al calor de su conciencia, y fortificada después por un no sé qué de religioso y sublime que llenaba su alma. Figurábase tener delante al que iba a ser compañero de su vida, y ella, valerosa, sin turbarse, acometía la santa empresa de confesar la más grande falta que mujer alguna podría cometer. Y no se turbaba con las miradas de él; antes bien, parecía que la honradez pintada en el austero semblante de Agustín le daba más ánimos...

Pero, ¡ay!, estos ardores heroicos se apagaron cuando el amante se presentó ante ella realmente. Amparo salió a abrirle la puerta, y, al verle, ¡ay Dios mío!, la cobardía más angustiosa se apoderó de su ánimo. Ante la mirada de aquellos leales ojos, la penitente estaba yerta, y la confesión era tan imposible como darse una puñalada... Olvidáronsele las palabras que había estudiado para empezar. Agustín habló de cosas comunes, ella le contestaba turbadísima. Se le había olvidado hasta el modo de respirar. Y ¡qué torpeza la de su entendimiento! Para contestar a varias preguntas que Caballero le hizo, tuvo que pensarlo mucho tiempo.

Lentamente fue disipándose su turbación. El coloquio era discreto, quizá demasiado discreto y frío para ser amoroso. Caballero estaba también cohibido al verse solo con su amada. Allí contó dramáticos pasajes de su existencia; hizo una ingeniosa y delicada crítica de los Bringas. Luego tornaron a hablar de sí propios. Él estaba contentísimo: iba a realizar su deseo más vivo. La quería con tranquilo amor, puestos los ojos del alma, más en los encantos del vivir casero, siempre ocupado y afectuoso, que en la desigual inquietud de la pasión. Tenía ya más de cuarenta otoños, y cual hombre muy sentido, su mayor afán era tener una familia y vivir vida legal en todo, rodeándose de honradez, de comodidad, de paz, saboreando el cumplimiento de los deberes en compañía de personas que le amaran y le honrasen. Dios le había deparado la mujer que más le convenía, y tan perfecta la encontraba, que si la hubieran encargado al Cielo no viniera mejor... Ella, por su parte, le miraba a él como la Providencia hecha hombre. Sin saber por qué, desde que le vio consideróle como un hombre modelo, y si él no tuviera mil motivos para hacerse querer, bastaríale para ello la bondad con que descendió hasta una pobre muchacha huérfana y humilde.

Mientras tales sosadas decía, si no con éstas, con equivalentes palabras, Amparo, dentro de sí, razonaba de otro modo. «Dios mío, no sé adónde voy a parar... Me dejo ir, me dejo ir, y cada vez soy más criminal callando lo que callo. Mientras más tarde yo en confesarme, menos derecho tendré a su perdón.»

—Cuéntame algo de tu niñez, de tu vida pasada.

Al oír esto, la novia pasó de la duda al espanto. ¿Habría Caballero adivinado algo?

—¡Ay!, he sido muy desgraciada.

—Pero ahora serás feliz. Cuéntame algo.

Recordó ella entonces algunas de las expresiones que había pensado, y con espontaneidad suma, cual si cediera a incontrastable fuerza, se dejó decir:

—Antes de pasar adelante...

—¿Qué?

—Digo que..., nada... Es que me acordaba de cuando murió mi pobre padre...

—¿Es éste su retrato? —preguntó Caballero, levantándose para mirarle cerca.

Entre tanto, Amparo decía: «Primero me degüellan. Yo me muero, pero callo.»

La tarde avanzaba. Dos horas estuvo allí Agustín, y al despedirse no se permitió más rapto de amor que besar la mano de su novia. Era hombre a quien las rudezas de un áspero combate vital dieron dominio grande sobre sí mismo. Pero aun con el poder que tenía, no eran innecesarios de cuando en cuando algunos esfuerzos para sostener el austero papel de persona intachablemente legal, rueda perfecta, limpia y corriente en el triple mecanismo del Estado, la Religión y la Familia. Aquel propietario que se había enojado con Mompous porque éste quiso ponerle, en el reparto de contribuciones, un poco menos de lo que le correspondía; aquel hombre que por no desentonar en el concierto religioso de su época, había dado algún dinero para el Papa, no podía, en manera alguna, ir a la posesión de su amoroso bien por caminos que no fueran derechos. «Todo con orden —decía—; o no viviré, o viviré con los principios.»

Capítulo 24

Después de tres días de ausencia, disculpada con pretexto de ocupaciones graves en su casa, fue Amparo a la de Bringas. Subiendo la escalera, temía que los escalones se acabasen. ¿Cómo la recibiría Rosalía, sabedora ya de su noviazgo? Porque la huérfana no amaba a su excelsa amiga, y aquel respeto que le tenía será mejor calificado si le damos el nombre de miedo. El señor don Francisco sí le inspiraba afecto y pensando en los dos y en lo que le dirían, entró en la casa. Sin saber por qué, diole vergüenza de verse allí con su vestido recientemente arreglado, sus botas nuevas, su velo nuevo también. Creía faltar al pudor de su pobreza.

Rosalía salió a su encuentro en el pasillo, riendo, y luego la abrazó con afectados aspavientos de cariño. Tales vehemencias, por lo excesivas, debían de ser algo sospechosas; pero Amparo, cortada como una colegiala a quien sorprendieran en brazos de un sargento, las admitió como buenas. A las vehemencias siguieron ironías de muy mal gusto.

—Vaya, mujer, gracias a Dios que pareces por aquí. Como estás tan encumbrada, ya no te acuerdas de estos pobres... ¡Buena lotería te ha caído! No, no la mereces tú, aunque reconozco que eres buena... ¡Suerte mejor!... Siéntate... Quiere Agustín que vivas con nosotros, y no nos oponemos a ello... Al contrario, tenemos mucho gusto. No sé si te podrás acomodar en esta estrechura, porque como ya tienes la idea de vivir en aquellos palacios, te parecerá esto una cabaña.

Recobrándose, contestó la novia que lo agradecía mucho; pero que no pudiendo dejar sola a su hermana, seguiría viviendo en su casa, sin perjuicio de ir a la de Rosalía, como siempre, para ayudarla en lo que pudiera.

—¡Vaya con Agustín, y qué callado lo tuvo! Este hombre es todo misterio. Mira tú, yo no me fiaría mucho... Pues sí, puedes estar aquí todo el día, comerás con nosotros, lo poco que haya. Después te irás a tu alcázar, y nosotros nos quedaremos en nuestra choza. A buen seguro que os molestemos... ¡Mira que haciendo yo ahora la mamá contigo!... Pero por Agustín y por ti, ¿qué no haré yo? Siéntate... Me coserás estas mangas... ¡Ah!, no, ¡qué atrevimiento! Perdona.

—Sí, sí, vengan... Pues no faltaba más...

Bringas, que se acababa de afeitar en su cuarto, salió sin gafas al comedor, enjugándose la carita sonrosada y muy pulida.

—Amparito, ¿cómo estás? Yo, bien. ¡Ah bribonaza, qué suerte has tenido!... A mí me lo debes. Buenas cosas le he dicho de ti al primo... Te he puesto de hoja de perejil, como puedes suponer. La verdad, le tienes encantado... Esto se podría titular *El premio de la virtud.* Es lo que yo digo: el mérito siempre halla recompensa.

Poco después de esto, Bringas y su mujer secreteaban en el despacho.

—Agustín va a tener carruaje. Ya lo ha encargado a París.

—¡Ah!... —exclamó la dama, esponjándose, pues ya le parecía que se arrellanaba en el blando coche de sus amigos.

—Es preciso que la trates muy bien. Tendrán abono en todos los teatros.

—Amparo —decía poco después la Pipaón a su protegida—, mira, no te canses la vista en ese punto tan menudo. Mañana o pasado irás conmigo a las tiendas. Agustín me ha encargado que le haga varias compras, y ya ves..., conviene que des tu parecer y escojas lo que más te guste, puesto que todo es para ti. También yo tengo que procurarme algunas fruslerías, porque es indispensable que vayamos al baile de Palacio... Ven a mi cuarto; verás el vestido de color de melocotón que me ha mandado Su Majestad.

Esto de la indispensable asistencia al baile traía muy pensativo a Thiers, pues aunque los gastos no eran muchos, superaba su cifra a las de todo el capítulo de lo superfluo, correspondiente a tres meses. Mas con valeroso rigor, Bringas echó abajo partidas afectas a la misma exigencia vital, y la familia fue condenada a no tener en sus yantares, durante un mes, más que lo preciso para no morirse de hambre. Y como él no podía ya presentarse decorosamente con el gabán de seis años, hubo de encargarse uno, valiéndose de un sastre que le debía favores y que se lo hacía por el coste del paño. Se corrieron las órdenes para que los chicos tiraran hasta febrero con los zapatos que tenían, y se suprimió la luz del recibimiento, la propina del sereno y otras cosas. Rosalía, siempre atormentada por la creciente escasez, veía negro el porvenir, más entenebrecido aún con los anuncios de revolución que estaban en todas las bocas. Una cosa la consolaba: su hija tenía ya piano y maestro, y recibiría aquella parte de la educación tan necesaria en una joven de buena familia. Y la niña era tan aplicadita, que toda la santa tarde y parte de la noche estaba toqueteando sus fáciles estudios, novedad que encontró Amparo en la casa aquel día. La enojosa música y la soporífera conversación del señor de Torres llevaron su espíritu a un grande aburrimiento. Caballero fue al caer de la tarde, y después de un rato de agradable tertulia la acompañó hasta su casa. Aquella vez, Rosalía no le hizo ya ningún encargo de tubos, ovillos de algodón, ni botones o varas de cinta, y la despidió, lo mismo que Bringas, con melosas palabrillas.

Recogida en la soledad de su casa, Amparo tuvo aquella noche un feliz pensamiento. No supo cómo se le había ocurrido cosa tan acertada, y juzgó que el mismo Espíritu Santo se había tomado el trabajo de inspirársela. La feliz ocurrencia era llamar en su auxilio a la religión. Confesando su pecado ante Dios, ¿no le daría Éste valor bastante para declararlo ante un hombre? Claro que sí. Nunca había ella descargado su conciencia de aquel peso como ordena Jesucristo. Su devoción era tibia y rutinaria. No iba a la iglesia sino por oír misa, y si bien más de una vez pensó que debía acercarse al tribunal de la Penitencia, tuvo gran miedo de hacerlo. Su pecado era enorme y no cabía por los agujerillos de la reja de un confesonario, grandes para la humana voz, chicos, a su parecer, para el paso de ciertos delitos. «Nada, nada —pensó, confortándose mucho con esto y llena de alborozo—: un día cualquiera, luego que me prepare bien, me confieso a Dios, y después..., seguramente, tendré un valor muy grande.»

¡Qué acertado proyecto!... ¡Ampararse de la religión, que no sería nada si no fuera el pan de los afligidos, de los pecadores, de los que padecen hambre de paz! ¡Y a ella, la muy tonta, no le había pasado por las mientes proceder tan sencillo, tan natural!... Iría, sí, resuelta y animosa, al tribunal divino. Si ya sentía robustez de espíritu sólo con el intento, ¿qué sería cuando al intento siguiera la realización de él? El temor que siempre tuvo de un acto tan grave disipóse; y si el sacerdote, viéndola hondamente arrepentida, la perdonaba, ya tenía su alma vigor bastante para presentarse al hombre amado y decirle: «Cometí enorme falta; pero estoy arrepentida. Dios me ha perdonado. Si tu me perdonas, bien. Si no, adiós... Cada uno en su casa.»

Todo cuanto veía, todo, apoyaba su cristiana idea. El Cielo y la Tierra, y aun los objetos más rebeldes a la personificación, se trocaban en seres animados para aplaudirla y festejarla. El retrato de su padre la felicitaba con sus honrados ojos, diciéndole: «Pero, tonta, si te lo vengo diciendo hace tanto tiempo, y tú sin querer entender...»

La noche la pasó gozosa. ¡Oh ventajas de un buen propósito! En las enfermedades de la conciencia, el deseo de medicina es ya la mitad del remedio. Pensó mucho durante la noche en cómo sería el cura, cómo tendría el semblante y la voz. Por grande que fuera su vergüenza ante Dios, más fácil le sería verter su pecado en todos los confesonarios de la cristiandad que en los oídos de su confiado amante. Pero estaba segura de que, una vez dado aquel paso, lo demás se le facilitaría grandemente.

Dejó pasar tres días, y al cuarto, levantándose muy temprano, se fue a la Buena Dicha. Entró temblando. Figurábase que allí dentro tenían ya noticia de lo que iba a contar y que alguien había de decirle: «Ya estamos enterados, niña.» Mas la apacible solemnidad de la iglesia le devolvió el sosiego, y pudo apreciar juiciosamente el acto que iba a realizar. Y por Dios, que duró bastante tiempo. Las beatas que esperaban de rodillas a conveniente distancia, y eran de esas que van todos los días a consultar escrúpulos y a marear a los confesores, se impacientaban de la tardanza, renegando de la pesadez de aquella señora, que debía de ser un pozo de culpas.

Cuando se retiró del confesonario sentía gran alivio y espirituales fuerzas antes desconocidas. Cómo se habían deslizado sus tenues palabras por los huequecillos de la reja, ni ella misma lo sabía. Fue encantamiento, o, hablando en cristiano, fue milagro. Asombrábase ella de que sus labios hubieran dicho lo que dijeron, y aun después de hecha la confesión, le parecía que se habían quedado atravesadas en la reja expresiones que no eran bastante delgadas, bastante compungidas para poder entrar. El cura aquel, a quien la pecadora no vio, era muy bondadoso; habíale dicho cosas tremendas, seguidas de otras dulces y consoladoras. ¡Oh penitencia, amargor balsámico, dolor que cura! Fue como un suicidio cuando la pecadora se rasgó el pecho y enseñó su conciencia para que se viera todo lo que había en ella. Mostrando lo corrupto, mostraba también lo sano. El sacerdote le había prometido perdonarla, pero aplazando la absolución para cuando la penitente hubiese revelado su culpa al hombre que quería tomarla por esposa. Amparo creía esto tan razonable como si fuera dicho por el mismo Dios, y prometió con toda su alma obedecer ciegamente.

Antes de salir de la iglesia, una visión desagradable turbó la paz de su espíritu. Allá, en el extremo de la nave, vio a una mujer vestida de negro, sentada en un banco, la cual no le quitaba los ojos. Era doña Marcelina Polo. La penitente se cubría la cara con el velo de la mantilla, deseando no ser conocida; pero ni por ésas... La otra no la dejaba descansar ni un punto del martirio de sus miradas. Para abreviarlo, Amparo, que pensaba oír dos misas, se fue después de oír una. Al regresar a su casa midió las fuerzas que le habían nacido y se asombró de lo grandes que eran.

«Ahora sí que se lo digo —pensaba—, ahora sí. No me faltan palabras, como no me falta valor. Tan cierto es que hablaré, como que ahora es de día... Veamos; empiezo así: '¡Hoy me confesé...!' De esto a lo demás es llano el camino. Le diré: 'Tenía un gran pecado.' '¿Cuál es? ¿Lo puedo saber yo?' 'No sólo puedes, sino que debes saberlo, pues antes que lo sepas, no debo pensar en casarme.' Palabra tras palabra, va saliendo, va saliendo la cosa como salió en el confesonario. Si después de saber mi arrepentimiento, insiste, le pondré por condición irnos a vivir a un país extranjero para evitar complicaciones.»

Segura y animosa, deseaba ardientemente que Caballero viniese pronto para plantear la cuestión desde que entrara. Aquel día no podía faltar. Habían concertado que ella no saliera los martes y viernes, y que Caballero la visitaría en tales días para hablar con más libertad que en la casa de Bringas. Era viernes.

Refugio estaba aquel día muy risueña.

—Ya sé —le dijo— que tienes visitas. Me lo ha contado doña Nicanora. Chica, estás de enhorabuena.

Eludió Amparo conversación tan peligrosa, y como no quería dar todavía explicaciones a su indiscreta hermana, la invitó a que se marchara de una vez. No se hizo rogar la otra. Su pintor la esperaba para modelar la figura de una maja Calípija ayudando a enterrar a las víctimas del 2 de mayo. Engullendo a toda prisa su breve almuerzo, salió.

Poco después llamaron a la puerta. ¿Sería él? Aún era temprano... ¡Jesús mil veces, el cartero!... De manos de aquel hombre recibió Amparo una carta, y verla y temblar de pies a cabeza, todo fue uno. Mirábala, sin atreverse a abrirla. Conocía la odiada letra del sobre. Por Celedonia, que días antes fue a pedirle limosna, sabía que su enemigo estaba en el campo; pero no sospechaba la infeliz que tuviera el antojo de escribirle. ¿Abriría la epístola, o la arrojaría al fuego sin leerla? Y ¡en qué momentos venía Satanás a turbar su espíritu, cuando se había puesto en paz con Dios, cuando había fortalecido su conciencia!

—Pero la leeré —dijo—; la leeré, porque lo que diga aumentará mi santo horror, y me dará fuerzas mayores aún. Hoy no me puede enviar Dios una nueva pena, sino el alivio de las antiguas.

Capítulo 25

La carta estaba escrita con lápiz, y decía así:

«El Castañar, a 19 diciembre 1867.

»Tormento mío, Patíbulo, Inquisición mía: Aunque no desees saber de este pobre, yo quiero que lleguen a ti noticias mías. Mandóme aquí a hacer vida rústica y penitente este santote de Nones, y aunque me prohibió, entre otras cosas, el juego de cartitas, no puedo resistir a la tentación de escribirte ésta, que seguramente será la última. Y ¡por Dios que acertó mi amigo! Tan bueno estoy, que no me conozco. El ejercicio, la caza, el aire puro, el continuo pasear, el trabajo saludable, me han puesto en diez días como nuevo. Estoy hecho un salvaje, un verdadero hombre primitivo, un troglodita sin cuevas y un anacoreta sin cilicio. Vivo entre bueyes, perros, conejos, perdices, cuervos, cerdos, mulos, gallinas y alguno que otro ser en figura humana, que me recuerda más aún la inocencia y tosquedad de los tiempos patriarcales. Me figuro ser el papá Adán, solo en medio del Paraíso, antes que le trajeran a Eva, o se la sacaran de la costilla, como dice el señor de Moisés. Llevo un pañuelo liado a la cabeza, gorra de pelo y un chaquetón de paño pardo que me ha prestado el leñador. He recobrado mi agilidad de otras edades y un voraz apetito, que me dice que aún soy hombre para mucho tiempo. Lo que no vuelve es la alegría ni la paz de mi espíritu. Estoy expulsado de la vida y confinado a un rústico limbo, del cual creo saldré sano, pero idiota. La bestia vive, el ser delicado muere; pero ¿qué importa ¡oh rabiosa ironía!, si se han salvado los principios?

»Te escribo con un pedazo de lápiz romo, sentado sobre un montón de paja de cuadra y de dorado estiércol, que a los rayos del sol parece, no te rías, hacinamiento de hilachas de oro. Rodéame una movible corte de gallinas, cuyas crestas rojas, saltando sobre el estiércol de paja, parecen baile de coral sobre tapiz de rayos; no te rías... ¡Vaya unos disparates!... También andan por aquí dos señores pavos que, sin cesar, hacen a mi lado la rueda como si quisieran expresarme el alto desprecio que sienten hacia mí. Un cerdito está hozando a mi espalda, y un perro de campo se pasea por delante, melancólico, pensando quizá en la inestabilidad de las cosas perrunas.

»Hombres no se ven ahora por aquí. Los de este lugar, con su sencillez ingenua, son lección viva y permanente de la superioridad de la Naturaleza sobre todo. ¡Malditos los que en el laberinto artificioso de las sociedades han derrocado la Naturaleza para poner en su lugar la pedantería, y han fundado la ciudadela de la mentira sobre un montón de libros amazacotados de sandeces!... No te rías...»

—Está loco —pensó Amparo, y siguió leyendo:

«Mi buen amigo se ha empeñado en curarme por completo. La primera parte de la medicina no ha sido ineficaz; pero ahora viene la segunda. Tormento mío, la segunda y más fiera y amarga parte. Pero he jurado obedecer, y por mí no ha de quedar. Estoy decidido a llegar hasta el fin, a entregarme cruzado de brazos al idiotismo, a ver si de él, como dice Nones, nace mi salvación social y espiritual. Atiende bien a lo que sigue, y alégrate, pues deseas perderme de vista. Nones me escribe que ya ha conseguido mi placita para Filipinas y que me disponga al dilatado viaje, que me parece un viaje al otro mundo. Si acompañado fuera, ¡cuán feliz! Pero voy solo... Y muérame de una vez.

»No sé aún cuándo saldré; pero será pronto. Entre mi hermana y Nones me arreglan el gasto de pasaje y lo demás que necesite. De aquí me planto en Alicante para ir luego a Marsella. Esto es forzoso, definitivo, irrevocable. Es también como darse una puñalada; pero me la doy, y veremos dónde y cómo resucito. Cometo la imprudencia de desobedecer a mi amigo en esto de darte la despedida. No le digas nada si lo ves, y recibe mi adiós último. Tenme compasión, ya que no otro sentimiento. Si te metes monja, reza por mí; conságrame dos o tres lágrimas, contándome entre los muertos, y pide a Dios que me perdone.»

La carta no decía más. Entre aquel desordenado fárrago de conceptos, propios de un loco, con mezcla de bufonadas y de alguna idea juiciosa, se destacaba un hecho feliz. Amparo prescindía de todo para no ver más que el hecho. ¡Se iba, se iba para siempre! «Reza por mí, contándome entre los muertos», decía la carta. Esta frase declaraba roto y hundido para siempre aquel horrible pasado, y el grave problema se resolvía llana y naturalmente, ¡sin escándalo!... Gozo vivísimo inundó el alma de la Emperadora. Daba gracias a Dios de aquel inesperado suceso, diciendo para sí: «¡Se va, se acabó todo! Dios me allana el camino, y nada tengo que hacer por mí.»

La idea del alejamiento del peligro enfrió su ánimo envalentonado por la confesión y dispuesto para una confesión nueva. La debilidad, recobrando su imperio, momentáneamente perdido, se asentó con orgullo en aquel blando ser, no nacido para acometer la vida, sino para recibirla como se la dieran las circunstancias. El aplazamiento del peligro traía la no urgencia del remedio, y, tal vez, tal vez su inutilidad. La entereza de la penitente desmayó y el sinsabor y las dificultades de declararse a su futuro amargaron su espíritu. Aceptaba con descanso aquella solución transitoria que le ofreció la Providencia, y se resistía a procurarla terminante y segura por sí misma.

«Que se lo he de decir es indudable —pensó—; pero me parece que ya no corre tanta prisa. Hay que discurrir con calma los términos con que lo he de contar.»

Estaba entregando la carta a las ascuas del fogón, cuando la campanilla anunció a Caballero. Entró, y se sentaron el uno frente al otro. Miraba la Emperadora a su novio, y sólo con el pensamiento de que había de confesarse a él, se ruborizaba. ¡Qué vergüenza! Los bríos de aquella mañana, ¿dónde estaban?

Y dejándose llevar del curso fácil de una desabrida conversación de amores, se fue olvidando del mandato del buen sacerdote. A ratos bullía su conciencia; pero pronto la misma conciencia, emperezada, se arrellanaba en un lecho de rosas. Es de notar que, por el temperamento de ambos amantes, en su coloquio se entrelazaba el espiritualismo propio de tal ocasión con ideas prácticas y apreciaciones sobre lo más rutinario de la vida.

La mayor felicidad del mundo consistía, según Caballero, en que dos caracteres saborearan su propia armonía y en poder decir cada uno: «¡Qué igual soy a ti!...» Cuando él (Agustín) la conoció, hubo de sentir grandísima tristeza pensando que tan hermoso tesoro no sería para él... Cuando ella le conoció diéronle ganas de llorar, pensando que un hombre de tales prendas no pudiese ser su dueño... Porque ella (Amparo) no valía nada; era una pobre muchacha que si algún mérito tenía era el de poseer un corazón inclinado a todo lo bueno, y mucho amor al trabajo... Las cosas del mundo, que a veces parecen dispuestas para que todo salga al revés de lo natural y contra el anhelo de los corazones, se habían arreglado aquella vez para el bien, para la armonía... ¡Qué bueno era Dios! También él tenía afición al trabajo; y si no le distrajeran el amor y los preparativos de la boda, estaría aburridísimo. En cuanto se casara, habría de emprender algún negocio. No podía vivir sin escritorio, y el libro mayor y el diario eran el quitapesares mejor que pudiera apetecer... Con esto y el amor de la familia, sería el más feliz de los hombres... Tendrían pocos, pero buenos amigos; no darían comilonas. Cada cual que comiera en su casa. Pero sabrían agasajar a los menesterosos y socorrer muchas necesidades... A él le gustaba que todo se hiciera con régimen, todo a la hora; así no habría nunca barullo en la casa. Para eso ella se pintaba sola; era muy previsora, y todo lo dispondría con la anticipación conveniente para que en el instante preciso no faltase. ¡Y que ya andarían listos los criados, ya, ya!... Ella no les perdonaría ningún descuido... A él le gustaba mucho, para almorzar, los huevos con arroz y fríjoles. El fríjole de América era muy escaso aquí; pero Cipérez solía tenerlo... Lo que ella debía hacer era acostumbrarse a llevar su libro de cuentas, donde apuntara el gasto de la casa. Cuando no se hace así, todo es barullo, y se anda siempre a oscuras... Irían a los teatros cuando hubiera funciones buenas; pero no se abonarían, porque eso de que el teatro fuese una obligación no agradaba ni a uno ni a otro. Tal obligación sólo existía en Madrid, pueblo callejero, vicioso, que tiene la industria de fabricar tiempo. En Londres, en Nueva York, no se ve un alma por las calles a las diez de la noche, como no sea los borrachos y gente perdida. Aquí la noche es día, y todos hacen vida de holgazanes o farsantes. Los abonos a los teatros, como necesidad de las familias, es una inmoralidad, la negación del hogar... Nada, nada; ellos se abonarían a estar en su casita. Otra cosa: a ella no le gustaba dar dinerales a las modistas, y aunque tuviera todos los millones de Rothschild, no emplearía en trapos sino una cantidad prudente. Además, sabría arreglarse sus vestidos... Otra cosa: tendrían coche, pues ya estaba encargado a la casa Binder un landó sin lujo para pasear cómodamente, no para hacer la rueda en la Castellana, como tanto bobo. Siempre que salieran en carruaje, convidarían a Rosalía, que se pirraba por zarandearse. Ambos concordaban en el generoso pensamiento de ayudar a la honesta familia de don Francisco, obsequiando sin cesar a marido y mujer, discurriendo una manera delicada de socorrer su indigencia sobredorada... Él pensaba señalarle un sobresueldo para vestir, calzar, educar a los pequeños y llevarlos a los baños. Pero ¿cómo proponérselo? ¡Ah! Ella se encargaría de comisión tan agradable. Por de pronto, los invitarían a comer dos veces por semana... A él le daba por tener buenos vinos en su bodega. Sobre todo, de las famosas marcas de Burdeos no se le escaparía ninguna. ¿Y era Burdeos bonito? ¡Oh!, precioso. (Descripción de los *Quinconces*, del puerto, de la *Allée de l'Intendence*, de la *Croix Blanche* y de los amenos contornos, llenos de hermosas viñas.) A esta ciudad tranquila, que parece corte por la suntuosidad de sus edificios, sin que haya en ella el tumulto ni las locuras de París, irían los esposos a pasar una temporadita. Otra cosa: a él no le disgustaban las comidas francesas... bien, bien, porque ella había aprendido con su tía Saturna a hacer un *beefsteak* y otras cosillas extranjeras... De las comidas españolas, algunas no le hacían feliz, otras sí... Por fortuna, ella aprendería diversas maneras de guisar, porque habían de ir también a Londres... Pasados años y años, se querrían lo mismo que entonces, porque su cariño no era una exaltación de esas que en su propia intensidad llevan el germen de su corta duración; no era obra de la fantasía ni capricho de los sentidos; era todo sentimiento, y como tal se robustecería con el curso del tiempo. Era un amor a la inglesa, hondo, seguro y convencido, firmemente asentado en la base de las ideas domésticas...

Con esta música que de los labios de uno y otro afluía en alternadas estrofas, a veces tranquilamente, a veces juntándose y sobreponiéndose como los miembros de un dúo, Amparo se olvidaba de todo. Volviendo de improviso sobre sí misma, sentía escozores de la antigua herida, y su dolor agudo la obligaba a contener el vuelo por aquellas regiones de dicha... Pero ella misma trataba de suavizar la llaga con remedios sacados de su imaginación. Veía un hombre bárbaro navegando en veloz canoa con otros salvajes por un río de lejanas e inexploradas tierras, como las que traía en sus estampas el libro de *La vuelta al mundo*. Era un misionero que había ido a cristianizar cafres en aquellas tierras que están a la otra parte del mundo, redondo como una naranja, allá donde es de noche cuando aquí es de día.

Hacia el término de la visita, ya sobre las seis, entró Refugio, cosa que mortificó a Amparo, por temor de que su hermana no tuviese en presencia de Agustín el necesario comedimiento. Refugio se había desenvuelto mucho y podía dar a conocer con una palabra la diferencia que existía entre ella y una señorita decente. En honor de la verdad, la muchacha se portó bien, y como no carecía de ciertos principios, supo aparecer juiciosa sin serlo. Pero la otra no tenía sosiego, y deseaba que Caballero se marchase. Siempre que veía junto a su amigo a cualquier sujeto, conocedor de los secretos de ella, temblaba de pavor, y el azoramiento ponía en su semblante, ora llamas, ora mortal palidez. Por fin retiróse Agustín y su futura respiró.

¡Refugio lo sabía!... Refugio era, por su indiscreción, un peligro constante... Sofocadísima con esta idea, la novia hizo propósito de inclinar el ánimo de su marido luego que lo fuese, a establecerse en un lugar muy distante de Madrid. Quería dejar aquí todo: relaciones, parentescos, memorias, lo pasado y lo presente. Hasta el aire que respiraba en Madrid parecíale tener en su vaga sustancia algo que la denunciaba, algo de indiscreto y revelador, y ansiaba respirar ambiente nuevo en un mundo y bajo un cielo distinto de éste, a los cuales pudiese decir: «Ni tú, aire, me conoces, ni tú, cielo, me has visto nunca, ni tú, tierra, sabes quién soy.»

Capítulo 26

Su hermana le dio bromitas aquella noche.

—Buen pájaro te ha caído en la red. Asegúrale, chica, todo el tiempo que puedas, que de éstos no caen todos los días. Pero Dios te hizo tan sosa, que le dejarás escapar... Si fuera mía esa presa, primero me desollaban viva que soltarla yo de las garras. Pero tú, como si lo viera, eres tan pavota, tan *silfidona,* que por una palabra de más o menos te lo dejarás quitar. Como le sueltes es para mí.

Esta desenvoltura y este ordinario modo de hablar mortificaban tanto a la mayor de las Emperadoras, que amonestó a su hermana con aspereza.

—¿Sermoncito tenemos? —decía la otra—. Cierra el pico si no quieres que me marche y no vuelva a aparecer por aquí. Para lo que me das...

Siguió charlando cual cotorra que ha tomado sopas de vino. Amparo, disgustadísima, hubo de pensar que más fácilmente dominaría a su basilisco por buenas que por malas, y no quiso contestar a tanto disparate. Acostáronse, y de cama a cama, empeñadas en fácil charla, la mayor reveló a la pequeña la verdadera situación. Aquel señor no era su amante, era su novio, y se iba a casar con ella. Reíase la otra; mas al fin hubo de creer lo que veía. Y ¡qué bien se explicó Amparito!... Si Refugio se enmendaba, si era juiciosa, si no la entorpecía con sus genialidades, su hermana le daría cuanto necesitase... Eso sí: era indispensable poner término a las locurillas. La cuñada de un sujeto tan principal tenía que ser muy decente... ¡Vaya! Si no, no la reconocería por hermana. Ante las dos se abría un porvenir brillante. Convenía que ambas se hiciesen dignas de la fortuna que el Señor les deparaba.

Estas revelaciones hicieron efecto en el ánimo de Refugio, que se durmió alegre y soñó que habitaba un palacio, con otras mil majaderías más. Al día siguiente estaba muy razonable y sumisa.

«La honradez —pensó Amparo con innata filosofía— depende de los medios de poderla conservar. Ha bastado que yo le diga a esta loca: "Tendremos qué comer", para que empiece a corregirse.»

Diole regular suma de dinero para tenerla contenta y se despidió de ella.

—Hoy iré a la Costanilla. Él deseaba que viviese allí, y Rosalía también; pero yo no puedo abandonarte. Vendré todas las noches a casa y te daré lo que necesites, con tal que me prometas romper absolutamente con las de Rufete y no servir de modelo a pintores... Esa vida se acabó y también las saliditas de noche, los viajes al escenario del teatro y al café. Desde mañana te daré trabajo... Lo que había de ganarse una modista, ¿por qué no has de ganártelo tú? Verás, verás... Ropa blanca a montones, algunas batas y arreglo de tus vestidos y de los míos. Cuenta con uno nuevo para ti... Pero tenlo muy presente, Refugio: como no trabajes, como vuelvas a las andadas, no cuentes para nada conmigo... ¡Ah!, me olvidaba de otra cosa importante; te prohíbo que bajes a conversar con Ido y su mujer, que tienen la lengua demasiado suelta. No me gustan ciertas vecindades. Reserva, formalidad, honradez, conducta, es lo que deseo.

—Sí, sí —replicó la otra con evidente deseo entonces de obedecer, por la cuenta que le tenía.

Refugio salió, y Amparo fue, como de costumbre, a la Costanilla. Los sucesivos días se dedicaron a compras de que estaba encargada Rosalía, con plenos poderes de su primo. Creo inútil declarar lo que la de Pipaón gozaba con estas cosas y la importancia que se daba en las tiendas. Amparo, con ser la parte interesada, no podía vencer su tristeza, y la conciencia se le alborotaba cada vez que Rosalía, después de regatear telas riquísimas, encajes, abanicos y joyas, cerraba el trato con los comerciantes diciendo que mandaran la cuenta al señor Caballero. Cuando se trataba de escoger un color o una forma, la novia caía en las mayores perplejidades, y su espíritu, atento a más graves empeños, no acertaba en la elección. La de Bringas elegía siempre con tanta seguridad y aplomo, como si los objetos comprados fueran para ella.

—Tú no tienes gusto —decía—. Déjame a mí, que sabré equiparte con elegancia. Parece que estás lela, y miras todo con esos ojazos... ¿Por qué tienes tanto horror al color negro, que no te fijas sino en colorines? Parece que has venido de un pueblo. Si no fuera por mí, te vestirías de mamarracho. Como seas tan lista para gobernar tu casa, el pobre Agustín se va a divertir.

Algunas tardes, si el tiempo estaba bueno, Caballero traía una carretela cerrada, y los tres se iban de paseo a la Castellana. Rosalía aceptaba este obsequio con una satisfacción que rayaba en júbilo; pero a la novia le hacía muy poca gracia aquella exhibición por las calles. Creía que todos los transeúntes se fijaban en ella, haciendo picantes observaciones. Mientras Rosalía trataba de ser vista y se despepitaba por saludar a cuantas personas conocidas pasasen, también en coche, Amparo deseaba ardientemente que cayeran las sombras nocturnas sobre Madrid, el paseo y el carruaje. Cuando se retiraba a su casa, a la hora de costumbre, Caballero la acompañaba hasta la puerta, hablando del tema eterno y de la inacabable serie de planes domésticos. Hombre más venturoso no había existido nunca.

La novia, por el contrario, tenía que emplear trabajosos disimulos para que la creyeran contenta; mas por dentro de ella iba la muy lúgubre procesión de sus dudas y temores. Vivía en continuo sobresalto; tenía miedo de todo, y los accidentes más triviales eran para ella motivo de angustiosa inquietud. Como alguien entrara en la casa de Bringas, la infeliz sospechaba que aquella persona, fuera quien fuese, venía a contar algo. Si sentía cuchicheos en la sala parecíale que se ocupaban de ella. En cualquier frase baladí de Rosalía o de su marido creía entender sospecha o alusión taimada a cosas que ella sola podía pensar. A Caballero encontrábale a veces un poco triste. ¿Le habrían dicho algo?... Hasta la llegada del cartero a la casa le producía escalofríos. ¿Traería algún anónimo? Esto de los anónimos se fijó en su mente de tal modo, que sólo de ver un cartero en la calle temblaba, y la vista de cualquiera carta, cerrada con sobre para don Francisco la hacía estremecer. Aquel antipático señor de Torres, que iba a la casa algunas tardes, dábale miedo sin saber por qué. No se hastiaba nunca de mirarla el condenado hombre con maliciosa sonrisa, sobándose sin cesar la barba; y ante estas miradas sentía ella pavor inmenso, cual si en despoblado se le apareciera un toro jarameño amenazándola con su horrible cornamenta.

Llegó a tal extremo la susceptibilidad nerviosa de la Emperadora, que hasta cuando oía leer un periódico creía que en aquellos impresos renglones se la iba a nombrar. Si Paquito entraba diciendo: «¿No sabéis lo que pasa?», esta sola frase dábale a ella un violentísimo golpe en el corazón. ¿Qué más? La criada misma, la inofensiva Prudencia, la miraba sonriendo a veces, cual si poseyera un secreto nefando.

Cuando Agustín y ella se arrullaban en sus honestos coloquios, descansaba de aquella tortura. Pero a lo mejor se presentaba Rosalía inopinadamente, como persona que se reconoce nacida para estorbar la felicidad ajena, y, echándole miradas inquisitoriales, decía:

—Y, sin embargo, Agustín, tu novia no está contenta... Mira qué cara de ajusticiado pone cuando me lo oye decir... Algo le pasa; pero cuando no es sincera contigo, ¿con quién lo será?

Tales bromas, que no lo parecían, torturaban a la novia más que si la pusieran en un potro para descoyuntarla. En su casa no dejaba de pensar en estas cosas, repitiéndolas y comentándolas para descubrir la intención que entrañar pudieran; y como nada acontecía a su lado de que no resultasen para ella nuevas formas de martirio, ved aquí un hecho insignificante que aumentó sus agonías:

El más simple de los mortales, don José Ido del Sagrario, la visitó una noche. Aunque Amparo tenía de él concepto inmejorable, su presencia le inspiraba siempre repugnancia y temor. Al verle, sintió frío semejante al que sentiría si la envolvieran en sábanas de hielo. Aquel hombre refrescaba sin duda en la memoria de la infeliz joven escenas y pasos de que ella no quisiera acordarse más. Por eso, la compungida fisonomía del antiguo profesor de escritura se le representaba con los rasgos espantables, feísimos, de un emisario de Satanás.

¿Qué deseaba el buen Ido? ¿En qué podía ella servirle? La cosa era bien sencilla. El egregio novelista había reñido con su editor, el cual no quería tomarle ya sus manuscritos aunque se los diera de balde y con dinero encima. Viéndose a punto de caer otra vez en la miseria, aquel hombre, poseedor de tan varios talentos, discurrió buscarse una placita estable al lado de cualquier persona de su posición y arraigo. Por su amigo Felipe sabía que el señor don Agustín Caballero pensaba tomar un dependiente que le llevase los libros y la correspondencia...

—Nadie mejor que usted —dijo el calígrafo con acaramelado rostro— puede proporcionarme esa plaza, si lo toma con interés, si se apiada de este pobre padre de familia. Con que usted diga dos palabras nada más al señor de Caballero, hará mi felicidad, porque yo sé que ese señor la quiere a usted más que a las niñas de sus ojos, y con justicia, con razón que le sobra, porque usted... *(Acaramelándose hasta lo increíble.)* es un ángel, un ángel, sí, de hermosura y bondad.

Amparo cortó el panegírico. Deseaba concluir y que aquel monstruo se marchase. No le podía ver, reconociendo que era inocentísimo. Como comprobante de su aptitud para el cargo que pretendía, Ido del Sagrario llevaba consigo aquella noche una cuartilla de papel.

—Puede usted mostrarle esta cuartilla —dijo, alargándola con timidez—, y ahí verá mi letra que, aunque me esté mal el decirlo, es tal, que seguramente no la hallará mejor. Eso lo escribí *calamo currente*, y es parte de la última novela...

Por perderle de vista, ella le ofreció apoyar su pretensión, y el pobrecillo se fue tan agradecido y satisfecho, amenazando volver por la respuesta dentro de un par de días. Amparo, al quedarse sola, pasó rápidamente su vista por la novelesca cuartilla, y leyó salteadas palabras que la aterraron. *Crimen..., tormento..., sacrilegio..., engaño* y otros términos espeluznantes hirieron sus ojos y repercutieron con horrible son en su cerebro. Rompiendo la cuartilla, arrojó los pedazos al fuego.

El espanto que aquel hombre le causaba aumentó con los

recuerdos que tuvo de las pocas veces que le viera en otras épocas. El buen *Cerato Simple* había estado una vez en la Farmacia a llevarle una cartita... Habían hablado de la escuela, de las travesuras de los chicos, del sermón... ¡Qué punzantes espinas estas!... ¡Ido del Sagrario lo sabía! ¡Y semejante hombre pretendía una plaza en la futura casa de ella!... Sin duda Dios la abandonaba, entregándola a Satán.

Capítulo 27

Torturada por estas y otras cavilaciones toda la noche determinó volver a la mañana siguiente al confesonario de la Buena Dicha. Hízolo así. No iba a confesar, sino a decir simplemente: «Me ha faltado valor, padre, para hacer lo que usted me mandó.» Echóle el cura un sermón muy severo, dándole luego ánimos y asegurándole un éxito feliz si se determinaba. También aquel día vio de lejos a doña Marcelina Polo, toda negra, la cara de color de caoba, fija en su banco cual si estuviera tallada en él. Volvió la penitente a su casa más tranquila, pero mirando a su interior no encontraba la fuerza que el sacerdote había querido infundirle.

«Si yo me atreviera... —pensaba después en casa de Bringas—. Pero no: segura estoy de que no me atreveré. Ahora sé lo que he de decirle, y cuando le veo delante adiós idea, adiós propósitos. Soy tan débil, que sin duda me hizo Dios de algo que no servía para nada.»

¡Y ya era tarde para la confesión! Caballero la acusaría con fundamento de haberle engañado ¿No disfrutaba ya ella de la posición de casada? ¿No vivía a costa de él? ¿No había empleado el novio cuantiosas sumas en prepararla para la boda? Él podía, con justicia, llamarse a engaño, acusarla de deslealtad, y ver en ella perversión mayor de la que había, un fraude de mujer, una embaucadora, una tramposa, una...

Y con el trato había llegado Agustín a formar de su novia idea tan alta, que la confesión sería como un escopetazo para el buen hombre. La miraba como a un ser superior, de inaudita pureza y virtud. ¿Cómo permitió ella que su futuro tuviese opinión tan mentirosa? ¿Con qué cara le diría ahora: «No, yo no soy así: yo tengo una mancha horrenda; yo hice esto, esto y esto...»? Caballero se moriría de pena cuando la oyese, porque declaración tan atroz era para matar al más pintado, y la despreciaría, la arrojaría lejos de sí con horror, con asco... Varias veces había dicho: «La mejor parte de mi dicha está en saber que a nadie has querido antes que a mí...»

Y ella, insensata, sin medir sus palabras, le había contestado: «A nadie, a nadie.» Era verdad, sin duda, en la esfera del sentimiento, porque lo de marras fue alucinación, desvarío, algo de inconsciente, irresponsable y estúpido, como lo que se hace en estado de sonambulismo, o bajo la acción de un narcótico... Pero tales argumentos, amontonados hasta formar como una torre, no destruían el hecho, y el hecho venía brutal y terrible a encender la luz de su clara lógica en el vértice de aquel obelisco de distingos... ¡Maldito faro que alumbraba sus tropiezos!... Olvido, olvido era lo que hacía falta; que cayera tierra, mucha tierra sobre aquello, de modo que quedase sepultado para siempre y arrancado de la memoria humana.

Aquella tarde, Caballero la encontró muy ensimismada y le preguntó varias veces el motivo:

—Disgustos que me ha dado mi hermana —contestó.

Y se representaba la cara que pondría Agustín si ella empezase a contarle... Y el sonido que tendrían sus palabras, y le entraba pavor tan fuerte, que decía para sí: «Me mataré antes que confesarlo.»

Además, ni él ni nadie había de comprenderla si hablara. Sólo Dios descifraba misterio tan grande. Creía conservar ella pureza y rectitud en su corazón; pero ¿cómo hacerlo entender a los demás, y menos a un celoso? Nada: callar, callar, callar. Dios la sacaría adelante.

Era verdad que su hermana le daba disgustos. Ido, que a menudo subía para informarse del giro de sus pretensiones a la plaza de tenedor de libros, le dijo que por dos veces seguidas había venido un hombre; que Refugio trajo platos y botellas de la fonda, y que habían escandalizado la casa. Esto la disgustó en extremo. Por la noche riñeron las dos hermanas. Refugio, soberbia, acusaba a la otra con palabras insolentes. Aún intentó Amparo someterla con maña, ofreciéndole dinero. Pero Refugio se había disparado sin freno por la pendiente abajo, y ya no era posible contenerla.

—No quiero nada contigo —le dijo—. Tú en tu casa y yo en la mía. No me faltará un señor como a ti. Pero a mí no me engañan ofreciéndome un casorio imposible. ¡Casarte tú! Bueno va. Será con un ciego. No te pongas pálida. Yo no diré nada. Ni soy hipocritona, ni tampoco me gusta acusar. Allá te las arregles. Abur.

Recogió su ropa y se fue sin hablar más. Al quedarse sola, Amparito compartía su fatigado espíritu entre dos modos de sufrimiento dolorosos por igual. Era el uno la deshonra de su hermana; el otro esta consideración tenaz, fija como candente espina en su cerebro, donde ya había otras: «¡Refugio lo sabe!»

A la madrugada, en agitadísimo sueño, la novia confesó todo a su amante, el cual, oyéndola, había sacado un cuchillo y le había cortado la cabeza... ¿Adónde fue a parar la cabeza? Allá, en tierra de salvajes, un hombre atezado la tenía entre sus manos, besándola...

Despierta y levantada, no sabía qué hacer ni qué pensar. Como viene una pesadilla, así vino Ido del Sagrario a punto de las nueve.

—Señorita...

—¿Qué hay, don José?

—Ayer, viendo que usted no se acordaba de mí, resolví presentarme al señor, el cual, en cuanto le dije que la conocía a usted, me puso muy buena cara. La letra le gustó mucho. Me mandó que volviera. Creo que tengo plaza.

También aquel simple la miraba de un modo particular. ¿Era sencillez o malicia, era bondad o traición lo que en aquellos ojos llorones lucía? Amparo deseaba que la tierra se tragara al tal don José.

—¡Vaya una casa que va usted a tener, señorita! Cuando fui, el señor no estaba, y Felipe me enseñó todo. Es un palacio. Pero, francamente, usted se lo merece... Allí estaban los carpinteros clavando cortinas bordadas. Luego trajeron unas sillas que parecen de oro puro...

—Don José —dijo ella bajando con humildad los ojos ante las miradas de aquel infeliz, que a ella le parecían las de un juez inexorable—. Si usted se porta bien, yo le protegeré.

Al pobre Ido se le llenaron los ojos de lágrimas.

—¡Oh!, señorita, ¿podremos esperar...? ¿Será usted tan buena que...? No me atrevía a importunarla; pero viendo que usted se interesa por nosotros, ¿tendré valor para decirlo...? ¡Oh!, señorita. Nicanora plancha como pocas. Desea que usted le dé el planchado de su nueva casa.

—Veremos.

—Y el niño mayor... Usted le conoce. Jaimito, el mayorcito... Pues si usted quisiera tomarle de lacayín... Está que ni pintado para que le pongan su uniformito con muchos botones en la pechera y su gorra con galón.

—Veremos, veremos...

—No sé si sabrá usted que mi mujer es una de las mejores peinadoras que hay en Madrid. Dígalo la cabeza de la ministra de Fomento del bienio, y otras cabezas, señorita, otras muchas. Conocí a Nicanora en casa de Su Excelencia. Yo daba lección a los niños. Uno de ellos ha sido ya diputado. Pero esto no hace al caso... ¿Nos tendrá usted presentes?... La niña mayor, Rosa, cose a maravilla...

—Bien; veremos, veremos... —repitió Amparo atosigada.

Porque se fuera pronto, no quiso destruir sus risueñas esperanzas de colocar a toda la familia.

En esta y otras cosas, que no merecen referirse, pasaron los pocos días que faltaban para concluir el año 67. No quiero hablar del Nacimiento que Bringas les *armó* a los pequeños, ni de la bulla que metía Alfonsito con el tambor que le regaló su tío. Hubo cena, que por la fuerza rutinaria de la frase hemos de llamar opípara, y asistieron a ella Caballero y su novia. La boda se había fijado para fin de febrero o principios de marzo. En los preparativos y en otros sucesos se pasó casi todo enero del 68. Los recién casados se irían de temporada a Burdeos.

Cuando Rosalía y Amparo estaban solas, aquélla no perdonaba ocasión de hacer ver a la que fue su protegida las atenciones que merecía del generoso primo.

—Agustín me ha regalado este abanico —le dijo un día, mostrándole una de las mejores compras que hicieron—. Hija, todo no ha de ser para ti. Los pobres hemos de alcanzar alguna cosita. Y una de las dos manteletas parece que será también para mi humilde persona. Ayer dijo: «Puedes quedarte con ella, si tanto te gusta.» Y yo le contesté: «¡Oh!, no, de ninguna manera.» Pero quizá la tome. Pues qué, ¿mi trabajo no vale nada?... ¡Todo el día en la calle, olvidando mis atenciones!... Cosas hay aquí, hija, que a ti te han de estar muy mal, porque no tienes aire; vamos, no te cae bien más que el vestidito de merino. ¡Lástima de dinerales que ha gastado Agustín, para que no los luzcas! Lo que es el vestido de faya azul marino, créelo, de buena gana me quedaría con él, aunque fuera dando a mi primo el dinero que le ha costado. Se lo he de proponer. A ti no te va bien ese color, ni sabes tú llevar esas cosas. Parecerá que te han traído de un pueblo y te han puesto lo que no te corresponde. La costumbre, hija, la costumbre es el todo en cuestión de vestir. Ponle a una paleta una falda de raso, y no sabrá mover los pies dentro de ella... Luego que te cases, me has de cambiar este alfiler de brillantes por aquel que yo tengo con dos coralitos y ocho perlitas. Es de menos valor que el tuyo, pero a ti te irá mejor. Déjame a mí, que te arreglaré de modo que luzcas algo, y sacaré de tu sosería todo el partido que pueda.

Mostrábase la joven conforme con todo; pero en su interior hacía propósito de tener a raya, luego que se casase, los entrometimientos y las ínfulas despóticas de la Pipaón de la Barca. Había observado Amparo ciertas novedades en el carácter de Rosalía, y era que se le había desarrollado el gusto en las galas, y despuntaban en ella coqueterías y pruritos de embellecerse, que antes no tenía sino cuando se presentaba en público. Dentro de casa, no estaba ya nunca la vanidosa dama tan desgarbada ni con tanto desaliño vestida como antes. Ella misma se había hecho dos batas bastante bonitas; usaba casi siempre el corsé, y en todo se echaba de ver que no quería parecer desagradable. Pero la novia se guardaba bien de manifestar, ni aun en broma, sus observaciones, por el gran miedo que a su protectora tenía; miedo que aumentaba con las reticencias de la dama, y aquel modo de mirar, aquella expresión de cavilosa sospecha...

«Si Rosalía no sabe nada —pensaba Amparo—, desea saber, y acaricia las sospechas como se acaricia una esperanza. Tiene la ilusión de mi falta. Yo pido a Dios olvido, y ella pide descubrimiento.»

—¿Sabes tú dónde vive doña Marcelina Polo? —preguntóle un día bruscamente Rosalía—. Ha venido a verme varias veces, y tengo que pagarle la visita.

Amparo se turbó tanto, que no supo dar las señas. Por disimular, nombró varias calles, diciendo al fin la verdadera. ¡Después le pesó tanto haberlo dicho! Pero ¿cómo mentir, si la de Bringas le introducía hasta el fondo del alma sus miradas, que, cual anzuelos, tenían gancho para sacar lo que encontraran?

—Estás tan nerviosa —le dijo en otra ocasión— con la novelería de tu casamiento, que parece que te han aplicado la electricidad. A lo mejor se me figura que das un salto y que vas a volar. ¿Es que no te gusta mi primo? ¿Le encuentras viejo? Hija, de mal agradecidos está lleno el Infierno. De todos modos, no te cases a disgusto. Si prefieres un apreciable barbero de veinte años o un distinguido hortera, un oficial de obra prima o cosa así, habla con franqueza.

Amparo no podía contestar a estos disparates sino tomándolos a risa. Y ¡qué trabajo le costaba reír! Para variar la conversación, hablaba del próximo baile de Palacio, y en tal tema la descendiente de los Pipaones se explayaba a su antojo. El arreglo de su vestido, cuya falda procedía de las inagotables mercedes de la reina, le ocupaba todo su tiempo disponible. En adornarlo trabajaban las dos con flores, encajes y cintas que pertenecían a lo que se había comprado para los regalos de la novia. Pensaba ponerse Rosalía en la noche del baile el gran aderezo de casa de Samper que Agustín había adquirido para su futura, y decía a este propósito:

—Supongo que darás tu permiso para que se luzca alguna vez el pobre aderezo.

En tan solemne función llevaría don Francisco su encomienda de Carlos III, cuyas insignias le había regalado Agustín. El gabán nuevo lo estrenaría también la misma noche, pues aunque esta prenda no se había de lucir en el baile, convenía exhibirla en la escalera y vestíbulo, donde había mucha luz. ¡Y qué apuros los del económico Thiers para atender al gabán, a las botas de charol, a las dos batas que Rosalía se había hecho, a la cena de Navidad, al calzado de los niños, que ya daba lástima verlo, y a otras menudencias! ¡Gracias que hubo doble paga en diciembre, es decir, propina oficial, que si no...! Así y todo, expuesto anduvo el tesoro bringuístico a caer en el horroroso abismo de la insolvencia. Para evitarlo, don Francisco había empezado por suprimir el café, y concluyó por prescindir del vino en las comidas. Y ¡qué chasco se llevan las personas serviciales! Esperaba mi don Francisco que la marquesa de Tellería, a quien hizo el favor de componerle una arqueta antigua, dejándosela como nueva, le enviara un buen regalo por Navidad. Tanta era su confianza, que cada vez que sonaba la campanilla en aquellos días, decía: «Ya está ahí», saliendo con una peseta en la mano para darla al criado portador del regalo. Pero la marquesa no se cuidaba de semejante cosa. «Trabaje usted, trabaje usted para los poderosos...», decía Thiers, ajustándose las gafas sobre la nariz romana.

Quiso mostrar su casa Caballero, ya casi completamente arreglada, a sus primos y a la novia, y una tarde fueron todos allá. Esto debió de ser hacia los últimos días de enero. La de García Grande unióse a la partida, anhelosa de dar su dictamen sobre las maravillas de aquella encantadora vivienda. Por el camino, Bringas dijo a su mujer: «Parece que la dota en cincuenta mil duros.» Oído lo cual, puso Rosalía tan mala cara, como si fuera ella quien había de dar el dinero.

—Te he dicho —contestó desabridamente a su esposo— que a nosotros nos deben tener sin cuidado los disparates que haga ese pobre hombre. Nos lavamos las manos.

Amparo y doña Cándida iban delante, a bastante distancia, y no podían oír.

Lleno de orgullo enseñaba Caballero su casa, en la cual había reunido comodidades hasta entonces poco usadas en Madrid. Doña Cándida, como persona inteligente, era la que llevaba la voz en los elogios. Rosalía, abatida y triste, sentía con toda su alma que la urbanidad le impidiese poner faltas. ¡Vaya, que estaba todo bien recargadito! La novia paseaba por las primorosas estancias, dudando un poco de la realidad de lo que veía, y teniéndolo a veces por creación de su cerebro calenturiento. Porque pensar que todo aquello iba a ser suyo dentro de pocos días, y que ella gobernaría tan hermoso imperio, más era para enloquecerla que para alegrarla. Le entró como un mareo de ver tanta cosa buena y apropiada a su objeto, y pensó cuán grandes son las necesidades humanas y qué esfuerzos ha hecho la industria para responder a ellas. Consideró que las invenciones del hombre, produciendo objetos de varia y útil aplicación, crean y aumentan las necesidades, entreteniendo la vida y haciéndola más placentera. El gozo que sentía al mirar tanta riqueza, casi en su mano, al verse envidiada y enaltecida, y, sobre todo, al considerarse tan tiernamente amada por el señor y dueño de todo, le ponía en el pecho opresión vivísima, que no se hubiera calmado sino llorando un poco.

Vieron la alcoba nupcial; el tocador, que, según opinión de doña Cándida, era un *museíto muy mono;* se recrearon en el gabinete color de rosa, que parecía todo él una gran flor muy abierta; vieron el comedor con sillas y aparadores de nogal imitando las artes antiguas; admiraron las vitrinas, en cuyo seno oscuro lucían, con suaves cambiantes, la plata y el metal Christofle. Pero lo que más entretuvo a las señoras fue la cocina, un grandísimo armatoste de hierro, de pura industria inglesa, con diversas chapas, puertas y compartimientos. Era una máquina portentosa. «No le faltan más que las ruedas para parecer una locomotora», decía el entendido Bringas abriendo una y otra puerta para ver por dentro aquel prodigio.

Entonces hizo la de García Grande una crítica agudísima del sistema antiguo de nuestras cocinas de carbón vegetal, y habló de los pucheritos agrupados como si se estuvieran diciendo un secreto, del cacillo, de los asados en cazuela, de las hornillas y otras cosas. Rosalía defendió, no sólo con elocuencia, sino con enfado, el primitivo sistema; mas doña Cándida se echó a reír a carcajadas, comparando las cocinas indígenas con las trébedes y la sartén que usan los pastores para freír unas migas. Pasaron luego al cuarto de baño, otra maravilla de la casa, con su hermosa pila de mármol y su aparato de ducha circular y de regadera. Rosalía dio un chillido sólo de pensar que debajo de aquel rayo se ponía una persona sin ropa, y que al instante salía el agua. Cuando Caballero dio a la llave y corrieron con ímpetu los menudos hilos de agua, todas las mujeres, incluso doña Cándida, y también Bringas, gritaron en coro.

—Quita, quita —dijo Rosalía—; esto da horror.

—Es una cosa atroz, una cosa atroz —afirmó repetidas veces la de García Grande.

En el salón también había mucho que aplaudir. No se oían más que las expresiones «bonito», «precioso», «artístico». Amparo, más que cuadros, bronces y muebles, admiraba la grave figura de su futuro marido, en cuyo rostro daba de lleno la luz que él mismo sostenía para alumbrar los objetos. En su barba negra brillaban las manchas canosas como hilada plata, y su tez amarillenta, bañada en viva luz, tomaba un caliente tono de *terracotta,* comparable a cosas indias, egipcias o aztecas.

No sabía ella completar la comparación; pero sí que resultaba característico. Bien mirado, era Agustín un hombre guapo, con su mirar noble y leal, y aquella expresión tan suya, como de persona que está disimulando un dolor. Amparo no se hartaba de mirarle, considerándole como el más cabal, el más simpático y el más perfecto de los hombres en todos los sentidos. De buena gana se le hubiera colgado al cuello, expresando con una flexión muy apretada de sus brazos la admiración, el cariño y la gratitud que hacia él sentía. Pero esto era imposible aún, y se contentaba con añadir al coro general de alabanzas las frías palabras: «¡Qué bonito! ¡Qué buen gusto! ¡Qué bien escogido todo!»

Aquello terminó al fin, y se retiraron las visitas. Rosalía se quejaba de dolor de cabeza y de quebranto de huesos. Temía que le entrase erisipela. Amparo, al marcharse a su casa, acompañada por Caballero hasta la puerta de la calle, estaba como embriagada. La visita de su futura vivienda había tenido la virtud de despejarle el cerebro, ahuyentando sus dudas y temores. Asombrábase de ser tan feliz, y se recreaba en aquel olvido de sus penas que le había caído sobre el corazón gota a gota como un bálsamo celestial. Pero este descanso era sólo burla horrorosa de su destino que le preparaba un rudo golpe. Doña Nicanora le entregó una carta que había traído el cartero del interior.

Capítulo 28

¡Otra carta! Amparo creyó que se caía de lo alto de una gran torre, al ver la aborrecida letra del sobre. Mirando y remirando su nombre, dudaba del testimonio de sus ojos. Padecía su espíritu tan raros trastornos, que fácil era sospechar que le daban pesadillas despierta. ¿Leería la carta? Sí, sí, porque bien podía anunciar algo feliz como el definitivo alejamiento del enemigo; y si traía malas nuevas..., ¡también, también leerla para evitar el peligro y parar los golpes! La carta era breve:

«¡Ah!, pícara Tormento, ¿conque te casas?... Mi hermana me lo escribió a El Castañar. Enterarme, perder todo lo que había ganado en salud y en juicio, fue una misma cosa. Si te digo que el cielo se me cayó encima, te digo poco. Todo lo olvidé, y sin encomendarme a Dios ni al diablo, me vine a Madrid, donde estoy dispuesto a hacer todas las barbaridades posibles...»

No pudo acabar de leer y cayó en un largo paroxismo de ira y de terror, del cual hubo de salir sin más idea que la del suicidio. «Me mataré —pensó—, y así concluirá este suplicio.» Haciendo luego esfuerzos por encender en su pecho la esperanza, como cuando se quiere hacer revivir un moribundo fuego y se soplan las ascuas para levantar llama, empezó a discurrir argumentos favorables y a quitar al hecho toda la importancia que tenía. «¡Quién sabe —dijo—, por buenas quizás consiga que me deje en paz!» Con la idea de que su enemigo iría a verla a su casa, cayó otra vez en la desesperación. ¡Qué horrible trance!... Él entrando por la puerta, y ella arrojándose por la ventana... Se mudaría, se escondería en el último rincón de Madrid... ¡Qué simpleza! Si él no la encontraba allí; si don José Ido no le daba razón de su paradero, la buscaría en casa de Bringas... Pensar que le veía entrar en la casa de la Costanilla de los Angeles, era mil veces peor que pensar en el Infierno con todos sus horrores... ¿Qué haría entonces? Pues muy sencillo: salirle al encuentro; ir en busca de él, decidida a vencer o morir. O conseguía que la dejase libre, o se quitaba la vida. Esta resolución, valerosamente tomada, la sosegó un tanto, aunque la idea de ir a la antipática vivienda de la calle de la Fe le repugnaba como el recuerdo de haber bebido una pócima muy amarga. ¡Pero qué remedio...! Iría, sí; daría aquel paso peligroso, el último paso para salvarse o morir. El corazón le dijo: «Tú misma, con maña y arte, puedes hacerle comprender su estúpida terquedad y apartarle del camino de las barbaridades. Tú, si no te aturdes, vencerás al monstruo, porque eres el único ser que en la tierra tiene poder para ello. Mas es necesario que estudies tu papel; es indispensable que midas bien tus fuerzas y sepas utilizarlas en el momento propicio. Esa fiera, que nadie puede encadenar, sucumbirá bajo tu hábil mano; la atarás con una hebra de seda, y la rendirás hasta el punto de que se someta en todo y por todo a tu voluntad.» Aunque el corazón le dijera estas cosas consoladoras, todavía dudaba ella si salir o no al encuentro de la bestia. Miraba al retrato de su padre, cuyos ojos parecían decirle: «¡Tonta, si desde que entraste te estoy aconsejando que vayas, y no quieres comprenderlo...!» Las caras de todos los estudiantes de Farmacia retratados en el cuadro grande le decían lo mismo.

Otras soluciones se le ocurrieron: dar parte a la Justicia, huir de Madrid, contar todo a Caballero... ¡Oh si ella tuviera pecho para esto último...! Lo demás era patraña. Sobre todas las soluciones descollaba la de matarse: ésta sí que era buena; pero antes de acometerla, ¿no era conveniente tratar de amansar al dragón y alcanzar de él, con buenas palabras y algo de astucia, que se fuera a otras tierras y la dejara tranquila?

Decidido esto, quedaba la cuestión de oportunidad. ¿Iría aquella misma noche, o al día siguiente, que era domingo? Prevaleció lo segundo, y se dio a pensar la mentira con que disculparía su ausencia de la casa de Bringas. No podía hablar de enfermedad porque entonces vendría Caballero a verla. Ocurrióle decir que su hermana había desaparecido... ¿Y cómo dejar de averiguar su paradero? Lo primero era verdad; lo segundo mentira. Por mucho que durase su visita, estaría de vuelta por la tarde, pues tenía que vestirse para ir al teatro. Caballero había quedado en venir a buscarla a las ocho.

Por fin llegó aquella mañana tan temible, y se puso en marcha después de almorzar, vestida a lo pobre decente, con velo y guantes. No quería aparentar riqueza ni tampoco abandono. Para ir pronto y evitar ser vista, tomó un coche. Por el camino estudiaba su difícil papel y las súplicas y razones con que se proponía domar al indomable y convencerle del gravísimo daño que la causaba. La base de su argumentación era: «O esto concluye para siempre, o me mato esta noche misma..., lo he jurado... Es hecho... Paz o muerte.»

Llegó. ¡Quién le había de decir que vería otra vez la horrible alambrera y el patio surcado de arroyos verdes y rojos!... Cuando subía la escalera, dos mujeres bajaban, diciendo:

—No sale de la noche. Se muere sin remedio...

«¿De quién hablaban? ¿Sería él quien agonizaba?» Hay muertes que parecen resurrecciones por la esperanza que entrañan en su fúnebre horror... La puerta estaba abierta. Entró Amparo paso a paso, temiendo encontrar caras extrañas, y llegó hasta la sala aquella, antes atestada de muebles y ahora casi vacía... A primera vista se echaba de ver que por allí habían pasado los prenderos.

Dio la joven algunos pasos dentro de la sala y se detuvo esperando que saliese alguien. Sentía movimiento y voces en lo interior de la casa. De repente apareció él. Estaba tan transformado que casi no se le conocía al primer golpe de vista, pues se había dejado la barba, que era espesa, fuerte y rizada, y la vida del campo había sido eficaz y rápido agente de salud en aquella ruda naturaleza. El semblante rebosaba vigor, y sus miradas tenían todo el brillo de los mejores tiempos. Vestía chaquetón de paño pardo y llevaba en la cabeza gorra de piel. Ambas prendas le caían tan bien, que casi le hermoseaban. Más bien que un hombre disfrazado era un hombre que había soltado el disfraz, apareciendo en su propio y adecuado aspecto. Al ver a Amparito se alegró mucho; pero algo ocurría, sin duda, que le estorbaba expresar su contento.

—¿Ya estás aquí? —le dijo en voz baja—. Te esperaba... Contento me tienes... La culpa es tuya. Hablaremos ahora y me explicarás tú... ¿Qué? ¿Te asombras de mi figura? Tengo la facha de bárbaro más atroz que has visto en tu vida. ¿Me tienes miedo?

—Miedo precisamente, no...; pero...

—Si estás temblando... Sosiégate; no me como la gente... Siéntate y aguárdame.

Salió de prisa y volvió a entrar al poco rato para revolver en uno de los cajones de la cómoda. Tres o cuatro veces le vio Amparo entrar y salir llevando o trayendo alguna cosa, y no acertaba a explicarse el motivo de estos viajes.

—Dispénsame —dijo en una de aquellas apariciones, sacando una sábana y rasgándola en tiras—. Al venir aquí me he encontrado a la pobre Celedonia tan perdida de su reúma, que me parece que se nos va...

Oyéronse entonces claramente quejidos humanos, que anunciaban dolores muy vivos.

—¡Pobre mujer! —dijo Polo—. No he querido mandarla al hospital. ¿Quién ha de cuidar de ella si yo no la cuido?

En el rato que estuvo sola, Amparo creyó prudente cerrar la puerta de la casa, pues con ella abierta considerábase vendida en aquella mansión de tristeza, miedo y dolor.

—Aquí estoy otra vez —dijo el tal reapareciendo en la sala con un puñado de algodón en rama que dejó sobre la cómoda—. No se puede mover. He tenido que darle una vuelta en la cama. Yo le doy las medicinas... Se resiste a tomar cosa alguna, como yo no se la dé. También le pongo las vendas en las rodillas, y unturas y cataplasmas... Anoche no he pegado los ojos. Ni un momento dejó de gritar y llamarme. Dos días hace que llegué, y aquí me tienes sin un momento de descanso. Pero estoy fuerte, muy fuerte... Verás...

Para demostrar su fuerza, cogió a Amparo por la cintura, antes que ella pudiera evitarlo; y la levantó como una pluma.

—¡Ay! —gritó ella al verse más cerca del techo que del suelo.

El atleta, con airoso movimiento de sus fortísimos brazos, la sentó sobre su hombro derecho y dio algunos pasos por la habitación con tan preciosa carga.

—No chilles, no hagas ahora la melindrosa, pues no es la primera vez.

—¡Que me caigo!...

—Tonta; caer, no... —dijo el bruto, depositándola con cuidado sobre el sofá—. Ahora vengan las explicaciones. Estoy enojado, furioso. Cuando lo supe me entraron ganas de venir a..., no lo sé explicar, de venir a comerte. Después me he serenado un poco, y el amigo Nones me espetó anoche un sermón tan por lo hondo y me dijo tales razones, que casi estoy inclinado a conformarme con esta horrible lección que recibo de la Divina Providencia.

Amparo, al oír esto, sintió en su alma grandísimo consuelo. La cosa iba por buen camino.

—Debo confesar —añadió el bárbaro, sentándose junto a ella—, aunque el alma se me despedace al decirlo, que el partido que se te presenta es tal..., que despreciarlo... Vamos, no lo digo.

¡Y ella tan azorada! Creía que todo lo que hablara había de resultar inconveniente. No tenía diplomacia; no era bastante maestra en la conversación para saber decir lo ventajoso y callar lo que le perjudicara. Polo siguió así:

—Cuando me pasó aquel primer arrebato de ira, tuve un pensamiento acerca de ti y de tu boda, el cual pensamiento me sirve para consolarme a mí y al mismo tiempo para disculparte. Te lo explicaré. De tal modo me identifico contigo, que he pensado lo mismo que has pensado tú al aceptar ese buen partido. Verás si acierto. Se te presenta un hombre honrado y riquísimo, y tú, apreciando la cuestión con el criterio corriente y vulgar, has dicho: «¿Yo qué puedo esperar del mundo? Miseria y esclavitud. Pues me caso y tendré bienestar y libertad.» Caballero, por lo que tiene y lo que no tiene, por su riqueza y su hombría de bien, por su bondad y su candidez, es todo lo que podías desear. Te casas con él sin quererle.

Tormento tuvo ya las palabras en la boca para protestar con toda su alma; pero el miedo la hizo enmudecer y se tragó la protesta.

—Esta es mi idea —prosiguió él—, idea que me consuela y que te disculpa a mis ojos. Háblame con franqueza. ¿No es verdad que no le quieres ni pizca?

Indignada, habría respondido ella con vehemencia lo que su corazón le dictaba; pero su pánico aumentó en un grado tal que la cohibía y aplastaba cual si se transfiriera al orden material por enorme carga de hierro puesta sobre su cuerpo. Al propio tiempo, hizo este raciocinio: «Si digo la verdad; si digo que quiero mucho al que va a ser mi marido, este bárbaro se pondrá furioso. Conozco su mal temple y el peligro de irritar su amor propio. Lo más prudente será echarle una mentira muy gorda, muy gorda; una mentira que me desgarra las entrañas, pero que podrá salvarme.»

—¿Le quieres, sí o no? —preguntó la fiera, impaciente y con brutal curiosidad.

Tormento dijo:

—No.

Y lo dijo con la boca y con la cabeza, enérgicamente, como los niños que hacen sus primeros ensayos en la humana farsa. Al decirlo, todo su ser se revelaba contra tan atroz falsedad, y los labios que tal pronunciaron habían quedado sensiblemente amargos. Acercó más el bruto su silla. Ella no podía retirarse, porque estaba en el sofá, sentada de espaldas a la ventana. De buena gana se habría incrustado en la pared o tabique para huir de la amenaza cariñosa de aquella rural figura, que le era ya tan repulsiva. Ver acercarse el paño pardo, la barba bronca y la gorra de piel de conejo, era como ver al demonio que se le iba encima.

—Ya lo decía yo —afirmó Polo, tomándole una mano, que ella quiso y no pudo retirar—. Conozco al consabido; le he visto una vez. Es un pobre hombre, de buen natural, pero de cortos alcances. Le manejarás como quieras si eres lista; le gobernarás como se gobierna a un niño y harás en todo tu santísima voluntad.

La intención que estas palabras revelaban no se ocultó a la infeliz joven, que tuvo más miedo. Pero en las naturalezas sometidas a rudísimas pruebas acontece que el peligro sugiere el recurso de la salvación, y que del exceso de pavura surge el rapto de valor, por la ley de las reacciones. Comprendiendo, pues, Tormento, por aquel indicio de las ideas y palabras de su enemigo, que éste quería conducirla a una solución criminal y repugnante, sintió estremecimientos de su dignidad y protestas de la innata honradez de su alma. Miró al bruto, y tan odioso le parecía, que entre morir luchando y el suplicio de verle y tratarle, prefirió lo primero. Herida de su propio instinto como de un látigo, se levantó bruscamente, y sin disimular su ira, habló así:

—En fin..., ¿esto se acaba o no? He venido para saber si me dejas tranquila o quieres concluir conmigo.

—Calma, calma, niña —murmuró Polo, palideciendo—. Ya sabes que de mí no consigues nada por malas. Por buenas, todo lo que quieras...

Tormento hizo un esfuerzo para tener prudencia, tacto, habilidad. Enjugándose las lágrimas que acudieron a sus ojos, dijo:

—Tú no puedes querer que yo sea una desgraciada; debes desear que yo sea una mujer buena, digna, honrada. Has hecho cosas malas, pero no tienes mal corazón; debes dejarme en paz, no perseguirme más, marcharte a Filipinas y no acordarte nunca del santo de mi nombre.

—¡Oh!, pobre Tormento —exclamó él con honda amargura—. Si eso pudiera ser tan fácilmente como lo dices... Has dicho que no soy un perverso. ¡Qué equivocada estás! Allá, en aquellas soledades, varias veces estuve tentado de ahorcarme de un árbol, como Judas, porque yo también he vendido a Cristo. A veces me desprecio tanto que digo: «¿No habrá un cualquiera, un desconocido, un transeúnte, que al pasar junto a mí me abofetee?» Y te hablaré con franqueza. Mientras fui hipócrita y religioso histrión, no tuve ni pizca de fe. Después que arrojé la careta, creo más en Dios, porque mi conciencia alborotada me lo revela más que mi conciencia pacífica. Antes predicaba sobre el Infierno sin creer en él; ahora que no lo nombro, me parece que, si no existe, Dios tiene que hacerlo expresamente para mí. No, no; yo no soy bueno. Tú no me conoces bien. ¿Y qué me pides ahora? Que te deje en paz... ¿Para qué me mirabas cuando me mirabas?

Ante esta pregunta, el espanto de la medrosa subió un punto más. Las cosas que por su mente pasaron habríanle producido una muerte fulminante si el cerebro humano no estuviera construido a prueba de explosiones, como el corazón a prueba de remordimientos.

—¿Para qué me miraste? —repitió el bruto con la energía de la pasión, sostenida por la lógica—. Tu boca preciosa, ¿qué me dijo? ¿No lo recuerdas? Yo sí. ¿Para qué lo dijiste?

Ante esta lógica de hachazo, la mujer sin arranque sucumbía.

—Las cosas que yo oí no se oyen sin desquiciamiento del alma. Y ahora, ¿lo que tú desquiciaste quieres que yo lo vuelva a poner como estaba?

Ella se echó a llorar como un niño cuando le pegan. Durante un rato no se oyeron más que sus sollozos y los lejanos ayes de Celedonia. Polo corrió al lado de la enferma.

—Pero yo —dijo, volviendo poco después, apresurado— recojo para mí toda la culpa. Tengo, sin duda, la peor parte; pero me la tomo toda. Yo falté más que tú, porque engañé a los hombres y a Dios.

Tormento le miró más suplicante que airada; le miró como el cordero al carnicero armado de cuchillo, y con lenguaje mudo, con los ojos nada más, le dijo: «¡Suéltame, verdugo!»

Y él, interpretando este lenguaje rápida y exactamente,

respondió, no con miradas sólo, sino con palabras enérgicas:

—No, no te suelto.

Poseída ya de un vértigo, la infeliz se lanzó al pasillo para buscar la puerta y huir. ¡Horrible pánico el suyo! Pero si corrió como una saeta, más corrió Polo, y antes que ella pudiera evadirse, cerró la puerta con llave y guardó ésta. Amparo dio un chillido.

—Suéltame, suéltame —gritó, oprimiéndose contra la pared, cual si quisiera abrir un hueco con la presión de su cuerpo y escapar por él.

Polo la tomó por un brazo para llevarla otra vez adentro. Desasiéndose, corrió ella hacia la sala. Ciega y desesperada, iba derecha hacia la entreabierta ventana para arrojarse al patio. Él cerró la ventana.

—¡Aquí!... ¡Prisionera! —murmuró con rugido.

Dejóse caer Amparito en el sofá, y hundiendo la cara en un cojincillo que en él había, se clavó los dedos de ambas manos en la cabeza.

Capítulo 29

Largo rato transcurrió sin que se moviera. De pronto oyó estas palabras, pronunciadas muy cerca de su oído:

—Ya sabes que por malas, nada; por buenas, todo. Quieres tratarme como a perro forastero, y eso no es justo... Aunque procure contenerme, no podré evitar un arrebato y haré cualquier barbaridad.

La situación deplorable en que la joven se hallaba y el temor a la catástrofe trabajaron en su espíritu, infundiéndole algo de lo que no tenía, a saber: travesura, tacto. La vida hace los caracteres con su acción laboriosa, y también los modifica temporalmente, o los desfigura con la acción explosiva de un caso terrible y anormal. Un cobarde puede llegar hasta el heroísmo en momentos dados, y un avaro a la generosidad. Del mismo modo, aquella medrosa, aguijada por el compromiso en que estaba, adquirió por breve tiempo cierta flexibilidad de ideas y astucias que antes no existían en su carácter franco y verdadero. «Por este camino —pensó— no conseguiré nada... Si yo supiera lo que otras muchas saben; si yo acertara a engañarle, prometiendo sin dar y embaucándole hasta rendirle... Haremos un ensayo.»

—¡Qué manera más extraña de querer! —dijo, incorporándose—. Parece natural que a los que queremos, deseemos verlos felices..., digo tranquilos. No comprendo que se me quiera así, haciéndome desgraciada, indigna, miserable, para que me desprecie todo el mundo. ¡Pobre de mí!... No puedo alzar mis ojos delante de gente, porque me parece que todos me van a decir: «Te conozco, sé lo que has hecho.» Quiero salir de tal situación, y este egoísta no me deja.

Don Pedro dio un gran suspiro.

—¿Egoísta yo? Y lo que tú haces, ¿es abnegación? Yo soy pobre, él es rico. ¿No es eso lo mismo que decir: «Yo, yo y siempre yo»? Bueno es que nos sacrifiquemos los dos; pero ¡que me sacrifique yo solo y tú triunfes...! Bien veo lo que tú quieres: casarte y ser poderosa, y que el mismo día de la boda yo me pegue un tiro para que todo quede en secreto.

—No, no quiero eso.

Amparo sintió que se afinaban más sus agudezas y aquel saber de comedianta que le había entrado. Comprendió que un lenguaje ligeramente cariñoso sería muy propio del caso.

—No, no quiero que te mates. Eso me daría mucha pena... Pero sí quiero que te vayas lejos, como pensabas y te aconsejó el padre Nones. No puede haber nada entre nosotros, ni siquiera amistad. Alejándote, el tiempo te irá curando poco a poco; sentirás arrepentimiento sincero, y Dios te perdonará, nos perdonará a los dos.

Profundamente conmovido el bárbaro miraba al suelo. Creyendo en probabilidades de triunfo, la cuitada reforzó su argumento..., llegó hasta ponerle la mano en el hombro, cosa que no hubiera hecho poco antes.

—Hazlo por mí, por Dios, por tu alma —le dijo con dulce acento.

—Eso, eso —murmuró Polo, lúgubremente, sin mirarla—. Yo, todos los sacrificios; tú, todos los triunfos... ¿Sabes lo que te digo? Que ese hombre me envenena la sangre..., le tengo atragantado. Se me figura que le vas a querer mucho en cuanto vivas con él; y esto me subleva, me quita el valor de marcharme; esto me pone furioso, y me incita a ser más malo todavía.

Levantóse, y dando paseos de un ángulo a otro de la sala, exclamó con angustiada voz:

—Dios, Dios, ¿por qué me diste las fuerzas de un gigante y me negaste la fortaleza de un hombre? Soy un muñeco indigno, forrado en la musculatura de un Hércules.

Y parándose ante ella, le dijo en tono más familiar:

—Te juro, Tormentito, que si me marcho, como deseas, a Filipinas, y me voy sin retorcerle el pescuezo a ese tu marido, debes tenerme por santo, pues victoria mayor sobre sí mismo no la ha alcanzado jamás ningún hombre. Y yo quisiera hacerte el gusto en esto, quisiera dejarte a tus anchas; pero ni tú con tus ruegos, ni Nones con sus consejos, lo conseguirán de mí. De bárbaro a santo hay mucho camino que andar, y yo... empiezo bien; pero a la mitad me faltan fuerzas, y... ¡atrás, bárbaro, atrás!

Amparo sintió frío sudor en su rostro. No había remedio para ella, y la solución negativa y terminante se apoderó de su mente.

—Estoy decidida, decidida... Ya sé lo que tengo que hacer.

—¿Qué?

—No puedo casarme... ¡Imposible, imposible!... Pues qué, ¿así se pasa por encima de una falta tan grave? Mi conciencia no me permite engañar a ese hombre de bien... Ya sé lo que tengo que hacer. Ahora mismo voy a mi casa; le escribo una carta, una carta muy meditada, diciéndole: «No puedo casarme con usted... por esto, por esto y por esto.»

—Siempre se te ocurre lo peor —indicó Polo con aparente tranquilidad—. Me parece tu plan muy absurdo... No, ya no tienes más remedio que apechugar con él. Negarte ahora, después de haber consentido y de haber callado por tanto tiempo tus escrúpulos, sería una deshonra. No, no; cásate, cásate... No demos ahora un escándalo.

La relajación que se desprendía de este plural, *no demos*, hirió tanto a la joven, que, desconcertada y transida de horror, no supo qué decir. Él no le dio tiempo a reflexionar sobre aquel mal cubierto propósito, siguiendo así:

—Comprendo que esto debe concluir, comprendo que yo debo sacrificarme..., porque soy el más criminal. Pero ¿tú no te sacrificarás también un poquito?

—¿Yo? ¿Cómo? —preguntó ella sin comprender.

—No despidiéndome como se despide a un perro. Hace poco dijiste que no quieres a tu novio. Si deseas que yo te obedezca en esto de quitarme de en medio, no me hagas creer que tampoco me quieres a mí, porque entonces lo echaré todo a rodar. Si te conviene que yo tenga fuerzas para ese acto heroico que me exiges, dámelas tú.

—¿Yo? ¿Cómo?

Amparo le habría dado un bofetón de muy buena gana.

—¡Así!... —gritó el bruto con salvaje ímpetu de amor, estrechándola en sus brazos—. Si me dices que quieres a ese pelele más que a mí..., ahora mismo, ahora mismo, ¿ves?, te voy apretando, apretando, hasta ahogarte. Te arranco el último suspiro y me lo bebo.

Y conforme lo decía, lo iba haciendo: oprimía más y más, hasta que Tormento, sofocada y sin respiración, dio un grito:

—¡Ay..., que me ahogas!...

—Concédeme un día, un día nada más. Yo te doy una vida entera de tranquilidad y no te pido más que un día.

Pero ella, sofocadísima, sacaba los últimos restos de su aliento para decir:

—¡No!

—¡Sí! —gritaba él con brutal anhelo.

—Que no.

—¡Un día!

—Ni un minuto.

—¡Ah..., perra!

Frenético, aflojó los brazos... Era aquello un ataque de insano furor espasmódico... Amparo saltó despavorida buscando la salida otra vez. No hallándola y recorriendo toda la casa, fue a dar al cuarto donde estaba la enferma. Aquel sitio le pareció lugar sagrado, donde podía disfrutar el derecho de asilo. Arrimóse al único rincón libre que en la habitación había y esperó. Los labios de la enferma balbucieron algo, entre queja y curiosidad. Pero Tormento nada decía; se había quedado sin palabra. Poco después entró él.

—¿Qué tal, Celedonia?

—Ahora dormía un poquito; pero me han despertado con el ruido... ¡Qué cosas!... ¡Retozando aquí!... —tartamudeó la enferma, despabilándose y mirando a las dos personas que en su presencia estaban—. ¡Retozando aquí!... ¡Dónde y cuándo se les ocurre pecar!... ¡A la vera de una moribunda!...

—Si no pecamos, tonta, viejecilla —dijo Polo con cariño—. ¿Quieres tomar algo?

—Quiero pensar en mi salvación... Condénense ustedes si gustan; pero yo me he de salvar... Me muero, me muero... Mande recado al padre Nones y déjese de retozos.

—Ya vendrá Nones, ya vendrá. Pero no estás tan mal. El médico dijo esta tarde que eso se te pasará.

—Tan lila es el médico como usted... Perdido, sinvergüenza... Quite allá; no me toque... Me parece ver al demonio que quiere llevarme...

—¿Bromitas tenemos? —dijo Polo, arropándola—. Pues

mira, te voy a poner otra vez las bayetas calientes. ¿Tienes dolores?

—Horr... rrorosos...

—Tormentito, vas a ir a la cocina a calentar las bayetas. Debe de haber lumbre. Viejecilla, no seas mal agradecida; ya ves que esta pobre viene a cuidarte. ¿No ves que es un ángel?

—¿Ángel? —murmuró la anciana, mirando a entrambos con extraviados ojos—. De las tinieblas, sí. Buenos están los dos. Pero no me llevarán, no me llevarán... Que venga el padre Nones, que venga pronto.

Amparo fue a la cocina. No podía negarse a prestar un servicio tan fácil y tan cristiano al mismo tiempo. Entre tanto, el bruto atendía a remover el dolorido cuerpo de la enferma, a mudarle los trapos y vendas que envolvían sus hinchadas piernas. Mostraba en ello una delicadeza y una habilidad como sólo las tienen las madres y los enfermeros que se habitúan a tan meritorio oficio.

—Ahora te voy a dar una taza de caldo —le dijo; y corriendo a la cocina, mandó a Tormento que lo calentase.

Aplicadas sobre aquel pobre cuerpo las bayetas, amén de unturas varias y algodones, el bárbaro le dio el caldo, acompañando su acción de palabras muy tiernas:

—Vamos, poco mal y bien quejado. Ahora te vas a dormir tan ricamente... ¿No tienes ganas? Haz un esfuerzo; estás muy débil. Este caldo lo vas a tomar a nuestra salud, a la salud mía y de la señorita Amparo, que ha venido a cuidarte. Conque..., ¡a pecho!... Bien, bien. Descansa ahora. No te doy más cloral esta noche, porque te puede hacer daño.

La vieja, delirando, mezclaba las risas con los lamentos, y acariciaba con sus torpes manos una cruz pendiente de su cuello

—¡Ay..., ay!... ¿Quieren llevarme?... Sí, para ustedes estaba. Éste, éste que está en la Cruz me defenderá.

Cuando la enferma se aletargó, Polo dijo por señas a Amparo que saliera. Ambos volvieron a la sala. Durante aquel triste paréntesis, que de un modo tan extraño interrumpiera su angustiosa lucha con el monstruo, la medrosa había pensado que no debía esperar nada de él por medio de conferencias y explicaciones. Grandísima simpleza había sido visitarle. No tenía ella diplomacia, ni sabía sortear las dificultades por medio de palabras mañosas. No le quedaba ya más recurso que escapar de la casa como pudiera y entregarse a su mísero destino. Ya conceptuaba imposible la boda; ya no podía dudar que aquel caribe daría un escándalo... La deshonra era inevitable. Tendría que escoger entre darse la muerte o soportar la ignominia, que iba a cubrirla como una lepra moral, incurable y asquerosa. Todo era preferible a tratar con semejante fiera y a sufrir sus bárbaros golpes o sus repugnantes caricias. Desesperada, luego que estuvieron en la sala, le dijo con serenidad:

—Nada más tenemos que hablar. ¿Me dejas salir?

—Antes encenderemos una luz. Casi es de noche. Hazme el favor...

Le señaló la bujía que sobre la cómoda estaba, juntamente con la caja de cerillas.

—La llave de la puerta, la llave —gritó Tormento luego que encendió la luz—. Quiero salir, me estoy ahogando.

—Calma, calma. Hazme el favor de cerrar las maderas de las ventanas... Y no me vendría mal que cogieras ahora una agujita y me cosieras este chaleco... ¡Holgazana! Quiero hacerme por un momento la ilusión de que eres el ama de la casa. Debieras prepararme la cena y cenar conmigo.

—No estoy para bromas... ¡La llave!

Su respuesta fue un abrazo, apretando, apretando...

—Dime que me quieres como antes y te dejo salir —declaró en aquel infernal nudo—. Si no, te ahogo...

—Mejor... Prefiero que me mates —murmuró la infeliz,

llegando a tener idea de las horribles contracciones del boa constrictor.

—¿Bromitas tenemos?... ¿Conque matarte, reina y emperatriz del mundo?... Vaya, di que me quieres...

—Bueno, pues sí —replicó la medrosa, sintiendo otra vez la necesidad de ser diplomática.

—Dilo más claro.

—Te... quiero —declaró, cerrando los ojos.

—No; lo has dicho de mala gana. Pronúncialo con calor y mirándome.

Ya Tormento no tenía paciencia para más. Iba a gritar con brío: «Te aborrezco, bestia feroz»; pero aún supo contenerse, midiendo las consecuencias de una frase tan terminante. Hizo un desmedido esfuerzo, y pudo expresarse de este modo:

—¿Cómo quieres que... te quiera con estas brutalidades?... Para quererte sería preciso... que te portaras de otra manera.

—Dime tú cómo.

En esto la soltó.

—Primero, no dándome sofocos, y tratándome razonablemente.

—Acompáñame esta noche —dijo Polo con brutalidad.

—No, no mil veces —replicó Tormento con toda su alma.

—Déjame concluir... Te juro que mañana eres libre y que no te molestaré más.

Amparo meditó un rato. El extremo de gravedad a que habían llegado las cosas la ponía en el triste caso de tomar en consideración la infernal propuesta. Pero su conciencia triunfó pronto de su vacilante debilidad, inspirándole estas palabras, que revelaban tanto asco como valentía:

—De ninguna manera. Prefiero morirme aquí mismo.

—Mañana serás libre.

—Prefiero ser cadáver.

Y volviendo a dudar y a pesar en la balanza de la razón el nefando trato, dijo:

—¿Y quién me asegura que cumples tu palabra...?

Mas volviendo a triunfar de sus dudas, exclamó con énfasis:

—¡Oh!, no y mil veces no. Es una vergüenza peor que la que ya tengo encima. No quiero, no quiero. No tengo más salida que la muerte, y estoy decidida a dármela yo misma, yo misma con mis manos; ¡sí, salvaje, demonio de los infiernos...!

Transfigurada, la cordera tomaba aspecto de leona. Jamás había visto Polo nada semejante al sublime coraje de la que era toda paz, mansedumbre y cobardía.

—¡Sí, no tienes ya ni tanto así de conciencia! Yo no soy así —añadió ella con ardiente expresión—. Yo soy cristiana, yo sé lo que es el arrepentimiento y sé morirme de pena, deshonrada, antes que caer en el lodazal adonde quieres arrastrarme.

El bárbaro pestañeaba como quien en sus ojos adormecidos recibe de improviso luz muy viva. Tuvo en su alma uno de aquellos arranques expansivos que de tarde en tarde le disparaban, ya en dirección del bien, ya en la del mal, y entregando la llave a su víctima, le dijo con cavernoso acento:

—Puedes salir cuando quieras.

El primer impulso de la prisionera fue echar a correr, y después de dudar un instante, así lo hizo. Pero no había dado un paso en la escalera cuando la voz de su conveniencia la detuvo una vez más. Era la vacilación misma. Pensó que aquel generoso rapto de su enemigo no bastaba a ultimar la temida cuestión. No quería irse sin la seguridad de que todo había concluido y de que recobraba la ansiada paz. Movida de estos escrúpulos del egoísmo tornó adentro, padeciendo el descuido de dejar abierta la puerta.

—Pero ¿no me perseguirás, no darás un escándalo, no harás nada en contra mía?

Polo, que estaba en pie, le volvió la espalda; pero ella dio una vuelta hasta ponérsele delante. En su delirio llegó hasta tomarle una mano, inclinándose ante él.

—Por Dios y la Virgen..., no me deshonres, no me pierdas, no reveles nada de este secreto, que es mi muerte. No veas a nadie... Que lo pasado sea como si hubiera sucedido hace mil años; que ningún nacido lo sepa... Tú no eres malo; no eres capaz de cometer una infamia... Lo que debes hacer...

—Sí, ya sé, ya sé —murmuró él, dando otra vuelta para ocultar su rostro—. Lo que tengo que hacer es... echarme a rodar lejos, lejos...

Con rápido movimiento apartóse de ella y entró en la alcoba. Amparo no quiso seguirle. Desde la sala vio allá dentro un bulto, arrojado en negro sillón, la cabeza escondida entre los brazos y éstos apoyados en un lecho revuelto, y oyó bramidos, como de bestia herida que se refugia en su cueva.

Capítulo 30

Dudaba Tormento si entrar o retirarse. «Creo que le he vencido —pensaba—; pero aún no estoy segura. Lo que me da esperanzas es que él no hace nunca las cosas a medias. Si hace maldades, no se para hasta lo último; si le da por el bien, capaz es de llegar a donde llegan pocos.» La fiera reapareció súbitamente, demudado el rostro, las manos trémulas.

—¡Ah! ¡Perra! —le dijo—, si no te quisiera como te quiero... Todavía, todavía sé valer más que tú, y ponerme en donde tú no te pondrás nunca. ¡Hablas de matarte!... ¿Qué sabes tú de eso, tonta, que te asustas de la picada de un alfiler?...

En esto estaban cuando sintieron ruido en la escalera y después el áspero chillido de la puerta, que se abría. Ambos pusieron atención. Amparo, llena de miedo, notó que los que habían entrado avanzaban ya por el pasillo.

—¡Mi hermana! —murmuró don Pedro.

Al oír este nombre, la medrosa no supo lo que le pasaba. En su azoramiento y consternación, no tuvo tiempo más que para esconderse precipitadamente en la alcoba. ¡Ay!, si tarda dos segundos más en huir, me la cogen allí. Los visitantes eran doña Marcelina y el padre Nones. Amparo oyó con espanto la voz de aquella señora, y temiendo que también entrase en la alcoba, hizo propósito de esconderse en un armario. Felizmente había en el fondo de la pieza un cuartito triangular muy estrecho, atestado de cosas viejas, en el cual se ocultaría en caso de necesidad.

El escueto y rechupado clérigo, la señora con cara de caoba y vestido negro, tomaron asiento en la sala. El primero parecía haberse escapado de un cuadro del Greco. La segunda estaba emparentada con los *Caprichos*, de Goya.

—Pero di, caribe, ¿todavía no te has quitado esas barbazas de Simón Cirineo? —dijo la hermana al hermano—. ¿No te da vergüenza que la gente te vea en esa facha?

—Es que se está equipando de misionero, señora —observó el indulgente y jovial padre Nones, sacando su petaca—. ¿Y cómo está esa pobre?

—Muy mal. Ahora parece que duerme un poco.

—Vamos a cuentas —dijo Marcelina, clavándose en un extremo del sofá—. El señor don Juan Manuel y yo hemos arreglado todo. Por la calle me venía diciendo este bendito: «Es preciso tener mucho cuidado con ese pedazo de bárbaro. Se me escapó de la dehesa para volver a las andadas. Cada día que pasa sin que le empaquetemos para los antípodas, corre más peligro de perderse y darnos a todos muchos disgustos.» ¿Es verdad esto, padre?

—Es el Evangelio —replicó Nones, risueño.

—Bueno, bueno —añadió la consabida—. Ya hemos arreglado tu viaje. Gracias a una señora que vive conmigo, he reunido lo del billete. Con lo que te dieron esta mañana los prenderos por aquellos trastos y lo que te facilita este señor de Nones..., anticipándote lo que te debe el Ayuntamiento...; dale las gracias, hombre; con todo eso, digo, tienes para lo que se te puede ofrecer por el camino. Te he buscado cartas de recomendación.

—Y yo le doy una que es como pan bendito —interrumpió don Juan Manuel.

—En cuanto llegues, tomas posesión de tu destino, que es, según dicen, una ganga. Ahora, contesta. ¿Estás decidido a marcharte?

—Sí —afirmó Polo con resolución.

—Mira que el vapor sale de Marsella el día ocho, y si quieres alcanzarlo tienes que echar a correr mañana mismo.

—Pues mañana mismo.

—Así me gustan a mí los hombres —declaró Nones, dando afectuosa palmada en el hombro de su amigo.

—Gracias, gracias infinitas doy al Señor —expresó la piadosa hermana con vehemencia— por esta determinación tuya. A ver si allá vuelves a ser lo que eras, y te enmiendas y te purificas. No te faltarán modos de hacerte bueno y meritorio, porque hay por allá mucho salvaje por convertir.

—Lo primero —dijo Nones con sorna— es que se nos convierta él y se nos formalice, que a los demás salvajes, señora mía, no faltará quien los meta en cintura.

—De suerte, querido y desgraciado hermano, que ya no te veré más —manifestó ella, conmoviéndose y elevando un poco su mano en dirección de sus ojos, los cuales de fijo habrían llorado si no fueran de madera—. ¡Oh!, todo acabó para mí. Gracias que me consuelo con mis ideas. Hágome la cuenta de que estoy en un convento muy grande, que las calles de Madrid son los claustros, que mi casa es mi celda... Voy y vengo, entro y salgo, aisladita en medio del tumulto, callada entre tanto bullicio... En esta vida solitaria, los afectos de familia siempre viven en mí... Por mucho que piense en Dios, no puedo dejar de querer a mi hermano, y la idea de los trabajos que le esperan en aquellas tierras me hará pasar muy malas noches... Oyendo misa esta mañana, me decía yo:

«Pero, Señor, ¿este hombre no podrá corregir sus pasiones, no podrá enfrenarse a sí mismo, como han hecho otros que han llegado a ser santos? ¿Tan débil es, tan poca cosa, que se dejará dominar por un vicio asqueroso?» ¡Ay!, hermano, no cabe el odio en mi corazón; pero hay momentos en que peco, sin poderlo remediar; peco acordándome de la buena pieza que te ha trastornado la cabeza, apartándote de tus deberes; sí, peco, peco... Peco porque me da rabia...

—Señora —dijo el simpático Nones—, no nos aflija usted ahora con sus sentimientos, que hartos motivos de duelo tenemos. Mi amigo Perico se nos va mañana. El rato que de su compañía nos queda empleémoslo en agasajarle y en mostrarle nuestro cariño.

—Es que no me fío de él, no me fío —añadió la excelente señora, mirándole como se mira a un niño de quien se sospechan travesuras—. Usted le conoce tan bien como yo y no ignora sus mañas. Por Celedonia supe que antes de ir a El Castañar recibió aquí a esa... Señor de Nones, no sea usted tan santo, no se haga usted bobito. Bien sabe usted que hace un rato, cuando subíamos esa cansada escalera, dije yo que me parecía haber sentido voz de mujer, y usted se echó a reír y..., recuerde bien sus palabras: «Todo podrá ser... Nada hay nuevo debajo del sol... En efecto, me huele a fémina.»

—¡Qué disparate! —balbució Polo, a quien un sudor se le iba y otro le venía.

—Podrá ser disparate; pero tú das lugar a que de ti se piense siempre mal. ¡Ay!, hermano mío, la idea de que puedas condenarte me pone enferma. Hace pocas noches soñé que te habías ido y que allá en unas tierras de indios, donde hay árboles muy grandes y olor a canela, clavo y alcanfor, estabas tú, ¡ay!, en una choza, y que te morías, sí; te morías de horribles calenturas. Pero lo que a mí me espantaba era que te morías pensando en esa maldita mujer, con lo cual dicho se está que Dios no te podía perdonar... Créeme, hermano:

desperté acongojada, con unos fríos sudores... En mi vida he sentido angustia mayor...

—¡Qué disparate! —volvió a decir Polo, fatigadísimo y consternado.

—Señora —indicó el simpático Nones—, que nos va usted a hacer llorar.

—Pues si estuviera llorando este pecador tres días seguidos, nada perdería... Vuelvo a lo que estaba diciendo... ¡Ah! Ya sabrás que el mes que entra se casa la niña. Todas las malas personas tienen suerte. ¡Chasco como el que se lleva ese bobalicón...!

—Señora, no se habla mal del prójimo.

—Déjeme usted seguir... ¡Y qué regalos! Rosalía Bringas me los ha enseñado todos. Esta mañana la encontré en la Buena Dicha y se empeñó en que había de ir con ella a su casa. No pude desairarla, y allí nos estuvimos charla que charla lo menos dos horas. Obsequióme con una copita y bizcochos...

—Señora, eso de las copitas me parece peligroso, y ocasionado a hablar más de la cuenta

—Siento mucho —dijo Polo—que esa señora y tú hablarais de lo que no os importa...

Al llegar aquí, Marcelina, que fijamente miraba al suelo inclinóse, y sin hacer aspavientos de sorpresa, recogió un objeto arrojado y como perdido sobre la estera. Era un guante. Tomándolo por un dedo lo mostró a su hermano, y dijo con frialdad inquisitorial:

—¿De quién es este guante?

Polo se turbó.

—¡Ah!..., no sé... Será de... Sin duda es de una persona que estuvo aquí esta mañana, la hermana de Francisco Rosales, el tintorero.

—¡Buena la hemos hecho! —exclamó Nones, dando fuerte palmetazo en el hombro de su amigo.

—Yo conozco esta mano —afirmó Marcelina, examinando el cuerpo del delito, pendiente de un dedo.

Después lo sopló para hincharlo con aire y ver la forma de la mano.

—Toma, guárdalo; yo no quiero estas pruebas materiales de tus infamias, porque no he de utilizarlas para nada. Pues si yo fuera mala, si yo quisiera hacer daño a esa joven...

—Basta; señora —dijo, expansivamente, don Juan Manuel—, todos sabemos que es usted un ángel.

—Sí que lo soy —replicó ella, castigando la rodilla del clérigo con su abanico—. Todas las ocasiones no son para bromitas, señor de Nones. No soy yo ángel ni serafín; pero sí mejor que muchos... ¡Si yo quisiera hacer daño...! ¡Ah!, dos cartas poseo de esa casquivana, dos papelitos que te envió y que te quité cuando reñimos y nos separamos. Los conservo como oro en paño; pero mientras yo viva, no los verán ojos nacidos. Pues si yo quisiera dárselos a Rosalía Bringas, ¿qué perjuicios no podría causar...? Mas no soy vengativa. Tú y la dichosa niña podéis estar tranquilos.

—Así me gusta a mí la gente —dijo Nones—. Por ahí se va al Cielo, señora.

—Pero de eso a ser tonta, va mucha diferencia —prosiguió la dama, encarándose, enojadísima, con su hermano—. A mí no me engañas tú ni nadie... Esa..., no quiero decir una mala palabra, ha estado hoy aquí.

—No digas absurdos —respondió Polo en el colmo de la zozobra.

—Señora, señora —gritó Nones—, que nos pone usted a todos en un compromiso.

—Y es más, y digo más —añadió la hermana, irritadísima, husmeando el aire—. Sostengo que está aquí todavía.

Diciendo esto, fijaba sus apagados ojos en la puerta de la alcoba.

—Juraría que he sentido ahí *run-run* de faldas que se escabullen...

—Tú estás delirando, mujer.

—Pues abre.

Resueltamente, fue Nones hacia la alcoba y abrió la puerta, diciendo:

—Pronto vamos a salir de dudas.

Polo tenía la luz, y dio algunos pasos dentro de la estancia. Marcelina miró con ávida curiosidad a todos lados. Humillóse hasta arrastrar sus miradas por debajo de la cama, tras de los muebles, tras de la percha cargada de ropa.

—Allí hay una puerta —dijo, señalando a la del cuartito—. Juraría que oí...

—Es una puerta que está condenada. Da a la casa inmediata.

Marcelina miró a su hermano con severa incredulidad.

—Ábrela.

—Pero, señora, si está clavada —afirmó Nones, poniendo los brazos en cruz—. ¿También quiete usted echar abajo el edificio?

—Si deseas registrar toda la casa... —indicó don Pedro.

Volvieron a la sala.

—¿No pasas a ver a Celedonia? Se alegrará la pobre mujer.

—Sí; entraré un momento, pero no largo, porque no tengo corazón para ver padecer a nadie.

—Ahora me parece que descansa un poco.

—Es realmente un mérito tu caridad con esa mujer... Pero no creas que vas a borrar tus pecados: méritos pequeños no limpian culpas grandes... Por mi parte, me gustaría mucho asistir enfermos, revolver llagados y variolosos, limpiar heridos..., pero no tengo estómago. Cuando lo he intentado, me he puesto mala. También se auxilia a los desgraciados rezando por ellos.

Polo no dijo nada sobre esta opinión. Sintieron los gemidos de Celedonia. Los tres fueron allá.

Al entrar en el angosto cuarto, la pobre mujer padecía horriblemente. A la incierta luz de la lamparilla, su semblante lívido, acariciado por la muerte, era la fría máscara del dolor, que casi infundía más espanto que compasión. Su cerebro estaba trastornado.

—¿Qué tiene la viejecita? —le dijo el bárbaro con cariñosa lástima—. ¿Quieres un poco de cloral?

—¡Ay!... —gritó ella, mirando a todos con extraviados ojos—; parece mentira que aquí, en este hospital... Pero ¿todavía están los dos tórtolos retozando?... ¡Qué modo de pecar!... Yo me muero; pero no me llevaréis, no. Que venga Nones.

—Si está aquí; pero ¿no le ves?

—¿Es de veras el padre Nones? —balbució la enferma, abriendo mucho los ojos.

—Sí, yo soy, pendón... ¿Que te quieres morir? —dijo el buen clérigo—. Eso no puede ser sin mi permiso.

—Retozando... —repetía Marcelina, atormentada por su idea fija.

—¿Es usted don Juan Manuel...? Ya le veo..., ya le veo... —tartamudeó la enferma con súbito despejo—. Gracias a Dios que me viene a ver. ¿Quiere confesarme?

—¿Ahora? Déjalo para mañana.

—Ahora mismo...

—¡Qué prisa! Lo mismo da un día que otro.

La infeliz parecía un tanto aliviada con la alegría de ver al cura.

—¡Ea! —dijo Nones con mucho gracejo a los dos hermanos—, váyanse ustedes dos a retozar por ahí fuera, que Celedonia y yo tenemos que hablar. Se le ha despejado la cabeza: aprovechémoslo.

Capítulo 31

Los dos hermanos salieron para volver a la sala. Cuando en ella entraron, la dama delante, él detrás, mudo y con las manos cruzadas a la espalda, la mujer de caoba hizo un movimiento de susto y sorpresa, diciendo en el tono más desabrido que se puede oír:

—No me lo niegues ahora. He sentido bien clarito el ruido de faldas, como de una mujer que corre a esconderse.

—¡Ea!, no tengo ganas de oírte... Déjame en paz...

—Te digo que está aquí.

No hallándose presente el padre Nones, que tanto le cohibía, el ex capellán contestó a su hermana con gesto y expresiones de menosprecio.

—Bueno. Pues que esté... No se te puede sufrir. Le acabas la paciencia a un santo.

Viendo que Marcelina se sentaba tranquilamente en el sofá, como persona dispuesta a permanecer allí mucho tiempo, el endemoniado don Pedro se amostazó, y con aquella prontitud de genio que le había sido tan perjudicial en su vida, agarró a la dama por un brazo y se lo sacudió, gritándole:

—Mira, hermana, plántate en la calle... ¡Ea!, ya se me subió la sangre a la cabeza y no puedo aguantarte más.

—Me plantaré, sí, señor, me plantaré —replicó la figura de caoba, levantándose tiesa—. Me plantaré de centinela hasta verla salir y cerciorarme de tus pecados.

Don Pedro le había vuelto la espalda. Ella le seguía con los ojos. Su cara, aquella tabla tallada por toscas manos, aquel bajo relieve sin arte ni gracia, no tenía expresión de odio, ni de cariño, ni de nada, cuando los labios de madera terminaron la visita con estas palabras:

—No me retiraré a mi casa hasta no saber a punto fijo si eres un perverso o si yo me he equivocado. Busco la verdad, bruto, y por la verdad, ¿qué no haría yo? No quiero vivir en el error. Puesto que me echas de aquí, en la calle me he de apostar, y una de dos: o sale, en cuyo caso la veré, o no sale, en cuyo caso no estará en su casa a las ocho, hora en que ha de ir a visitarla una persona que yo me sé... Como eres tan mal pensado, crees que tengo la intención de llevar cuentos... ¡Oh, qué mal me conoces! De mi boca no saldrá una palabra que pueda ofender a nadie, ni aun a los más indignos, pecaminosos y desalmados. No digo que sí ni que no; no quito ni doy reputaciones. Pero quiero saber, quiero saber, quiero saber...

Repitiendo doce veces, o más, esta última frase, en la cual sintetizaba su curiosidad feroz, especie de concupiscencia compatible con sus prácticas piadosas, salió pausadamente.

Cuando se oyó el golpe de la puerta, violentamente cerrada tras ella, Amparo salió de su escondite. Tenía los ojos extraviados, y su palidez era sepulcral.

—No tengo salvación —murmuró, dejándose caer en el sofá.

El bárbaro la miró compasivo.

—¿Oíste lo último que dijo?

—Sí..., o no saldré, o me verá salir.

—Es capaz Marcelina de darse un plantón de toda la noche. La conozco. ¡Si es de palo!... Si allí no hay alma; no hay más que curiosidad rabiosa. Se cortará una mano por verte salir. No la acobardarán el frío ni la lluvia, ni tu desesperación ni mi vergüenza.

Aquella casa irregular tenía una sola habitación con vistas a la calle de la Fe. Era un cuartucho, situado al extremo del anguloso pasillo, la cual pieza servía a Polo de comedor durante el verano, por ser lo más fresco de la casa. En invierno estaba abandonada y vacía. Ambos fueron allá, recorriendo a pasitos muy quedos el pasillo, para que no los sintiera Nones, y por la estrecha ventana miraron a la calle. Estaban los vidrios empañados a causa del frío, y Amparo los limpió con su pañuelo. En la acera de enfrente, y en el hueco de una cerrada puerta, junto a la botica, estaba Marcelina sentada, como los mendigos que acechan al transeúnte.

—¡Qué horrible centinela!

—Ahí se estará hasta mañana —dijo Polo—. Dios la hizo así.

Volvieron a la sala. Al recorrer el pasillo, con paso de ladrones, oyeron el susurro de la voz de don Juan Manuel y ahogados monosílabos de la enferma. Pasaron con grandísima cautela para no hacer ruido, él tratando de impedir que chillaran sus botas, ella recogiendo las faldas para evitar el menor roce.

En la sala sentáronse el uno frente al otro, igualmente desalentados y abatidos. No acertaba ella a tomar una resolución, ni él a proponerla. La sucesión atropellada de tantas contrariedades habíala puesto a ella como idiota, y en cuanto a Polo únicamente daba señales de vida en la tenacidad con que la miraba... ¡Tan hermosa y para él perdida! Los juicios del desgraciado varón oscilaban, con movimiento de péndulo, entre el bien que perdía y aquel largo viaje que iba a emprender irrevocablemente.

—¿Qué hora es? —preguntó Amparo, cortando aquel silencio tristísimo.

—Las siete y media..., casi las ocho menos veinte. Estás presa.

—¡No, por Dios! —exclamó ella, levantándose inquieta—. Me voy. Que me vea... Tengo mi conciencia tranquila.

Pero se volvió a sentar. Su falta de resolución nunca se manifestó como entonces. Pasó otro rato, todo silencio y ansiedad muda. Cuando menos lo temían ambos, aparecióse en el marco de la puerta una figura altísima y venerable, gran funda negra, cabellos blancos, mirada luminosa... Era el padre Nones, que por gastar zapatos con suela de cáñamo, andaba sin que se le sintieran los pasos. La vista de este fantasma no les impresionó mucho. Estaba ella tan agobiada, que casi, casi entrevió en la presencia del buen sacerdote un medio de salvación. El bruto no hizo movimiento alguno y esperó la acometida de su amigo, el cual, llegándose a él despacio, le puso la mano en el hombro y se lo oprimió. Imposible decir si fueron de terrible severidad o de familiar broma estas palabras de Nones:

—Tunante, así te portas...

El flexible espíritu del clérigo nos autoriza a dudar del sentido de sus frases. Sin esperar respuesta, añadió:

—No me la pegarás otra vez.

Pero lo más particular fue que, soltándole el cuello, se puso delante de él, y haciendo con sus dos brazos un amenazador movimiento parecido al de los boxeadores, le echó este réspice:

—Todavía, con mis años, yo tan viejo y tú con esa facha de matón...; todavía, amiguito mío, soy muy capaz de meterte el resuello en el cuerpo.

Nada de cuanto se diga del buen Nones en punto a formas extravagantes y a geniales raptos parecerá inverosímil. Los que han tenido la dicha de conocerle, saben bien de lo que era capaz. Al verle hacer cosas tan extrañas y al oírle, fue cuando Amparo tuvo el mayor miedo de su vida, pensando así. «Ahora vuelve contra mí y me echa un sermón que me mata.»

Pero Nones se contentó con mirarla, como dicen que miraba Martínez de la Rosa, con la diferencia de que Nones no usaba lentes.

Tomó Polo a su amigo por un brazo, y sin decirle nada, llevóle al interior de la casa. Amparo comprendió que iban a mirar a la calle. Siguiéndolos de lejos por el pasillo, oyó las risas de don Juan Manuel. Después charlaron ambos largo rato. El que más hablaba era Polo, con desmayado y triste acento; pero no podía la joven oír lo que decían. Cerca de media hora duró aquel coloquio, y ella, ahogada por la impaciencia, sentía permanecer allí y no se determinaba a salir. En aquel largo intervalo llamaron a la puerta, y Amparo, en quien el miedo de los males grandes había ahogado el de los pequeños, abrió. Eran dos vecinas que venían a ver a Celedonia. Las tales pasaron, metiendo mucha bulla, al cuarto de la enferma.

Desde la sala oyó Amparo luego la voz de Nones. Había vuelto al cuarto de Celedonia, y decía:

—A ver cómo se arregla aquí un altarito, que le vamos a traer a Dios esta noche... Aunque no se ha de morir, ni mucho menos, ella quiere recibir a Dios, y eso nunca está de más.

Cuando el ecónomo y su colega entraron de nuevo en la sala, éste dijo que la centinela no se había movido de su sitio.

Tormento los miró a entrambos, revelando en sus ojos toda la irresolución, toda la timidez y flaqueza de su alma, que no había venido al mundo para las dificultades.

—¡A la calle, a la calle! —le dijo Nones, tomando su enorme sombrero—. Aquí no hace usted falta maldita. Saldremos juntos; no tenga miedo.

Decía esto en el tono más natural del mundo, y volviéndose a Polo:

—Ten presente, badulaque, lo que va a entrar aquí esta noche. Mucho juicio, ¿estamos? Volveré dentro de media hora. ¡Y usted!...

Al decir con tan bronca voz aquel *y usted...*, encarándose con la medrosa, ésta creyó que se le caía el cielo encima; rompió a llorar como una tonta.

—En fin, me callo —gruñó Nones, indicando a la joven que le siguiera—. Ya sé que hay arrepentimiento... ¡Y tú!...

Al decir *y tú...* se encaró con Polo, echándole miradas tan severas que éste retrocedió.

—En fin, tampoco digo nada ahora —añadió con calma el clérigo, mascullando las sílabas—. De ti me encargo yo... Vamos.

Nones y Amparo iban delante; detrás, Polo alumbrando, porque la escalera era como boca de lobo. La idea de que no la vería más puso al bárbaro a dos dedos de hacer o decir cualquier disparate. Pero tuvo energía para contenerse. La medrosa no volvió la cabeza ni una sola vez para ver lo que detrás dejaba. Al llegar al primer peldaño, Nones echó miradas recelosas a la empinada escalera. Viendo que la joven quería ir delante para sostenerle, le dijo:

—No; puede usted agarrarse a mi brazo si quiere... Yo no me asusto de nada.

Pero ella, atenta y respetuosa con la vejez, se puso a su lado, diciéndole:

—No; usted sí que se apoyará en mí... Cuidado.

Y Nones, volviéndose para ver a su amigo, que alumbraba, se echó a reír y no tuvo reparo en hacer esta observación:

—¡Vaya un cuadro!... Estamos bonitos, ¿eh?... Como que vamos ahora a Capellanes.

La risita hueca y zumbona se oyó hasta lo profundo de la escalera.

Cuando llegaron al portal, don Juan Manuel dijo a Amparo en baja voz:

—Allí está; no haga usted caso, no mire. Viniendo conmigo, no se atreverá a decirle una palabra.

Y, en efecto, el pavoroso vigía no se movió; no hacía más que mirar.

Cuando dieron los primeros pasos en la calle, Nones, soltando toda su voz áspera y ronca, echó una fuerte tos burlesca, y luego esta frase:

—¡Vaya unos postes que se usan ahora!...

En medio de su grandísimo sobresalto, Amparo no pudo menos de sonreír. Dio al clérigo la acera; pero éste, con galantería, no la quiso tomar. Después habló en tono naturalísimo de cosas también muy naturales, como si aquella compañía que llevaba fuera lo más corriente del mundo.

—¡Esa pobre Celedonia, qué mala está!... Ya se ve: con setenta y ocho años... Yo también me voy preparando, y cada día que amanece se me antoja que ha de ser el último... ¡Dichoso aquel que ve venir la muerte con tranquilidad, y no tiene en su alma ni en sus negocios ningún cabo suelto de que se pueda agarrar ese pillete de Satanás! Trate usted de arreglar su vida para su muerte... Abríguese bien, que hace frío... La acompañaré a usted hasta que encontremos un coche. Sí: lo mejor es que se meta en un simón... ¿Tiene usted dinero? Porque si no, le ofrezco una peseta que traigo...

—¡Oh!, muchas gracias; tengo dinero. Por allí viene un coche.

—¡Cochero!... ¡Ea!, con Dios. Salud, pesetas y buena conducta. Me voy a la parroquia para llevar el Viático a esa pobre... Buenas noches.

Capítulo 32

Cuando Amparo llegó a su casa, díjole doña Nicanora que a las ocho había estado un señor..., aquel señor, y que, cansado de tirar de la campanilla, se había marchado. A la joven no le cogió esto de nuevo: lo temía; mas no fue por eso menor su disgusto. ¿Qué pensaría de ella su novio? En aquel momento, quizás él y Rosalía estarían hablando de ella en el palco del teatro. ¿Qué dirían? Felizmente, podría explicar su ausencia con la mentira de perseguir sin descanso a su hermana para traerla al buen camino. Toda la noche la pasó en un estado de agitación que no pueden apreciar sino los que se hallen en trance parecido. Ya no le quedaba duda de que sobrevendrían catástrofes, y de que el asunto de su casamiento iba a tener un mal desenlace. Pero no se le ocurría medio alguno para evitarlo. El gran recurso de la explicación franca con Caballero parecíale no sólo más difícil cada vez, sino tardío, y como tal, ocasionado a traer sobre ella el desprecio antes que el perdón. Lo que había oído a doña Marcelina era motivo para enloquecer. En su delirio, pensaba que, al día siguiente, la tal señora de palo iba a salir por las calles pregonando un papel con la historia toda de Amparito, como los que, cantando, venden los ciegos con relatos de crímenes y robos.

Ya era de día cuando la venció el sueño. Durmió algunas horas, y mientras arregló su casa y se dispuso para salir, dieron las once de la mañana. Había hecho propósito de ir a la Costanilla de los Ángeles, porque, si no iba, las sospechas de la Pipaón serían mayores... ¿Encontraría a Caballero en la casa?... ¿Encontraría a doña Marcelina, que ya estuvo el día anterior tomando vino y bizcochos? Estos pensamientos le quitaban las ganas de ir; pero..., Dios poderoso..., si no iba... Valor y adelante.

Cuando entró en la casa, estaba como los sonámbulos, a causa de los disgustos y la falta de sueño. No se enteraba de lo que oía; sus movimientos eran cual los de un autómata.

—Chica —le dijo Rosalía—, estás hoy más seria que un ajusticiado. Parece que no has dormido en toda la noche. Y qué..., ¿encontraste, al fin, a la buena pieza de tu hermana? Como no estabas en tu casa cuando Agustín fue a buscarte, supongo que la correría de anoche ha sido larguita.

Estas frases podían ser dichas sin mala intención; pero a la joven le parecieron astutas y picarescas. Disculpóse como pudo, embarullándose, y explicando de un modo incoherente su malestar y los motivos de su insomnio. Lo que más le llamaba la atención era que la tal señora no estaba enojada; antes bien, de muy buen humor, casi gozosa.

—Pues yo me levanté muy temprano —dijo Rosalía con la satisfacción íntima de quien da felices noticias—. He estado toda la mañana en la Buena Dicha... Mira, haz el favor de ir a la cocina y lavarme prontito estos dos pañuelos.

Tiempo hacía que a la Emperadora no se le mandaban tales cosas. Cuando volvió de desempeñar aquel encargo, díjole la Bringas:

—Hoy tengo costura larga. Estoy decidida a reformar la falda del vestido de baile... Veo que estás como asustada... Sosiégate, mujer; no correrá la sangre al río.

Cada una de estas oscuras frases era para la medrosa como puñalada. Almorzaron en silencio, pues aunque Rosalía intentaba amenizar el acto con las agudezas que le sugería su inexplicable regocijo, don Francisco estaba más serio que un funeral. Amparo observó en la fisonomía de su bondadoso protector una tristeza que la aterraba. Varias veces hubo de dirigirle ella la palabra, sin obtener de don Francisco una contestación. Ni siquiera la miró una sola vez. Esto llegábale al alma, confirmándola en la idea de que se acercaba la hora de su desventura.

—Estos días —declaró Rosalía, cuando se quedaron solas— es preciso apretar de firme. Toda la falda ha de quedar adornada mañana... No te distraigas, no hagas la preciosita. Hoy no viene Agustín. Hija, como te cree tan ocupada por esas calles buscando con candil a tu hermana, él también se va de paseo. Es natural.

Más tarde la volvió a mandar a la cocina, y ella, dando ejemplo de humildísima sumisión, obedecía sin chistar. Una de las muchas órdenes que le dio fue ésta:

—Haz una taza de tila, y tráetela para acá.

Cuando Amparo trajo la taza y la presentó a la dama, ésta, sonriendo con malicia, le dijo:

—Si es para ti.

—¡Para mí!

—Sí. Tómatela para que se te aplaquen esos nervios... Me parece que no debes andar en misterios conmigo... Haremos todo lo posible para que el buenazo de Agustín no sepa nada. Esto, como cosa pasada y muy vergonzosa, debe quedar en el secreto de la familia.

—¿Qué?... —murmuró la Emperadora como un muerto que habla.

—No querrás que te lo cuente yo, bobona... Pero si te empeñas en ello...

Amparo cayó redonda al suelo, como si recibiera en la sien un tiro de revólver. La taza se hizo pedazos, y el agua de tila se vertió sobre la bata de Rosalía.

—¿Ataquitos de nervios? —dijo ésta—. Mira cómo me has puesto la bata. Pero qué, ¿te desmayas de veras, o es comedia? Amparo, Amparito, Amparito, por Dios, hija, no nos des un disgusto... Yo no he de decir nada... ¡Niña, por Dios!

La joven, recobrándose, se incorporó. Su tribulación se resolvía en un llorar seco y convulsivo. Sollozos y ayes la sofocaban; pero sus ojos permanecían secos.

—Esto se te pasará llorando. Expláyate, desahógate —le dijo Rosalía—. Vale más que te levantes, hija, y pases al gabinete. Te echarás en el sofá...

La ayudó a levantarse, y ambas pasaron al gabinete.

—Acuéstate, descansa un ratito, y llora todo lo que quieras. Pondré esta toalla en la cabecera del sofá para que no me lo mojes con tus lágrimas... ¿Qué tal? ¿Te encuentras mejor?... Ya no se usan síncopes. Es de mal gusto... ¿Quieres que te deje sola un momento? ¿Quieres un poco de agua?

Le prodigaba, justo es decirlo, los mayores cuidados. Después la dejó sola, porque había entrado alguien. Lo que Amparo pensó y sintió en aquel rato en que estuvo sola, no es para contado. Toda su alma era vergüenza: vergüenza sus ideas, y el horrible calor de su piel y de su rostro, vergüenza también. Desde el gabinete oía las voces confusas de la Bringas y del visitante, que sonaban en la inmediata sala. Era el señor de Torres. ¿De qué hablarían? De ella quizás.

Cuando la dama volvió, el estado moral de Amparo era el mismo. Creeríase que después de aquella crisis se había quedado paralítica y con el juicio nublado. No se movía del sofá; no daba señales de entender lo que se le decía, y sólo contestaba con miradas ansiosas.

—¿Te ha pasado ya el sofoco? —le dijo Rosalía, inclinándose ante ella—. Comprendo que la cosa no es para menos. Debiste tener valor desde el primer momento para decir la verdad a ese ángel y sacarle de su engaño. Ahora sería muy expuesto que hablaras con él de esos horrores. No le conoces bien. Es hombre rigorista, más enemigo de enredos... Para él, todo ha de ser en regla, todo muy conforme a la moral. Y como está ciego por ti, si hablas y le quitas la venda, creo que será como si le dieras un pistoletazo.

Ninguna contestación, como no fuera con los ojos.

—¿Por qué me miras así?... ¿Has perdido el uso de la palabra?... ¿Te encuentras mejor?... Conque fíjate bien en lo que te digo. Lo mejor que puedes hacer ahora es callar, que nosotros procuraremos que ese inocentón no sepa nada... ¿Qué se va a remediar con el escándalo?... Y no temas que doña Marcelina te venda. Es una señora excelente y muy piadosa, incapaz de hacer daño a nadie, ni aun a sus enemigos. Y si quisiera, hija, bien podría hundirte..., porque..., no te alteres otra vez: si te sofocas, me callo.

Las miradas de Amparo revelaban pavor semejante al de aquel a quien apuntan con un arma de fuego.

—No me mires así, que me causas miedo... ¿Quieres, al fin, la taza de tila?... Pues te decía que doña Marcelina tiene dos cartas, dos papelucos que escribiste a cierto sujeto... Pero puedes estar segura de que no los mostrará a nadie. Es señora de mucha delicadeza. ¿Por qué cierras los ojos, apretando tanto los párpados?... No seas así; no temas nada. Para que lo sepas, la misma señora de Polo me ha dicho a mí que antes se dejará hacer trizas que enseñar a nadie los tales documentitos... Y lo creo. No le gusta a ella indisponer a las personas... ¿Qué, se te ocurre llorar ahora? Eso, eso te sentará bien.

La infeliz derramaba pocas y ardientes lágrimas, que con dificultad salían de sus ojos enrojecidos. Rosalía llevó su bondad hasta tomarle una mano y acariciársela. En aquella hora de angustias, tuvo la pecadora momentos de cruel desesperación, y otros en que, como distraída de su pena, se fijaba en cosas extrañas a ella o cuya relación con ella era muy remota y confusa. Esta discontinuidad de la fuerza o vehemencia es condición del humano dolor, pues si así no fuera, ningún temperamento lo resistiría. Observaba a ratos Amparo lo guapa y bien puesta que estaba Rosalía dentro de casa. Este fenómeno iba en aumento cada día, y en aquél, el peinado, la bata, el ajuste del cuerpo y todo lo demás revelaban un esmero rayano en la presunción. Como en esto del observar se va siempre lejos, sin pensarlo, la desdichada notó también, a través de aquel velo espeso y ardiente de su aflicción, que sobre la persona de Rosalía lucían algunos objetos adquiridos para ella, para la novia.

—¿Qué miras? —preguntó la de Bringas—. ¿Te has fijado en esta sortija que Agustín compró para ti?... No creas que soy yo de las que se apropian lo ajeno. El primo me dijo ayer que podía tomarla para mí...

La novia no respondió nada. Accidentes de tan poca importancia no solicitaban su atención sino en momentos brevísimos. La dama no se apartaba de ella, temerosa de que le acometiera otro desmayo. Cuando menos lo pensaba, Amparo se incorporó, diciendo:

—Quiero irme a mi casa.

—Gracias a Dios que recobras la palabra. Pensé que te habías vuelto muda... No creas, ha habido casos de perder las personas la voz, cuando no el juicio, por un bochorno grande. ¿De veras quieres irte?... No me parece mal. Eso es: te vas a tu casita y te metes en la cama, a ver si descansas. Tendrás quizás un poco de fiebre.

Amparo se levantó con dificultad.

—¿Quieres que vaya Prudencia contigo?

—No... Puedo andar sola...

—¡Bah!... Si no tienes más que mimo... ¿Necesitas algo?

—No, gracias...

—De seguro irá Agustín a verte en cuanto sepa que estás mala... Veremos cómo me arreglo yo sola para acabar mi vestido. No te preocupes de esto, ni hagas un esfuerzo para venir mañana si no te encuentras bien. Traeré una costurera.

Ayudóla a ponerse el mantón y el velo y parecía que la empujaba, cual si quisiera verla salir lo más pronto posible.

—Sal por la sala —le dijo, cariñosa—. Naturalmente, no querrás que te vea Prudencia, ni Paquito y Joaquín, que andan por los pasillos... Adiós.

Bajó Amparo, paso a paso, la escalera. No le faltaban fuerzas para andar; pero temía caerse en la calle, y no se separaba de las casas para sostenerse en la pared en caso de que se le mareara la cabeza.

«Si este malestar que siento —pensaba—, si este horrible frío, si este acíbar que tengo en la boca fueran principio de una enfermedad de la cual me muriera, me alegraría... Pero no quiero morirme sin poder decirle: "No soy tan mala como parece".»

Encerrada en su casa, acostóse vestida en su lecho, y se arropó con todo lo que halló a mano. ¡Qué frío y qué calor al mismo tiempo!... No le quedaba duda de que Rosalía, de un modo o de otro, habría de hacer que alguien llevara el cuento a Caballero. Aunque sencilla y bastante cándida, no lo era tanto que creyese en las hipócritas expresiones de la orgullosa señora. Que el ignominioso escándalo venía era cosa evidente. Pero si él la visitaba, si le pedía explicaciones, si ella se las daba y a su dolorido arrepentimiento correspondía con la indulgencia precursora del perdón... ¡Oh, qué cosa tan difícil era ésta! Aquel hombre, con ser tan bueno, no podría leer en su alma, porque para estas lecturas los únicos ojos que no son miopes son los de Dios.

Amparo tenía ya pocas esperanzas de remedio; pero aún contaba con que Caballero viniese a verla... Seguramente, en aquel trance, no podría ella disimular más, y la verdad se le saldría de la boca. Si, por el contrario, Agustín no iba, era señal de que le habrían dícho cualquier atrocidad, y... Toda aquella tarde aguardó la infeliz Emperadora, contando el tiempo. Pero llegó la noche, y Agustín no fue.

«Sin duda, ha estado esta tarde en casa de Rosalia —pensaba ella, tiritando, la cabeza desvanecida—. Si no viene, será porque no quiere verme más.»

Capítulo 33

«Porque no quiere verme más... —repetía con vivísimo dolor—. ¡Qué vergüenza! No hay para mí otro remedio que morir. ¿Cómo tendré valor para presentarme delante de gente?»

La noche pasó en febril insomnio, sin tomar alimento, llorando a ratos, a ratos lanzando su imaginación a los mayores extravíos. Al día siguiente, de nuevo acarició su alma las esperanzas de que Agustín viniera. Contando las horas, se dispuso para recibirle. Pero las horas no se daban a partido y con pausa lúgubre transcurrieron, sin que nadie llegase a la pobre casa. Ni el señor con su respetuoso cariño; ni el criado con alguna cartita; nadie, ni siquiera un recado de Rosalía para ver cómo estaba... Cada vez que sentía ruido en la escalera temblaba de esperanza. Pero la fúnebre soledad en que estaba no se interrumpió en aquel tristísimo día. Para que fuera más triste, ni un momento dejó de llover. Amparo creía que el sol se había nublado para siempre, y que aquella líquida mortaja que envolvía la Naturaleza, era como una ampliación de la misma lobreguez de su alma.

Por la tarde, ya no discurría, sino deliraba. Ya no sentía frío, sino ardor intensísimo en todo su cuerpo. Iba de una parte a otra de la casa con morbosa inquietud, y en ocasiones veía los objetos del revés, invertidos. Hasta el retrato de su padre tenía la cabeza hacia abajo. Las líneas todas temblaban ante sus ojos doloridos y secos, y la lluvia misma era como un subir de hilos de agua en dirección del cielo. Vistióse entonces con lo mejor que tenía, comió pan seco y se mojó repetidas veces la cabeza para calmar aquel fuego. Perdida toda esperanza y segura de su vergüenza, pensó que era gran tontería conservar la vida, y que ninguna solución mejor que arrancársela por cualquiera de los medios que para ello se conocen. Pasó revista a las diferentes suertes de suicidio: el hierro, el veneno, el carbón, arrojarse por la ventana. ¡Oh!, no tenía ella valor para darse una puñalada y ver salir su propia sangre. Tampoco se encontraba con fuerzas para dispararse una pistola en las sienes. Los efectos seguros e insensibles del carbón la seducían más. Según había oído decir, la persona que se sometía a la acción de aquel veneno, encerrándose con un brasero sin pasar y cuidando de que no entrara aire, se dormía dulcemente, y en aquel sueño delicioso se quedaba, sin agonía... Bien, elegía resueltamente el carbón... Pero muy pronto variaron sus pensamientos. La desesperada tenía un arma eficaz y de fácil manejo... Acordóse de ella mirando el retrato de su padre, que se había vuelto a poner derecho. Cuando el buen portero de la Farmacia estuvo enfermo del mal que le acabó, fue molestado de una tenaz neuralgia que no cedía ni a la belladona ni a la morfina. Para calmar sus horribles dolores y proporcionarle descanso, Moreno Rubio recetó un medicamento muy enérgico, de uso externo y que se administraba en paños empapados sobre la frente. Al dar la receta, el médico había dicho a Amparo: «Mucho cuidado con esto. La persona que beba una pequeña porción de lo que contiene el frasco, se irá sin chistar al otro mundo en cinco minutos.» No conservaba la huérfana esta terrible droga; pero sí la receta, y en cuanto se acordó de ella, buscóla en un cajón de la cómoda donde tenía varios recuerdos de su padre. Al desdoblar el papel no pudo reprimir cierto espanto. El suicida más empedernido no mira con completa calma las tijeras que ha robado a la Parca. La receta decía:

Cianuro potásico, 2 gramos.
Agua destilada, 200 gramos.
Uso externo.

«En cinco minutos..., sin chistar..., es decir, sin dolor ninguno —pensó Amparo, extraviada hasta el punto de mirar el papel como un amigo triste—. No pasaré de mañana.»

Lo guardó en el bolsillo de su traje haciendo el firme propósito de ir ella misma a la botica en busca de su remedio. Pero ¿cuándo?... Aquella tarde, no; por la noche, tampoco. Sería prematuro. Al día siguiente..., sin fijar hora.

La soledad de su pobre vivienda continuó toda la tarde, más siniestra y pavorosa a cada hora que transcurría. Vino la noche, y se entenebreció aquel cielo húmedo, semejante a un lodazal. Creeríase que los tejados iban a criar hierba, y desde arriba se sentía el chapoteo de los pies de los transeúntes en el fango de las calles.

Dieron las seis, las siete, las ocho. Ni un alma viviente se llegó a la puerta de aquella casa para tirar del verde cordón de la campanilla. ¡Las nueve, y no venía nadie! A las diez, pasos; pero los pasos se perdieron en otro piso. A las once, dudas, inquietud, delirio. Las doce contaron doce veces, en el reloj de la Universidad, el plazo último que la esperanza se había dado a sí misma. La una pasó breve y esquiva, confundiéndose con las doce y media. Oyendo las dos, la mente de la Emperadora repitió, alucinada, el concepto de aquel borracho, que dijo: *¿Dos veces la una? Ese reloj anda mal.* Las tres fueron acompañadas de lejanos cantos de gallo, y las cuatro siguieron tan de cerca a las tres, que ambas parecían descuido del tiempo, o que eran horas gemelas. Breve letargo ocultó a Amparo el son de las cinco. Pero de repente vio el techo de su casa. El día empezaba a entrar en ella, es decir, otro día, el siguiente de aquel otro que pasó. ¡Cosa más tonta...! Pues en aquel día se había de matar irremisiblemente. Amaneció lloviendo también, la tierra bebiendo lágrimas del cielo.

No tuvo Amparo que vestirse, porque se había acostado vestida en el sofá. Ella misma notó que no podía hacer cosa alguna sin equivocarse. Por tomar una toalla cogía la palmatoria. Fue a hacer chocolate, y no recordaba cómo se hacía. En vez de entrar en la cocina, entraba en la alcoba, y queriendo ponerse las botas bonitas, con caña gris perla, sólo después de mucho andar por la casa buscándolas, echó de ver que las tenía puestas.

Por fin, se desayunó con chocolate crudo y agua. No tenía cerillas porque las había arrojado por la ventana, creyendo arrojar la caja vacía.

«Ahora —pensaba, recordando los sucedidos que leyera alguna vez en *La Correspondencia*—, cuando vean los vecinos que pasan días y que no se abre la puerta, darán parte a la Justicia... Vendrá mucha gente, descerrajarán la puerta y me encontrarán..., ahí..., tendida en el sofá... blanca como el papel..., yerta.»

Mirándose al espejo, añadió: «Me pondré el vestido negro de seda..., que no he estrenado todavía.»

¡Las ocho, las nueve!... Aquel maldito reloj de la Universidad no perdonaba hora... A las diez se había puesto la suicida el traje de seda negro, después de arreglarse un poco el pelo..., aunque bien mirado, ¿para qué?

«Iré a la botica de la calle Ancha... No, mejor será a la de la calle del Pez.»

¡Jesús!... Creyó saltar hasta el techo, del susto... ¡Había sonado la campanilla de la puerta!... Abrir, abrir en seguida. Era don Francisco Bringas. Nunca había estado allí el gran Thiers, y como era tan bueno, cuando Amparo le vio, díjole el corazón que no podía venir a cosa mala. No pudiendo reprimir su gozo, corrió a abrazarle. Figurábasele que habían transcurrido años sin ver un rostro de persona amiga. Algo importantísimo pasaba cuando don Francisco iba a visitarla.

—Hija mía —le dijo el bendito señor, dejándose abrazar—, yo sostengo que todo es calumnia... Si al principio la misma sorpresa me desconcertó, luego he dicho: «Mentira, mentira...» Hay cosas tan horribles, que no se pueden creer.

—No se pueden creer —repitió Amparo, entristeciéndose otra vez.

—Y como no has parecido por casa, he venido para decirte que te apresures a sincerarte, a disculparte, a probar tu inocencia. ¡Ah hija mía, no sabes cómo está el pobre Agustín!

Amparo se quedó como muerta... Con un gemido pronunció las dos palabras:

—¡Lo sabe!...

—Sí... Cree..., le han hecho creer... ¡Qué infame cuento! Rosalía, como es tan crédula, como es tan inocente, también te acusa, aunque disculpándote; pero yo no me doy a partido; yo no creo nada; yo rechazo todo, absolutamente todo.

Decíalo subrayando en el aire, con su enérgico dedo, las palabras. ¡Cuánto le agradeció la pecadora esta terquedad indulgente!

—Pues sí: el pobre Agustín está que se le puede ahorcar con un cabello... Entre unos y otros le han llenado la cabeza de viento. Creo que fue Torres quien llevó el chisme a Mompous, y Mompous debió de decirlo a mi primo, como pretendiendo hacerle un favor. Te juro que esto me pone furioso. Rosalía niega que haya tenido participación en ello, y lo creo: es incapaz... Ayer estuvo Agustín en casa todo el día..., empeñado en que Rosalía le contara... Mi mujer no podía decirle nada contra ti... Al contrario, te defendía... Está el pobre que da lástima verle. Ahora mismo vengo de su casa, y si acudes pronto, si no pierdes tiempo, puedes quitarle de la cabeza lo que le atormenta... Ven.

—¡Yo! —murmuró Amparo, como idiota, resistiendo al cariñoso esfuerzo de Bringas, que la quería llevar tirándole de un brazo.

—¿No quieres venir?... ¿En qué quedamos? ¿Permites que te calumnien así? ¡Y tú, tan tranquila!

—Tranquila, no...

—¡Porque es calumnia..., calumnia!... —exclamó Thiers, clavando en ella el rayo de sus ojos, que parecía que se aguzaba al pasar por las gafas.

—Sí..., calumnia..., quiero decir..., no..., es preciso explicar..., parece...

Amparito se enredaba en sus propias palabras.

—¿Vienes o no? —le dijo Bringas, caviloso, tratando de llevarla casi por fuerza.

—¿Ahora? —replicó ella, poniéndose del color de la más blanca cera—. Tengo que ir a la botica...

—Verdad que estás enferma... Hija, después te curarás... Te encuentro pálida... Es preciso que hagas un esfuerzo. ¿Qué, tu deshonra no te afecta? ¿Puedes ver con calma que se digan de ti tales horrores?...

—¡Oh, no!... Si son horrores, no son verdad.

—Pues ven... Por ti, por mi primo, deseo yo que esto se aclare. Si no vienes pronto, quizá la cosa se complique. Hay moros por la costa, hija de mi alma. Si no acudes pronto, Agustín, que está como demente, se pondrá al habla con tu enemigo, y figúrate si éste le llenará la cabeza de viento... Aún es tiempo... Corre, acude pronto. Agustín está en su casa. Le he dejado yo allí en tal estado de abatimiento, que parece un colegial que ha perdido curso... Llegas..., te arrojas a sus pies, lloras, le suplicas que te escuche y que no haga caso de la maledicencia; le cuentas lo que haya, si es que hay alguna cosilla un poco más libre de lo regular... Todo podría ser, cosas del mundo... Oye bien: le dices cosas que te salgan del corazón, dile cosas tiernas, bien sentidas, y así le sujetas, le contienes...

Amparo miraba a su protector como persona que no tiene ninguna idea favorable ni contraria que oponer a lo que oye.

—Pero ¿te has vuelto tonta? —clamó él, lleno de impaciencia, alzando la voz como cuando se habla con un sordo—. Mira, tú te lo pierdes... Te he dicho que sólo tú puedes sujetarle y contenerle, dándole explicaciones, si las hay; acariciándole y poniéndole delante tu linda cara para que se encandile... Como no te decidas, no sé lo que pasará. Le han dicho, y Rosalía me jura que no ha sido ella, le han dicho que doña Marcelina Polo posee dos cartas tuyas, dirigidas no sé a quién, y héteme aquí al hombre rabiando por verlas, por tener una prueba de tu... Yo sostengo que es calumnia... Pero, ¡ay!, sabe Dios si esa bendita señora que no te quiere bien le hará ver lo blanco negro.

Maquinalmente, dijo Amparo estas palabras:

—Ha ido a ver a doña Marcelina...

—No, mujer; no, no —gritó Bringas, creyendo siempre que hablaba con un sordo—; pero irá. Mandó recado con Felipe esta mañana, preguntando la hora en que podría ver a esa señora, y han contestado que a las doce... Ya son las once y cuarto. Ponte el manto y no pierdas un minuto. He almorzado con él. El pobre no comía nada...

Sin esperar a más razones, Bringas tomó el velo y el mantón que en una silla estaban, y se los puso a ella. Amparo, cada vez más privada de voluntad, de discernimiento y de resolución, dejaba hacer a don Francisco. Él la cogió por un brazo, la llevó hacia la puerta. Salieron, cerraron.

—Porque es tontería —dijo Bringas, bajando la escalera— que te acoquines así, cuando quizás con una palabra... Todavía le encontrarás allí si no nos descuidamos... Ya sabes, le hablas al corazón. Si hay algo, si hay algún reparillo antiguo, la verdad, Amparo, la verdad siempre por delante. Fíjate bien en el carácter de Agustín, en su rectitud, en el aborrecimiento que tiene a los enredos. La idea de ser engañado le saca de quicio... Perdonará el mayor delito confesado antes que una trivial falta encubierta. Fíjate bien, y ten alma, ten arranque...

Oía esto la joven como se oyen zumbidos de tempestad lejana. Iba por la calle como un autómata. Creía que la gente toda que veía participaba de aquel su afán, que, por lo excesivo, rayaba en imbecilidad.

—Más prisa, hija, más prisa... —decía Thiers—. Son las doce menos veinte. Tomaremos un coche. Te dejaré en la puerta. No subo contigo, porque para esta entrevista delicada conviene que los dos estéis solitos... Yo me voy a mi oficina.

Durante la breve travesía en coche, repitióle las mismas exhortaciones una y otra vez. «Cuidado, hija, cuidado..., sentimiento y sinceridad... No te aturulles..., no te contradigas. Si hay algo, apechuga con ello. Si no hay nada, cébate en los calumniadores: duro en ellos, leña en ellos, firme...»

Llegaron a la calle del Arenal y ambos salieron del coche. En la puerta, Bringas no creyó preciso volver a amonestarla, y cuando la vio subir, se fue al Ministerio.

Capítulo 34

Amparo subió, y viendo aquella puerta de caoba, ancha, barnizada, hermosísima, imaginó detrás de ella la escena que iba a pasar, y las cosas que iba a decir. Puerta más venerable no había visto nunca. No se le igualaban las de una santa catedral, ni las del palacio del Papa, ni casi, casi las del cielo. ¡Dios misericordioso! ¿Sería, al fin, aquélla la puerta de su casa?

Puso la mano en el tirador de reluciente metal. «¿Será ésta —pensó— la primera y última vez que yo llame aquí? »

No tuvo tiempo de hacer más consideraciones. Felipe abrió la puerta.

—¿Tu amo?...

—No está... Pero pase usted...

Amparo entró. ¡Y no estaba!... El destino fruncía el entrecejo, anunciando un desastre.

Estas bromas del tiempo, ¡qué pesadas son! Estas aparentes discrepancias del reloj eterno, haciendo coincidir unas veces los pasos de las personas y otras, no; contrariando siempre los deseos humanos, ya para nuestro provecho, ya en daño nuestro, son la parte más fácilmente visible de la gran realidad del tiempo. No apreciaríamos bien la idea de continuidad sin estos frecuentes desengranajes de nuestros pasos con la dentada rueda infinita que no se gasta nunca. El Arte, abusando del Acaso para sus fines, no ha podido desacreditar esta lógica escondida, sobre cuyos términos descansa la máquina de los acontecimientos privados y públicos, así como éstos vienen a ser pedestal del organismo que llamamos Historia.

—¿Sabes adónde ha ido? —dijo la Emperadora, pasando al salón.

—A la casa de doña Marcelina Polo, calle de la Estrella. Esta mañana fui yo a pedir hora, y me dijeron que a las doce.

—¡A las doce!...

—Sí, señora... No sé cómo no le ha encontrado usted. No hace diez minutos que salió. Debe de ir ahora por la calle de Hita o por el callejón del Perro. ¿Ha venido usted por la Costanilla?

—Sí, y en coche...

—Aguárdele usted... No tardará en volver.

Pasó del salón al gabinete, y luego a otro que era... el suyo. ¡Ironías del hado! Centeno se alejaba...

—Felipe...

—Señorita...

—Nada, nada. Es que...

Diéronle impulsos de salir otra vez y de volverse corriendo a su casa. Se le representaron, en su aturdida mente, dos papeles escritos por ella mucho tiempo antes; dos cartas breves, llenas de estupideces y de la mayor vergüenza que se podía concebir... Su corazón no era corazón: era maquinilla loca que corría disparada y se iba a romper de un momento a otro... ¡Adiós, esperanza! En aquel momento, Caballero entraba en el aposento de la mujer de caoba; ambos hablaban...

—Felipe...

—Señorita...

—Me voy... Enséñame la salida. No acierto a andar en este laberinto.

Dio algunos pasos. Las fuerzas le faltaron y dejóse caer en un sillón. Temía perder el conocimiento.

—¿Está usted mala?... ¿Quiere que llame a doña Marta?

—No, por Dios; no llames a nadie. Mira, hazme el favor de traerme un vasito de agua.

—Al momento.

En el breve rato que Felipe estuvo fuera, Amparo esparció sus miradas por la lujosa habitación en que se hallaba. «Aquí... iba yo a vivir —pensó, mientras la pena fiera rechazaba en el fondo de su alma el gozo salvaje que quería entrar en ella—. Aquí iba a vivir yo... Pues aquí quiero que se acabe mi vida.»

—Gracias —dijo a Felipe, tomando el vaso de agua y poniéndolo sobre la mesa—. Ahora me harás otro favor.

—Lo que usted me mande.

—Pues tendrás la bondad —dijo lentamente la Emperadora, registrando su bolsita y sacando un papel— de ir a la botica, que está en esta misma calle, dos puertas más abajo... Toma la receta: me traes esta medicina... Es una cosa que tomo todos los días para los nervios, ¿sabes?... Aguarda; ten el dinero... Corre, aquí te espero...

—Voy al momento.

Desde el pasillo volvió Centeno, apurado, y dijo

—Para que usted no se aburra...

—¿Qué?

—Nada: voy a darle cuerda a la caja de música de los pajarucos. Así se entretendrá usted mientras esté sola.

Empezó a sonar la orquesta en miniatura, y los pájaros, abriendo sus piquitos y batiendo las alas, parecía que cantaban en aquella floresta encerrada dentro de un fanal. Muy satisfecho de su ocurrencia, Felipe salió.

La desventurada puso su atención en las avecillas durante cortísimo rato. Luego se dio a pensar en su resolución, que era inquebrantable. En cinco minutos concluía todo. Cuando Agustín volviera, la encontraría muerta. ¿Qué diría? ¿Qué haría?... Porque vendría furioso, decidido a matarla o a decirle cosas terribles, lo que era mucho peor que la muerte. ¿Cómo soportar bochorno tan grande?... Imposible, imposible. Matándose, todo acababa pronto. En la preocupación del suicidio no dejó de ocurrírsele la semejanza que aquella tenía con pasos de novela o teatro, y de este modo se enfriaba momentáneamente su entusiasmo homicida. Aborrecía la afectación. Pero, acordándose de las cartas, era tal su horror a la existencia, que no deseaba sino que Felipe volviera pronto para concluir de una vez.

«Cuando Agustín entre, me encontrará muerta.» Esta idea le daba cierto gozo íntimo, indescifrable. Era la última ilusión que, surgiendo de la vida, iba a tener su término y florescencia en los negros reinos de la muerte, como los cohetes que salen echando chispas de la tierra y estallan en el cielo.

«¿Y qué dirá, qué pensará cuando me vea muerta?... ¿Llorará, lo sentirá, se alegrará?... Porque, de seguro, a estas horas ya lo sabe todo, y me despreciará como se desprecia al gusano asqueroso cuando se le pone el pie encima para aplastarlo... Ahora estará viendo aquello... ¡Virgen de los Dolores, perdóname lo que voy a hacer!»

Los pájaros de cartón, animados por diabólico mecanismo, ponían a esto comentarios estrepitosos con su cantar metálico y aleteaban sobre las ramas de trapo. Era como vibración de mil aceradas agujas, música chillona que rasgaba el cerebro embriagándolo. Amparo creía tener todos los pájaros dentro de su cabeza.

Por un instante, la monomanía del suicidio se suavizó, permitiéndole contemplar la bonita habitación. ¡Qué sillería, qué espejos, qué alfombra!... Morirse allí era una delicia... relativa... ¡Oh María Santísima, si no fuera por aquellas dos cartas...! ¿Por qué no se murió antes de escribirlas?...

En esto llegó Felipe. Traía un frasquito con agua blanquecina y un poco lechosa. Púsolo en la mesa, donde estaba aún el vaso de agua con azucarillo y una cuchara de plata.

—¿Se le ofrece algo más? —preguntó alzando un poco la voz, porque la algazara de los pajarillos así lo exigía.

—Haz el favor de traerme un papel y un sobre. Tengo que escribir una carta.

—¿Y tinta?

—O, si no, lápiz; es lo mismo.

—¿Quiere usted otra cosa? —preguntó Centeno al traer lo que se le había pedido.

—Nada más. Gracias.

El sabio Aristóteles se fue.

Cuando se encontró sola, Amparo tuvo momentos de vacilación; pero la idea del suicidio la acometió tras uno de ellos con tanto brío, que quiso poner la muerte entre su vida y su vergüenza. ¡Doña Marcelina..., las cartas!... Esta vez le entró como un delirio, y paseó agitadamente por la estancia tapándose ya los ojos, ya los oídos. No veía nada; perdió el conocimiento de todas las cosas que no fuera su perversa idea; en su cerebro hubo el cataclismo. Sobre el barullo de su razón desconcertada fluctuaba, triunfante, la monomanía del morir, dueña ya del espíritu y de los nervios.

¡Momentos de solemne estupor salpicado de aquellas punzantes notas de los pájaros cantores! La demente vertió el agua que estaba en el vaso, y, echando en él la mitad del contenido del frasco, se lo bebió... ¡Gusto más raro! ¡Parecía... así como aguardiente! Dentro de cinco minutos estaría en el reino de las sombras eternas, con nueva vida, desligada del grillete de sus penas, con todo el deshonor a la espalda, arrojado en el mundo que abandonaba como se arroja un vestido al entrar en el lecho.

Ocúrrele pasar a la habitación vecina. Es su alcoba. ¡Soberbio, y como encantado tálamo! Hay también un sofá cómodo y ancho. No bien da cuatro pasos en aquella pieza, advierte en su interior como una pena, como una descomposición general. Cree que se desmaya, que pierde el conocimiento; pero no, no lo pierde. Ha pasado un minuto nada más... Pero siente luego un miedo horrible, la defensa de la Naturaleza, el potente instinto de conservación. Para animarse, dice: «Si no tenía más remedio; si no debía vivir.» La flojedad y el desconcierto de su cuerpo crecen tanto, que se desploma en el sofá, boca abajo. Nota una opresión grande, unas ganas de llorar... Con su pañuelo se aprieta la boca y cierra fuertemente los ojos. Pero se asombra de no sentir agudos dolores ni bascas. ¡Ah! ¡Sí! Ya siente como unas cosquillas en el estómago... ¿Padecerá mucho? Empieza el malestar; pero es un malestar ligero. ¡Qué veneno tan bueno aquel, que mata tranquilamente! De pronto se le nubla la vista. Abre los ojos y lo ve todo negro. Tampoco oye: los pájaros cantan lejos, como si estuvieran en la Puerta del Sol... Y entonces el pánico la acomete tan fuertemente, que se incorpora y dice: «¿Llamaré? ¿Pediré socorro? Es horrible... ¡morirme así!... ¡Qué pena! ¡Y también pecado!...» Escondiendo el rostro entre las manos, hace firme propósito de no llamar. Pues qué, ¿aquello es acaso una comedia? Después se siente desvanecer..., se le van las ideas, se le va el pensamiento todo, se le va el latir de la sangre, la vida entera, el dolor y el conocimiento, la sensación y el miedo; se desmaya, se duerme, se muere... «¡Virgen del Carmen —piensa con el último pensamiento que se escapa—, acógeme...!»

Capítulo 35

No se sabe a punto fijo por qué conducto entraron en el espíritu del buen Caballero las sospechas, y tras las sospechas, algo que las confirmaba: noticias, datos y referencias. Créese que el llamado Torres fue quien llevó el cuento desde la Costanilla al escritorio de Mompous y que el Mompous lo transportó luego, con acento catalán, a los propios oídos de Caballero, justificándose con las razones adecuadas al caso... Lo hacía movido de amistad, para ponerle en guardia. Quizá era calumnia; pero como la especie corría, conveniente era notificarla al más interesado en ello por el honor de su nombre, etcétera... La impresión que estas revelaciones hicieron en el confiado amante pueden suponerla cuantos le conozcan por estas páginas, o porque realmente le hayan tratado. Aquel hombre de tan sosegada apariencia pasaba fácilmente de un abatimiento sombrío a un furor pueril. Rosalía le tuvo miedo cuando le vio entrar aquella tarde, tres horas después de haberse ido Amparo a su casa, pasada la escena del desmayo. Fue la tarde del lunes.

En breves palabras contó Agustín a su prima lo que le habían dicho, y, poniéndose de un color increíble, apretados los dientes y crispadas las manos, dijo:

—Si es mentira, el perro que lo inventó me la ha de pagar.

—Vamos, vamos, cálmate, por amor de Dios... —le dijo Rosalía—. Si te pones así..., si te ofuscas, quizá veas las cosas más negras de lo que son. En estos casos graves, cada cual debe portarse como quien es, y tú eres un caballero decente y juicioso.

—Por tu modo de hablar —dijo Agustín sin aplacarse— vengo a comprender que tú también lo sabías..., y esta es la hora en que ni tú ni Bringas me habíais dicho una palabra, al menos para ponerme sobre aviso.

—Nosotros —replicó la dama con dignidad altanera— no tenemos por costumbre hablar de lo que no nos interesa, ni dar consejos a quien no nos los pide. ¿Cómo querías que nos arriesgáramos a desconceptuar a una persona de nuestra familia, cuando con ello te dábamos un golpe mortal, y cuando no teníamos tampoco seguridad del hecho, ni podríamos darte pruebas?... Comprende, hijo, que esto es grave... Y di una cosa: cuando te fijaste en ella para hacerla tu mujer, ¿nos consultaste a nosotros sobre punto tan delicado, como parecía natural? Nada de eso. Allá tú lo arreglaste solo, y cuando nos percatamos de ello ya lo tenías muy bien guisado y comido.

Al decir esto y lo que siguió, cualquiera que atentamente observara a Rosalía podría haber sorprendido en ella, junto con el deseo de convencer a su primo, el no menos vivo de hacer patente su hermosura, realzada en aquella ocasión por el esmero del vestir y por los aliños y adornos de buscada oportunidad. Cómo enseñaba sus blancos dientes, cómo contorneaba su cuello, cómo se erguía para dar a su bien fajado cuerpo esbeltez momentánea, eran detalles que tú y yo, lector amigo, habríamos reparado, mas no Caballero, por la situación en que su espíritu se hallaba.

—Y no creas —añadió Rosalía con semblante triste—, nos ha llegado al alma que no consultaras con nosotros un asunto en que podría comprometerse tu honor... No has tenido presente lo que te queremos, lo que nos interesamos por ti.

—Voy a verla —dijo Agustín con repentino arranque, y sin hacer caso de las ternuras de su prima—. Lo primero es oír lo que ella dice...

—Creo que pierdes el tiempo si vas a su casa —manifestó Rosalía, acudiendo diligente a contener aquel natural arranque—. No la encontrarás. Yo sé que no la encontrarás...

Caballero la miraba como lelo.

—Tengo motivos para saberlo, y no te digo más —añadió, con estudiada frialdad, la Bringas—. Vete a tu casa y no te muevas de allí, que la misma Amparo irá a verte y a pedirte perdón... Así, al menos, me lo ha prometido. Esta mañana ha estado aquí la pobrecilla, y te juro que peor rato no he pasado en mi vida. Daba compasión verla y oírla. ¡Dios mío, qué lágrimas, qué suspiros! Se me desmayó en el cuarto de labor y tuve que traerla aquí. Era una Magdalena, una infeliz arrepentida... Lo que más le duele, hijo, es haberte engañado. No debes tratarla mal; no debes ensañarte con ella, porque su dolor es muy grande... Cree que la vas a matar... Ya le he dicho que no eras un Otelo y que no te dará tan fuerte. Me ha prometido ir a tu casa y darte las más leales satisfacciones. Bien sabe la pobre que ya no puede ser tu mujer; pero el desprecio tuyo la enloquece... Es una desgraciada que, en medio de todo, conserva cierto pudor...

Agustín dio dos vueltas sobre sí mismo, síntoma de horrible desesperación, como lo es de la embriaguez. Se fue, sin añadir una palabra más, y se metió en su casa. Arnaiz y Mompous fueron aquella noche a jugar al billar, y durante el juego afectaba el indiano gran tranquilidad. Hasta se le vio más comunicativo que de ordinario.

Al día siguiente, martes, día de lluvia y tristeza, Agustín pasó toda la mañana dando vueltas en su despacho. Esperaba alguna visita de interés, sin duda; pero la que recibió fue la de Rosalía, muy guapetona, muy remozada, muy fresca y tan bien puesta como cuando iba al teatro.

—Tú no estás bueno —le dijo con afectuosa franqueza—. Lo comprendo, porque estas cosas impresionan. Creo que debes serenarte y procurar dar todo al olvido... ¡Un hombre como tú!... Sí, encontrarás mujeres a millares..., y mil veces más guapas, mil veces más interesantes... ¿Y qué? ¿Ha venido? Presumo que no, porque mandé recado a casa y no está allí ni sabe nadie su paradero. Te juro que me causa una pena... ¡Pobrecilla!... Después de todo, no tiene mal fondo. Entre estas desgraciadas, las hay con excelente natural y hasta con asomos de dignidad. Lo que es a guardar las apariencias no hay quien le gane a ésta.

Como él no le contestara nada, pues parecía más atento a las flores de la alfombra que a los dichos de su prima, ésta hubo de dar otra dirección a su afectuosidad.

—Repito que no estás bueno. Tienes color de cardenillo... ¿A ver el pulso? Ardiendo... Reposo, hijito, reposo es lo que te conviene. No recibas a nadie, no hables, no escribas. Échate en el sofá y abrígate con la manta de viaje. Yo te cuidaré, pues por tu salud bien puedo dejar todas mis obligaciones. Te haré refrescos; me estaré aquí todo el día, y si te pones verdaderamente malo, me quedaré también toda la noche.

Agustín rechazaba la idea de enfermedad. Entre una y otra pausa, deslizaba Rosalía consejos y amonestaciones llenas de dulzura y amistad... «No lo tomes tan fuerte... ¡Si hubieras consultado a tiempo conmigo!... Lo mejor es que te acuestes... Tienes frío.»

Más tarde, mucho más tarde, Agustín, interpretando sin reserva lo más espontáneo y natural que en su alma existía, se dejó decir estas graves palabras:

—Esa mujer se me ha clavado en el corazón, y no me la puedo arrancar.

Al oír esto, Rosalía se quitó la cachemira y quedóse en cuerpo. Hacía calor. Para consolar a su primo, echó retahílas de frases, llenas de cariñosas y bien pensadas expresiones. En medio de ellas salió a relucir doña Marcelina Polo, única persona que podía dar noticias irrecusables del hecho, como poseedora de testimonios escritos.

—¿En dónde vive esa señora? —dijo Caballero con ímpetu—. Ahora mismo voy allá.

—Es muy tarde. Por Dios, no te pongas así. Pareces un personaje de novela. Esa señora y las que viven con ella se acuestan a la hora de las gallinas. Mañana podrás ir, pero no muy temprano, porque desde el alba se van las tres a la iglesia. Lo mejor es que le mandes un recado con Felipe para que te fije hora.

Entró don Francisco, que venía de su paseo.

—¿Qué tal?...

—Le digo que se meta en la cama, y no quiere hacerme caso.

—¿Apostamos a que es todo calumnia? —indicó el bondadoso Thiers.

Agustín les rogó que se quedaran a comer, lo que ellos aceptaron de buen grado. Centeno fue a la Costanilla a decir a Prudencia (alias *Calamidad*) que diera de comer a los pequeños, porque los papás no volverían a su casa hasta muy tarde.

Capítulo 36

¡Miércoles!... Digno sucesor del día precedente, fue todo humedad y penumbra, el cielo llorando, la tierra convertida en lago sucio y espeso. Creeríase que una gran masa de chocolate gris se había derramado sobre las calles. Las móviles bandadas de paraguas iban por las aceras, cediéndose el paso con dificultad y cubriendo mal a las personas. Los chorros de los canalones tocaban sobre ellos redobles de tambor, y unos y otros se embestían, se picoteaban, se arañaban. Veíanse sombreros parecidos a manantiales, y caras semejantes a las de los tritones y náyades de mármol que desempeñan el más húmedo de los papeles en las fuentes públicas... Miraba esto Agustín tras los cristales del balcón de su cuarto, y al compás de aquella tristeza del tiempo se cantaba a sí mismo esta elegía sin música:

«¿Por qué no te quedaste en Brownsville, bruto? ¿Quién te mete a ti en la civilización? Ya lo ves..., a las primeras de cambio, ya te han engañado. Juegan todos contigo, como con un chiquillo o con un salvaje. Cuando desconfías, te equivocas. Cuando crees, te equivocas también. Este mundo no es para ti. Tu mundo es el Río Grande del Norte y la Sierra Madre; tu sociedad, las turbas de indios bravos y de aventureros feroces; tu trato social, revólver; tu ideal, el dinero. ¿Quién te mete en estos andares? Unos por fas y otros por nefas, todos se ríen de ti y te embaucan y te explotan.»

—Señor —dijo Felipe entrando en la habitación—, doña Marcelina está en la iglesia. Otra señora que vive con ella, y a quien yo conozco, me ha dicho que puede usted ir a las doce.

Don Francisco no tardó en aparecer con la cara risueña, el *carrick* mojado. Su esposa estaba atareadísima con el vestido de baile, y no podía venir hasta después de mediodía. Hablaron luego de lo que tanto perturbaba al indiano, y Thiers sacó a relucir lo más atenuante y conciliador que le sugería su bondad. Todo era calumnia, y más valía que Agustín no se metiese en averiguaciones. Mucho le entristeció lo que le dijo su primo: «Una de dos: o me vuelvo a Brownsville, o me pongo el mundo por montera.»

Almorzaron juntos, y antes que el almuerzo concluyera, Bringas se levantó de la mesa con impaciente afán. Tenía una idea y se apresuró a realizarla, confiado en la seguridad del éxito. Salió presuroso para ir a donde sabemos. Aunque Rosalía aseguraba que Amparito no estaba en su casa, bien podía haber vuelto ya. Quizás los vecinos sabían el paradero de las dos hermanas. Adelante, corazón noble, y no temas.

Caballero salió más tarde, y por las Descalzas, el Postigo, la calle de Hita, el callejón del Perro, etc., se dirigió a la calle de la Estrella. Fácil es suponer que tenía un humor de mil demonios y que no sabía escoger entre la duda y la certidumbre de su desgracia. Aquella tal doña Marcelina, ¿qué casta de pájaro sería?

Esto pensaba al subir la escalera de la casa, más vieja que el mal hablar. Llamó, y una criada le dijo que la señora no había vuelto aún, pero que no tardaría ni cinco minutos. Le pasaron a la sala, y cuando esperaba allí presentósele una dama de muy singular aspecto, blanca, fina, limpia y como vaporosa; una anciana que parecía una gatita, con dos esmeraldas por ojos, y que andaba con pies de lana sin que se le sintieran los pasos.

—Caballero —le dijo aquella humana reliquia, mirándole con dulzura—, ¿es usted por casualidad del Toboso?

—No, señora —replicó él—; no soy del Toboso ni de la Mancha.

—¡Ay!, perdone usted...

Y se escabulló, mirando con recelo las ligeras manchas de lodo que el visitante había dejado sobre la estera. Agustín reparó en la sala, que contenía unas siete cómodas y otros muebles anticuadísimos, pero muy bien conservados; cuatro crucifijos, dos Niños Jesús, y obra de cuatro docenas de láminas de santos, con ramos de siempreviva, lazos y cintas. No tardó en aparecer un semblante de talla de caoba detrás de un velo negro.

—¿Es usted el señor de Caballero?

—Servidor de usted... Yo deseaba...

Doña Marcelina hizo pasar a Agustín a un gabinete inmediato. Después de ver la sala, parecía que ya no había más cómodas en el mundo. Sin embargo, en aquel gabinete había tres. Un brasero con mucha lumbre daba calor a la desamparada pieza. El visitante y la de Polo se sentaron en sendos sillones.

—¿Ha visto usted qué día? —indicó la señora, alzando su velo y publicando el bajo relieve de su cara, que no había cristiano que lo entendiera.

—Sí, señora; muy mal día... Pues yo vengo a suplicar a usted que tenga la bondad de darme noticias...

—Ya sé, ya sé —replicó la de Polo con severidad—. ¿Me pide usted informes, antecedentes de esa desgraciada? Si usted me lo permite, guardaré la mayor reserva, porque no está en mis principios esto de llevar cuentos y ocuparme de acciones ajenas. Yo, aunque me está mal el decirlo, no acostumbro perjudicar ni aun a mis mayores enemigos... No es por alabarme; pero a muchos que me han aborrecido los he colmado de beneficios.

—En el caso presente —dijo Caballero con afán— usted puede hacer una excepción en favor mío, contándome...

—Alto allá —interrumpió la austera dama—. Yo no cuento nada, yo no sé nada, yo no he visto nada, absolutamente nada. ¿Que viene alguien y me dice que Amparo es una santa? Yo, callada. ¿Que viene usted y me dice que se quiere casar con ella? Yo, callada. Callar y callar es mi tema... Hoy he recibido a Dios, y si no tuviera bastantes fuerzas para seguir en mis trece, esto solo me las daría.

—Pero, señora, ¡por amor de Dios! —exclamó Agustín, en la mayor confusión—. La verdad es antes que todo.

—Precisamente hay verdades que no son para dichas... No me pregunte usted nada... Mi boca es un broche... Únicamente le diré, y esto no porque a usted le pueda interesar, sino por mi propia satisfacción, que mi hermano se ha salvado; mi hermano está ya en camino de Marsella, de donde saldrá dentro de tres días para Filipinas; mi hermano no tiene mal fondo, y allá en aquellas tierras de salvajes mi hermano volverá en sí. ¿Sabe usted dónde está la isla de Zamboanga? Porque me han dicho que usted también viene de tierras de caribes. Pues allí, en aquella dichosa Zamboanga, desembarcará mi hermano dentro de dos meses, y alli tendrá ocasión de cristianar herejes y hacer grandes méritos. No es esto decir que yo confíe absolutamente en su salvación, pues como la cabra tira al monte, el vicioso tira siempre... a lo que tira. ¡Oh! ¡Qué esfuerzos tuvimos que hacer a última hora! ¡Si hubiera usted visto...! ¡Qué hombrazo! En la estación nos decía que allá va a ser un Nabucodonosor con sotana. Que sea lo que quiera con tal que no vuelva a las andadas ni parezca más por acá... Y no crea usted... ¡Tengo un susto!... Se me figura que de Barcelona o de Marsella se nos vuelve a Madrid y se me entra por la puerta cuando menos lo espere... Usted no le conoce bien. Y mienten los que le suponen mal natural, pues si no le hubieran embrujado, si no le hubieran sorbido los sesos, otro gallo le cantara.

En estado de contrariedad y de irritación indescriptibles, Caballero tuvo que contenerse para no hacer un disparate. La verdad, sentía ganas de darle un par de bofetadas.

—¡Ah! —exclamó la de madera—, ¿sabe usted que no se ha muerto la pobre Celedonia? La llevamos al hospital al día siguiente del escándalo... Y aunque le digan a usted otra cosa, yo no vi nada, yo no sé nada.

—Señora, yo no sé quién es Celedonia, ni me importa. Vamos a lo mío. Sé, me consta, que usted posee dos cartas...

Su irritación le impulsaba a prescindir de todo miramiento y delicadeza. Planteó la cuestión en términos descorteses, diciendo:

—Necesito que usted me entregue esas dos cartas. Las compro, oígalo usted bien, las compro. Usted dirá.

—¡Ah!, ya no me acordaba de eso —declaró Marcelina, dirigiéndose a una de las cómodas.

—Las compro —repitió Agustín, saboreando la amargura de su curiosidad satisfecha.

La de Polo revolvió un momento en el cajón superior. Estaba de espaldas a Caballero, a bastante distancia. Agustín sintió roce de papeles. Después de una pausa, la voz de Marcelina dijo así:

—Pues ha de saber usted que aquí no hay nada, nada de lo que desea... Toque usted a otra puerta, que aquí no se compromete la reputación de ninguna persona, buena o mala. Si algún rengloncillo parece por estos escondrijos, seguiré el consejo del padre Nones, que me ha dicho: «O entregarlo a su dueña, o a las llamas.»

Volvióse de frente a Caballero con las manos a la espalda.

—No hay nada, señor; no hay nada. Sigo en mis trece. Yo no hago mal a nadie, ni a mis mayores enemigos. Antes me moriré que dejar de cumplir lo que me manda don Juan Manuel; y como no he de ver a la interesada, ni tengo ganas de ello, atienda usted...

Con rápido movimiento destapó el brasero y arrojó en él lo que en la mano tenía. Corrió Caballero a salvar del fuego lo que arrojara aquella endemoniada hembra; mas no llegó a tiempo. Las ascuas eran vivas, y el curioso no vio sino un papel que se retorcía y abarquillaba levantando tenue llama... Nada pudo leer sino un nombre que era la firma y decía: *Tormento.* Con la *o* final se enlazaba un garabatito... Sí; era un garabatito, su persona autografiada en aquel rasgo que parecía un pelo rizado.

Colérico y sin poder guardar las formas que le imponía la buena educación, por ser él hombre más perteneciente a la Naturaleza que a la sociedad, en la cual se hallaba como cosa prestada, se encaró con la efigie de madera, y le dijo del modo más brutal:

—Me ha fastidiado usted... Quede usted con Dios, o con el diablo, que ya tiene en el cuerpo, y me alegraré de que reviente pronto...

Salió escapado, furioso... Tomó la dirección de su casa; pero no había dado veinte pasos, cuando tuvo una inspiración, verdadero rayo celestial que entró en su mente. La calle de las Beatas estaba muy cerca... Secreto instinto le decía que allí podría obtener la enfermedad ardorosa de sus dudas mejor remedio que en otra parte. «¡Quién sabe! —pensó, despeñando su espíritu de una confusión a otra—. Cuando todos me engañan y se divierten conmigo, puede ser que ella misma me diga la verdad... ¡Vaya, que si ahora saliéramos con que es inocente!... Pero ¿dónde está? ¿Por qué se oculta?... Será que me la esconden para que no la vea... ¡Maldita sea mi ceguera, mi inexperiencia del mundo!... Me engaña Rosalía, me engañan mis amigos, y todos juegan con este pobre hombre, que no entiende de quisicosas... ¿Quién me dice la verdad?... ¿Qué voz escucharé de las que suenan en mi alma? ¿La que dice: *mátala,* o la que dice *perdónala?* Bruto, desgraciado salvaje, que no debías haber salido de tus bosques, júrate que si te dice la verdad la perdonarás... Sí que la perdonaré... Me da la gana de perdonarla, señora Sociedad... Si es culpable y está arrepentida, la perdonaré, señora Sociedad de mil demonios, y me la paso a usted por las narices.»

—Le señorita Amparo —dijo la portera— ha salido hace media hora con un señor...

—¿Con un señor?

—Sí, de gafas..., pequeñito; lleva un *carrick* color de higos pasados.

—¡Ah!, mi primo... Abur...

Parece que lo hacía el demonio. Nunca había andado por las calles con tanta prisa y nunca tuvo tantos entorpecimientos. El paraguas se le trababa a cada instante con los de las personas que venían en contraria dirección. Creyérase que querían morderse y echarse unos a otros el agua que los inundaba. Luego no cesaba de encontrar a cada instante personas conocidas que le detenían para preguntarle por su salud y decirle: «¿Ha visto usted qué tiempo?» Llegó a pensar que se habían dado cita en su camino para mortificarle. ¡Y para esto, Señor, había tenido él cierto empeño en que fuese limitado el número de sus amigos!

—Don Agustín, ¡qué tiempo! Mañana es luna nueva y puede que cambie —le dijo en el callejón del Perro un dependiente de Trujillo.

—Abur, abur...

Por fin llegó a su casa... Al abrirle la puerta, díjole Felipe:

—La señorita Amparo le espera a usted...

Y él, oyéndolo, tembló de sobresalto y de pena, de curiosidad y de miedo de satisfacerla... ¿Qué cara pondría ella? ¿Qué le diría?

—Y mi primo Bringas, ¿está también?

—No, señor; la señorita vino sola.

Atravesó Caballero las habitaciones. En la primera no estaba, en la segunda tampoco. Lo que más le sorprendió fue oír la musiquilla de los pájaros. Pero en el momento de poner su pie en el segundo gabinete, calló la música de repente. Se le había concluido la cuerda. El silencio que siguió a la suspendida tocata era tan respetuoso y lúgubre, que Agustín tuvo miedo... Pues allí tampoco estaba. Vio sobre la mesa un vaso, un frasquito. Entonces, nuestro insigne amigo levantó con cierto temor la cortina de la alcoba y vio un pie... Espantado se detuvo, mirando mejor, porque el balcón de la alcoba estaba cerrado y había muy poca luz... Vio una falda negra..., un brazo que colgaba, tocando la mano al suelo...; una rosada oreja..., un pañuelo que cubría la cara... Acercóse con la horrible sospecha de que no había en aquel cuerpo señales de vida; tan inmóvil estaba... Miró de cerca... La tocó, la llamó... Sí, vivía... Respiraba con trabajo, cual si padeciera una fuerte congoja. Los ojos los tenía cerrados, secos...

Saliendo otra vez al gabinete, vio Caballero la receta... Leyó brevemente, corrió hacia fuera... Felipe vino a su encuentro en el salón...

—Que llamen a un médico —le dijo el amo—. Di: ¿la señorita vino sola? ¿La viste tú tomar...?

—Una medicina, sí, señor. Me mandó traerla de la botica.

—¡Tú!.. ¡Condenado! —exclamó Agustín, arremetiendo al sirviente con tanto furor, que éste creyó llegado el fin de sus días.

—Señor... —balbució llorando Felipe—, la medicina la hice yo...

—¿Con qué..., perro... asesino?

—No tenga cuidado... El boticario me dijo que era veneno, y entonces yo..., ¡ay, no me pegue!..., me vine a casa, cogí un frasco vacío, lo llené de agua del grifo... y en el agua eché...

—¿Qué echaste, verdugo?

—Le eché un poco de tintura de guayaco..., de la que trajo doña Marta cuando le dolieron las muelas.

—Llama a doña Marta... No avises todavía al médico.

Caballero volvió al gabinete. En la mesa había también una carta. Rompiendo el sobre, leyó estas torcidas letras escritas con lápiz: «Todo es verdad. No merezco perdón, sino lástima.» Después seguía el nombre de *Amparo*, y tras de la *o*, el garabatito... ¡Infame garabatito!... Corrió hacia ella, porque la había sentido gemir... La suicida miróle con ojos extraviados y empezó a decir medias palabras, muy incoherentes y sin ningún sentido.

—Esto es delirio..., ataque a la cabeza —dijo doña Marta, que acudió presurosa.

—Que llamen a un médico; no, no, que no lo llamen. Esperar, esperar...

Y volvió al gabinete. O el señor estaba demente o le faltaba muy poco.

—Doña Marta.

—Señor...

—¿Qué hacemos?

—Esto es grave. Dice disparates y tiene un rescoldo en la cabeza...

—Llevadla a su casa... Llevadla a su casa inmediatamente, a su casita —dijo Caballero sacando de su confusión un propósito claro—. Encárguese usted, doña Marta, de que vaya bien, y váyase usted con ella. Tú, Felipe, trae un coche; pero un coche decente, un coche bueno... No: mejor será que traigas el primero que encuentres... Doña Marta, encárguese usted de llevarla, y cuide de que nada le falte... Luego, Felipe, avisas al médico, un buen médico, ¿estás?, y le dices que vaya allá, a su casa... Arropádmela, digo arropadla bien..., que no se enfríe... Pronto, al avío... Eso no será nada.

Dadas estas órdenes, miró aún desde el gabinete el lastimoso, aunque bello cuadro: el pie descubierto, el brazo colgante, el oval rostro descolorido, la entreabierta boca... ¡Oh dulces prendas...! Con el corazón despedazado se encerró mi hombre en su despacho... Si no lloraba era porque no podía, que ganas no le faltaban.

Capítulo 37

Cuatro días después, según datos seguros, suministrados por la diligente observación de Centeno, estaba don Agustín Caballero en el propio ser y estado que un convaleciente de enfermedad grave. Su mal color anunciaba insomnios y dietas, y su mal genio trastorno del ánimo, una manifestación hepática tal vez, complicada con melancolías o sentimientos depresivos. Y es muy de notar que pocas veces había estado nuestro buen amigo tan locuaz; sólo que las cosas estupendas que hablaba, se las decía a sí mismo. En el reparto de aquella comedia habíale tocado un monólogo o parlamento largo que llevaba ya cuatro días de tirada y no tenía visos de concluir; de modo que si el tal monólogo se oyera, el público estaría, como quien dice, tirando piedras. Por la repetición febril de ideas y conceptos, era el tal soliloquio indigno de la reproducción. De tiempo en tiempo, una idea desprendida de aquel íntimo discurso brotaba fuera, condensándose en frase pronunciada. Esta frase, al resonar en el gabinete, tenía un eco, el aval era remitido por los autorizados labios de Rosalía Bringas.

—Tienes razón; me parece muy bien pensado. Lo de marcharte a América es un rasgo de tontería pueril. Vete unos días a Burdeos, y allí te distraerás. Después vuelves aquí, donde tienes tantos amigos, donde eres tan querido y respetado... Y ya cuidaremos de que no des más tropezones.

Estaban en el gabinete de los pájaros cantores, los cuales no habían vuelto a abrir más el pico desde aquel triste lance. Habíase aventurado Rosalía a variar el lugar y colocación de algunos objetos por puro afán de mangonear. Impensadamente tal vez, tomaba ciertos aires de ama de casa y daba disposiciones con soberanos modos. La noche anterior, Caballero, cuyo irritado genio se manifestaba en las cosas más triviales, había dicho con altanería: «No quiero que se toque nada... Cada cosa en el sitio que ocupa...» Al oír esto, la señora había respondido, algo desconcertada: «Bien, hombre... No creas que voy a desarmar el altarito... Ahí lo tienes todo... No me llevo nada.»

Aquel día, después de aprobar con toda su alma la resolución del viajecito a Burdeos, la dama hizo crónica verbal de la fiesta celebrada en Palacio la noche antes. Como acababa de entrar de la calle, estaba sentada en el sofá, con su cachemira, manguito y velo. En un sillón yacía indolente la discreta humanidad del gran Thiers, mudo y melancólico, contra su costumbre, a causa de un gravísimo percance que le ocurriera en el baile, y que no se apartaba ¡ay!, ni un segundo, de su mente.

Caballero iba y venía con las manos en los bolsillos. Sin oír las encomiásticas descripciones que del sarao hacía su prima, paróse ante un espejo, y mirándose... He aquí un trozo tomado al azar de su interminable parlamento, con traducción un tanto libre:

«Bruto, necio, simple, o no sé qué nombre darte... ¿para qué te metiste en la civilización? ¿Quién te manda a ti salir de tu terreno, que es la comarca fronteriza, donde los hombres viven pegados al remo de un trabajo tosco? Me estoy riendo de tu extravagante prurito de sentar plaza en medio del orden, de ser una rueda perfecta en estos mecanismos regulares de Europa... ¡Vaya un fiasco, amiguito!... Háblate de la familia; pondérate el Estado; recréate en la Religión... A las primeras de cambio la civilización, asentada sobre estas bases como un caldero sobre sus trébedes, se cae y te da un trastazo en la nariz y te descalabra y te tizna todo, poniéndote perdido de vergüenza y de ridiculez...

»Vida regular, ley, régimen, método, concierto, armonía..., no existís para el oso. El oso se retira a sus soledades, el oso no puede ser padre de familia; el oso no puede ser ciudadano; el oso no puede ser católico; el oso no puede ser nada, y recobra su salvaje albedrío... Sí, rústico, aventurero, ¿no ves qué triste y tonto ha sido tu ensayo? ¿No ves que todos se ríen de ti? ¿No conoces que cada paso que das es un traspié? Eres como el que no ha pisado nunca mármoles, y al primer paso se cae. Eres como el cavador que se pone guantes, y desde que se los pone pierde el tacto, y es como si no tuviera manos... Vete, huye, lárgate pronto diciendo: Zapato de la sociedad, me aprietas y te quito de mis pies. Orden, Política, Religión, Moral, Familia, monsergas, me fastidiáis; me reviento dentro de vosotros como dentro de un vestido estrecho... Os arrojo lejos de mí, y os mando con doscientos mil demonios...»

Don Francisco dio un gran suspiro, en el cual parecía que se le arrancaba el alma. Díjole su mujer frases consoladoras; pero él, como los que padecen gran tribulación, no conocía más alivio de su dolor que el dolor mismo, y apacentaba su alma con el recuerdo de su desdicha. ¿Cuál era ésta? Digámoslo prontito. ¡¡¡Le habían robado el gabán en el guardarropa de Palacio!!! Este siniestro, horripilante caso, no era nuevo en las fiestas palatinas, ni había baile en que no desaparecieran tres o cuatro capas o gabanes. El desalmado que sustrajo aquella rica prenda dejó en su lugar un pingajo astroso y mugriento que no se podía mirar. De la caldeada fantasía de don Francisco no se apartaba la imagen de su gabán nuevecito, con aquel paño claro y limpio que parecía la purísima epidermis velluda de un albaricoque, con aquel forro de seda que era un encanto... En su desesperación, el digno funcionario pensó dar parte a los Tribunales, contar el caso a Su Majestad, llevar el asunto a la prensa; pero el decoro de Palacio le detenía...¡ Si cogiera al pícaro, canalla, que...! ¡Parece mentira que cierta clase de gente se meta en esas solemnidades augustas...! Un país donde tales cosas pasaban, donde se cometían tales desmanes junto a las gradas del trono, era un país perdido... Por distraerse, tomó un periódico.

—Ya no puede quedar duda —dijo con fúnebre acento después de leer un poco—: la revolución viene; viene la revolución.

—¡Me alegro!... ¡Que venga! —exclamó Agustín, parándose ante su primo.

—Esto ya no lo arregla nadie... El espíritu demagógico se ha desbocado... La nación se estrella, se descalabra. ¡Pobre España!... ¡Dios salve al país! ¡Dios salve a la reina!

—Me alegro...

—Porque no hay más que leer cualquier papelucho para ver que esto se desquicia... ¡Qué desorden de ideas, qué osadías, qué falta de pudor, de vergüenza!... Ya no se respeta nada, ni el sagrado del hogar ni la familia. La Religión es escarnecida, y los derechos del Estado son cosa de risa. La turbamulta avanza, la asquerosa canalla asoma las narices...

—Me alegro...

—Óyense ruidos subterráneos; el trono se tambalea... Pronto vendrá la catástrofe... Los descamisados harán de Madrid un lago de sangre, y lo del 93 de Francia será una fiesta pastoril en comparación de lo que tendremos aquí... Adiós propiedad, adiós familia, adiós religión de nuestros mayores. La piqueta demoledora, la tea incendiaria... ¡Oh!, vendrá también el comunismo, el ateísmo, la diosa Razón, el amor libre...

—Me alegro...

—¡Parece mentira —dijo de improviso don Francisco, no pudiendo disimular, a pesar de su blanda condición, el enfado que sentía—, parece mentira que tú hables de ese modo, Agustín! Parece mentira que diga *me alegro* un hombre como tú, afiliado al partido del orden; un propietario rico, un íntegro ciudadano que se enojó porque le señalaron poca contribución; un católico que ha socorrido al Papa en sus penurias; un sujeto que ofreció sus respetos a la reina; un hombre, en fin, que blasonaba de ser todo ley, todo orden, todo exactitud en el mecanismo social!... Ya verás... cuando llegue el día y entren aquí los tales y te despojen de tu propiedad y te corten la cabeza en la guillotina que se armará en la Puerta del Sol; ya verás si entonces dices *me alegro...* Quiero ver qué carita pones cuando veamos rodando por esos suelos el trono y el altar..., cuando veamos... ¡Oh Dios mío!

Tanta elocuencia no era para la menguada humanidad de don Francisco. Atragantóse a lo mejor, y tuvo que guardar el resto para mejor ocasión. Pero amoscóse más al ver que Agustín le contestaba con sonora carcajada, la más franca, la más espontánea que le había oído en su vida.

—Como entonces yo estaré lejos... —dijo el primo—. Allá me voy a mis fronteras, donde reina la pólvora y la santísima voluntad de cada cual. Alumno de la anarquía, en ella me crié y a ella debo volver.

—No, no, no —declaró Rosalía con vehemencia, levantándose y poniendo su mano protectora sobre el hombro del primo—. No hables de volver a esos andurriales. Aquí has de vivir, aquí, con nosotros, que tanto te queremos. No hagas caso de mi marido, que está hoy excitado con el robo del gabán y todo lo ve negro. Aquí no pasará nada. Esos horrores sólo están en el entendimiento de mi pobre Bringas.

—Mira, Francisco —replicó Agustín, echándose a reír otra vez—; no te apures por tan poca cosa. Te regalo cuatro gabanes. Encárgatelos, y di a tu sastre que me mande la cuenta. Mejor será que se los encargues al sastre mío.

Rosalía empezó a dar palmadas, como si estuviera en un teatro, y su alborozo era tan grande que no acertaba a expresar su júbilo de otra manera. Más tarde, camino de su humilde morada, soñaba despierta por las calles. «Es nuestro —pensaba—, es nuestro...» Y después de recebar su imaginación en las hermosuras de aquella casa de la calle del Arenal, vivienda de ricacho soltero, veía montones de rasos, terciopelos, sedas, encajes, pieles, joyas sin fin, colores y gracias mil, los sombreros más elegantes, las últimas novedades de París, todo muy bien lucido en teatros, paseos, tertulias. Y esta grandiosa visión, estimulando dormidos apetitos de lujo, acreciéndolos luego hasta desligarlos de todo freno, le mareaba el cerebro y hacía de ella otra mujer, la misma señora de Bringas retocada y adulterada, si bien consolándose de su falsificación con las ardientes embriagueces del triunfo.

Capítulo 38

El amo estaba desconocido; era otro hombre, según cuenta Felipe. A la dulzura habían sucedido displicencias. Reñía por cualquier motivo y no se le podía hablar, porque saltaba con cualquier disparate. Una mañana que al bueno de Ido se le ocurrió dirigirse a él, cuando estaba dando vueltas en el gabinete, y pedirle órdenes sobre unos asientos en el gran libro, el amo volvióse a él furioso y...

—Creo —decía don José al contarlo—, creo que si no echo a correr, me tira por el balcón.

A Felipe le dio también algunos repelones. Pero éste sabía manejarle, y cuando estaba con aquellas murrias no se le acercaba. Una noche entró Centeno más satisfecho que de costumbre, y sin miedo fuese corriendo a donde el amo estaba para darle el siguiente parte:

—Dice el médico que la señorita está fuera de peligro..., que no ha sido nada, y que hoy le ha mandado que se levante.

—Bien —dijo secamente el amo. Y un momento después—: Felipillo..., oye... Puedes irte al teatro esta tarde, que es domingo. No te necesito... Oye, oye. Si viene el cochero por la orden, no le digas, como otros días, que se retire..., sino me avisas.

Monólogo:

«La tengo clavada en mi corazón y no me la puedo arrancar. ¡Maldita espina, cómo acaricias hundida y arrancada, cuánto dueles! Te has lucido, hombre insociable, topo que sólo ves en las tinieblas de la barbarie, y en la claridad de la civilización te encandilas y no sabes por dónde andas. La manzana que cogí parecióme buena. Ábrese y la veo dañada. ¡Me da más rabia cuando pienso que la parte que aún conserva sana ha de ser para otro...! Porque yo concluí para ella y ella para mí. Su conducta ha sido tan incorrecta que no la puedo perdonar... Me voy, huyendo de ella y de esta sombra mía, de este yo falsificado y postizo que quiso amoldarse a la viciosa cultura de por acá... El matrimonio me da náuseas. Lo aborrezco como se aborrece la cisterna en que hemos estado a punto de caernos... Echo a correr de esta tierra y de esta atmósfera; pero no me marcharé sin ver con estos ojos la manzana podrida, y mirar bien aquellos pedazos sanos que otro ha de morder, no yo, desgraciado y miserable; que, por no saber andar en estos suelos finos, llego siempre tarde... Y si el decoro social me prohíbe que la vea, yo digo a la sociedad que toda ella y sus arrumacos me importan cuatro pitos, y me plantaré en medio de la calle, si es preciso, gritando: "¡Viva la inmoralidad, viva la anarquía, vivan los disparates!"»

Y fue al séptimo día, según Felipe, cuando el amo dispuso todo para marcharse a Francia en el tren expreso de la tarde. Desde muy temprano le acompañaban sus primos y Rosalía se desvivía por ser útil, buscando ocasiones en que mostrar su actividad. Estaba aquel día muy vistosa, y seguramente había echado el resto en la obra de su presunción.

—Cuidado, Agustín —decía entre sentimental y risueña—: que nos escribas, al menos una vez por semana. Mira que no podemos vivir sin saber de ti a menudo. Nos quedamos inconsolables. Yo contestaré a todas tus cartas, porque Bringas está muy ocupado y no puede hacerlo... Y que no te nos entretengas mucho por allá; que vengas prontito. No nos dejes mucho tiempo en esta tristeza... Con quince días de descanso tienes bastante.

A eso de la una avisaron el coche, y Agustín salió sin decir adónde iba. En el cuarto que precedía al despacho, Ido y Centeno se comunicaban sus impresiones sobre los sucesos.

IDO *(Con la pluma entre los dientes, mientras trazaba líneas en un papel con lápiz y regla.)* Gracias a Dios que vemos al amo contento. ¿Sabes lo que me ha dicho? Que por ahora no tengo que hacer más que poner en todas las cartas que vengan las señas de Burdeos.

CENTENO *(Haciendo bocina con su mano para que lleguen al oído de don José las palabras dichas en secreto.)* Ya sé adónde ha ido el amo. Yo entraba cuando él se metía en el coche, y dijo al cochero: «Beatas, cuatro.»

IDO *(Con sorpresa.)* Va a despedirse de ella... Aquí en confianza, Felipe: creo que el amo no mira por su decoro al dar este paso. Porque, francamente, hijo, naturalmente, el honor...

CENTENO El médico ha dicho que está fuera de peligro...

IDO Poco a poco... Nicanora, que la asiste por encargo del señor, y supongo que nos ha de pagar bien la asistencia; Nicanora sostiene...

CENTENO *(Impaciente.)* ¿Qué dice?

IDO Déjame hacer estas rayas de tinta... Pues dice... Antes te diré lo que pienso yo.

CENTENO ¿Qué ha pensado?

IDO Te lo confiaré... reservadamente. Pues pienso que a la señorita Amparo no le queda más que una solución para regenerarse... ¿Cuál es? Te la comunicaré... con la mayor reserva. Grande ha sido la falta..., pues la expiación, chico, la expiación...

CENTENO Acabe de una vez...

IDO *(Con presuntuosa suficiencia.)* En fin, no le queda más recurso que hacerse hermana de la Caridad... Esto, sobre ser poético, es un medio de regeneración... No te digo nada... Curar enfermos y heridos en hospitales y campamentos... Andar pasando trabajos... Figúrate si estará guapa con aquellas tocas blancas...

CENTENO *(Alelado.)* Estará de rechupete.

IDO Je, je... Hermana de la Caridad. No tiene otro camino.

CENTENO *(Con perspicacia burlona.)* Don José... siempre ha de ser usted novelista...

IDO De veras te digo que en estos días de vagancia he de escribir una titulada *Del lupanar al claustro...* Se me ha ocurrido ahora, presenciando estos desaforados sucesos... ¡Ah!, ya me olvidaba de decirte que, según Nicanora, la niña, aunque parece curada ya de aquel arrechucho, no lo está. Se levanta, come algo; pero su alma está profundamente herida, y cuando menos se piense nos dará un susto... Quién sabe, chico: puede que cuando el amo llegue allá, la encuentre muerta.

CENTENO ¡Jesús!

IDO Digo que podrá ser... Sería para ella un fin poético, y si al verle entrar le quedase un resto de vida para conocerle y poderle decir dos palabrillas tiernas de arrepentimiento, de amor; un «¡Ay Jesús!», un «¡Te amo!» o cosa semejante, creo que se moriría contenta...

CENTENO Usted cree que las cosas han de pasar según usted se las imagina... No sea memo... Todo sucede al revés de lo que se piensa...

IDO *(Vanidosamente.)* Lo que es a mí, chico, la realidad me da siempre la razón... Pero no te entretengas... Me parece que doña Rosalía te llama.

CENTENO Que espere esa fantasmona. No se la puede aguantar... Y que le gusta mandarnos, como si fuera el ama de la casa. ¡Qué humos tan cargantes! Ayer me tiró de esta oreja... Por poco echo sangre... Me llamó mequetrefe y me dijo: «Te estás haciendo muy señorito, y yo te voy a leer la cartilla...» Pues no es entremetida que digamos; *y ainda mais,* amigo Ido. Anoche cogió los dos jarritos finos que tienen flores de porcelana por arriba y por abajo, ¿sabe?, y se los llevó la muy... Dijo que aquí no hacían falta para nada. Anteayer cargó con una docena de servilletas que no se habían estrenado y con tres manteles... En fin, esto es el puerto de arrebatacapas. A mí me dan ganas de echarle el alto cuando veo tales frescuras.

IDO *(Con malicia.)* No te metas en eso, amigo Aristóteles, que el amo es el amo, y bien ve lo que hace la tal..., y cuando lo ve y calla, por algo será... Esta mañana entró en el despacho diciendo: «¿Hay por aquí un *pedacito* de papel?», y cargó con tres resmas del timbrado y con unos trescientos sobres. Ahí tienes los pedacitos que gasta esa señora... Silencio; me parece que...

ROSALÍA *(Desde la puerta, enojadísima y en tono muy despótico.)* ¡Felipe!, te estoy llamando hace una hora... Eres la calamidad mayor que he visto. No sé cómo Agustín te tolera, grandísimo haragán... A ver..., las camisas de tu amo, mequetrefe, ¿dónde las has puesto?

Capítulo 39

Cuando Agustín se acercaba, ganando escalones, a la alta vivienda de Amparito, doña Nicanora descendía.

—¡Ah! ¿Es usted? —dijo sorprendida la esposa de Ido—. Está mejor. Ayer se levantó. Hace un rato ha comido muy bien... No necesita el señor llamar. He dejado la puerta abierta, porque vuelvo en seguida.

Estaba Amparo en un sillón, bien arropada, tapándose la boca con la mano derecha, envuelta en un pliegue del mantón. Por los vidrios de la estrecha ventana miraba los gorriones que en el tejado vecino hacían mil monerías, y luego volaban en grupos, perdiéndose en el cielo azul. El día era espléndido, y mirando aquel cielo no se comprendía que existiera el fenómeno de la lluvia. Cuando sintió rechinar la puerta y miró y vio quién entraba, estuvo a punto de perder el sentido. No pronunció una palabra; entróle aquel idiotismo de los días anteriores. Agustín, muy cortés, se sonrió, y, traspasado de emoción, preguntóle que cómo estaba. Ella no sabe si dijo *bien o mal,* ni aun si dijo algo. El que había sido su novio tomó una silla y se sentó a su lado.

—¿Qué tal? —dijo después de una pausa, comiéndosela con los ojos—. ¿Has tomado alimento? ¿Cómo estamos de fuerzas?

—Hace un momento..., regular..., bien.

Juez el uno, delincuente la otra, ambos parecían criminales.

—Vengo a despedirme —indicó Agustín tras otra larga pausa—. Esta tarde me voy para Francia.

Amparo pestañeaba, mirándole. Sus párpados eran el movimiento continuo...

—No llores, no te sofoques —dijo el ex novio—. Todo se acabó entre nosotros; pero no te guardo rencor. Tu poca sinceridad me ha herido tanto como tu falta, de la cual nada concreto sé todavía, porque nadie me ha dado las pruebas que deseo... Pero, sea lo que quiera, tú misma me has dicho lo bastante para que no puedas ser mi mujer. No necesito saber más, no quiero saber más... No me mereces. Reconoce que no me mereces... Al marcharme te dejaré a salvo de la miseria por algún tiempo..., porque he de irme lejos y es seguro que no has de volver a verme ni yo a ti tampoco.

La entereza que mostraba le iba a faltar, por lo que creyó prudente retirarse, a fin de que su dignidad no padeciera. Levantábase para salir, cuando se sintió sujeto por una mano. Tiró fuerte; pero no se desprendía. La mano ajena que agarraba la suya tenía fuerzas sobrenaturales. Y, en verdad, ¿cómo dejarle partir sin una explicación? Aquél sí que era oportuno momento. Pasada la primera vergüenza, la confesión se salía de la boca, libre, fluida, sin tropiezo, con pedazos del alma, toda verdad y sentimiento.

Cuenta doña Nicanora que al abrir la puerta de la sala les vio sentaditos el uno junto al otro, las caras bastante aproximadas, ella susurrando, él oyendo con sus cinco sentidos, como los curas que están en el confesionario. La inteligente vecina, viendo que aquel secreto era digno del mayor respeto, no quiso entrar, y entornando la puerta, quedóse en el pasillo. Bien quería ella pescar algo de lo que la penitente decía; pero hablaba tan quedito, que ni una palabra llegó a las anhelantes orejas de la señora de Ido.

Cuando aquel misterioso coloquio hubo terminado, Amparo tenía la cara radiante, los ojos despidiendo luz, las mejillas encendidas, y en su mirar y en todo su ser un no sé qué de triunfal e inspirado que la embellecía extraordinariamente.

—Nunca la he visto tan guapa —decía la discretísima vecina.

Nuestro respetable amigo, dando dos o tres suspiros muy fuertes, se paseó por la habitación mirando al suelo.

Monólogo:

«Mi mujer, no... Pero pasará el tiempo, el tiempo indulgente, y será mujer de otro. Otro morderá en lo sano, pues mucho hay sano todavía, mucho que convida, mucho que está diciendo: "Comedme..." Ello es hecho: adelante, y que digan de mí lo que quieran. ¡Escándalo! ¿Y qué? ¡Inmoralidad! ¿A mí qué? Llega uno a los cuarenta y cinco años, ¿y ha de mirar tan cerca la vejez sin vivir algo antes de entrar en ella? ¡Morirse sin conocer más que una vida de perros, es triste cosa!... ¿No reparas, tonto, que estás haciendo todo lo contrario de lo que pensaste al inaugurar tu vida europea? Recréate, hombre sin mundo, en tu contradicción horrible, y no la llames desafuero, sino ley; porque la vida te la impone, y no hacemos nosotros la vida, sino es la vida quien nos hace... Y a ti ¿qué te importa el *qué dirán,* de que has sido esclavo? Te criaste en la anarquía, y a ella, por sino fatal, tienes que volver. Se acabó el artificio. ¿Qué te importa a ti el orden de las sociedades, la religión, ni nada de eso? Quisiste ser el más ordenado de los ciudadanos, y fue todo mentira. Quisiste ser ortodoxo: mentira también, porque no tienes fe. Quisiste tener por esposa a la misma virtud: mentira, mentira, mentira. Sal ahora por el ancho camino de tu instinto, y encomiéndate al Dios libre y grande de las circunstancias. No te fíes de la majestad convencional de los principios, y arrodíllate delante del resplandeciente altar de los hechos... Si esto es desatino, que lo sea.»

Concluido el soliloquio con otro gran suspiro, Agustín se acercó a la joven, y le puso la mano sobre la cabeza en actitud parecida a la de los sacerdotes de teatro cuando figuran atraer sobre algún virtuoso personaje, mártir, neófito o cosa semejante, las bendiciones del cielo. Y no paró aquí su intento, sino que dijo a la que fue su novia:

—¿Tienes tú por casualidad un baulito?...

—¡Un baulito! —repitió Amparo, hablando como los tontos.

—Sí; es que me hace falta. Llevo tantas cosas...

—En aquel cuarto hay uno bastante grande —manifestó con oficiosidad doña Nicanora, que presente estaba.

—Tráigalo usted.

Dicho y hecho. Un instante después mostraba en medio de la sala su capacidad, forrada de papel verde, un baúl mundo de mediano tamaño. Agustín miró su reloj.

—Son las dos y media —dijo gravemente—. Pues ahora, Amparito, vas poniendo aquí toda tu ropa.

Incrédula, la joven miraba al que había sido su novio, al que por fin iba a ser su...

—No hay tiempo que perder. Tengo que hablar contigo, pero como no puedo retrasar mi viaje, vas a hacer el favor de venirte conmigo a Burdeos. Oye bien lo que te digo. Procura estar dispuesta a las cuatro menos cuarto, o a las cuatro en punto lo más tarde. A esa hora vendrá Felipe en mi coche o en otro. Él te llevará a la estación.

Capítulo 40

A las cinco menos cuarto, don Francisco buscaba en el andén del Norte a su primo para darle un cariñoso adiós y media docena de abrazos muy fuertes.

—Allí están, en aquel coche reservado —le dijo Felipe, a quien encontró con una cesta, una sombrerera y varias otras cosillas propias de viaje.

El *están* sorprendió un poco al insigne Thiers; pero Agustín no le dio tiempo a discurrir mucho sobre aquel extraño plural.

—Mira a quién me llevo conmigo —le dijo, señalando al fondo del coche.

Desconcertado, Thiers masculló algunas palabras; pero luego se repuso, y como no acostumbraba a hallar censurable nada de lo que su poderoso primo hacía, concluyó por sonreírse y mirar el asunto por el cristal de la indulgencia.

—¿Qué tal, hija; estás mejor? ¿Vas bien?... Cuida de abrigarte, porque aún no estás fuerte del todo. En el puerto hay mucha nieve. Por Dios, Agustín, que se abrigue bien. Y tú ten cuidado, que tampoco estás bien de salud.

Creo que os pondrán caloríferos... Amparito, que te tapes bien, hija.

—No hay cuidado. Hará el viaje con toda felicidad —dijo Caballero—, y el cambio de aires le sentará maravillosamente.

—También yo lo creo así. ¿Lleváis merienda? Si lo hubieras dicho, se te podría haber preparado en casa una botella de buen caldo.

Después los dos primos hablaron un poco, sin que nadie se enterase de lo que dijeron. Amparito, en el opuesto ángulo del coche, atendía a las maniobras de la estación y observaba sin chistar los viajeros que, afanados, corrían a buscar puestos; los vendedores de refrescos, de libros y periódicos, las carretillas que transportaban equipajes y el ir y venir presuroso del jefe y los empleados. Deseaba que el tren echara a correr pronto. La inmensa dicha que sentía parecíale una felicidad provisional, mientras la máquina estuviera parada.

—Adiós..., adiós..., que os divirtáis mucho..., que escribas, Agustín... Cierra, cierra la puertezuela... Y no os estéis mucho por allá... Adiós..., buen viaje. Cuidado cómo dejas de escribir. Estaremos con muchísima pena mientras no sepamos... Adiós, adiós.

Un tren que parte es la cosa del mundo que más semejanza tiene con un libro que se acaba. Cuando los trenes vuelvan, abríos, páginas nuevas.

Capítulo 41

Gabinete en la casa de Bringas. Anochece.

ROSALÍA (*Consternada, dándose aire con un abanico, con un pañuelo, con un periódico y con todo lo que encuentra a mano.*) A mí me va a dar algo. Parece que se me arrebata la sangre y que se me sube toda a la cabeza... No me cuentes más, hombre; por los clavos de Cristo, no me cuentes más... Tan atroz inmoralidad me aturde, me anonada, me enloquece... ¿Y la viste tú? ¿Sería ilusión tuya...?

THIERS ¡Pues no la había de ver! En el vagón reservado estaba, bien abrigadita, sin decir *esta boca es mía,* y tan contenta que echaba lumbre por los ojos...

ROSALÍA ¿Y tuviste paciencia para presenciar tal escándalo?... ¡Conque no la puede hacer su mujer porque es una... y la hace su querida...! Estoy volada... Ignominia tan grande en nuestra familia, en esta familia honrada y ejemplar como pocas, me saca de quicio... (*Mirándole con fiereza.*) Y tú, ¿no dijiste nada? ¿Aguantaste que en tus barbas...?

THIERS (*Preparándose a soltar una mentirilla.*) Fue tanta mi indignación cuando Agustín me lo declaró... porque tuvo la poca vergüenza de confesarme su debilidad..., pues me indigné tanto que le dije cuatro cosas y le volví la espalda y me salí de la estación.

ROSALÍA (*Satisfecha.*) ¿Así lo hiciste? Es claro; no pudiste refrenar tu ira. Le volviste la espalda, le dejaste con la palabra en la boca...

THIERS (*Pidiendo mentalmente a Dios perdón de su embuste.*) Como te lo cuento. La verdad es que no podremos tratarnos más con mi primo. ¡Quién lo había de decir! El hombre mesurado, que todo lo quería llevar a punta de lanza, ¡faltar así a los buenos principios, dando un puntapié a la Sociedad, a la Religión, a la Familia, a todo lo venerando, en una palabra!... Si es lo que te digo: el desquiciamiento se aproxima. Esto se lo lleva la trampa. La revolución no tarda; vendrá el despojo de los ricos, el ateísmo, el amor libre...

ROSALÍA Vendrá; ya lo creo que vendrá eso, y más... Cuando se ven horrores tan increíbles, todo se puede esperar. (*Sofocadísima.*) No habrá ya cataclismo que me coja de nuevo.

THIERS (*Melancólico.*) Basta tener ojos para ver que esta sociedad pierde rápidamente el respeto a todo. Se hace público escarnio del trono y el altar; la gangrena de la desmoralización cunde, y cuando veo que los míos están libres del contagio, me parece un milagro.

ROSALÍA (*Pensativa.*) ¿Y no te dijo si volvería con la preciosa carga de su manceba?

THIERS Sí, volverán, volverán...

ROSALÍA (*Con extraordinaria hinchazón de la nariz.*) Porque no quiero que se queden en mi interior cuatro verdades que pienso decirles al uno y al otro. ¡Oh!, no, no se me quedarán. Seré capaz de ir a Francia, a Pekín por desahogar mi cólera...

THIERS El mejor día los tenemos aquí tan campantes..., y vivirán como casados, insultando a la honradez, a la virtud... ¡Hemos de ver cada barbaridad...! Bien claro lo decían Joaquín y Paquito la otra tarde: «La piqueta demoledora y la tea incendiaria están preparadas. ¡La demagogia...!» ¡Ah!, me olvidaba de una cosa importante. Algo vamos ganando. Díjome ese tonto que podías disponer de todo lo que se compró para la boda.

PRUDENCIA *(Desde la puerta.)* Señora, la sopa.

ROSALÍA *(Aparte, perdiendo sus miradas en el retrato de don Juan de Pipaón, que está representado con un rollo de papeles en la mano.)* Volverán... ¡Aquí os quiero tener, aquí...! Sanguijuela de aquel bendito, nos veremos las caras.

Índice

Capítulo 1 7
Capítulo 2 16
Capítulo 3 23
Capítulo 4 31
Capítulo 5 37
Capítulo 6 46
Capítulo 7 55
Capítulo 8 59
Capítulo 9 66
Capítulo 10 73
Capítulo 11 84
Capítulo 12 93
Capítulo 13 100
Capítulo 14 110
Capítulo 15 116
Capítulo 16 122
Capítulo 17 129
Capítulo 18 136
Capítulo 19 143
Capítulo 20 153
Capítulo 21 158

Capítulo 22 165
Capítulo 23 173
Capítulo 24 181
Capítulo 25 188
Capítulo 26 196
Capítulo 27 203
Capítulo 28 214
Capítulo 29 224
Capítulo 30 234
Capítulo 31 242
Capítulo 32 249
Capítulo 33 257
Capítulo 34 265
Capítulo 35 271
Capítulo 36 276
Capítulo 37 286
Capítulo 38 292
Capítulo 39 297
Capítulo 40 301
Capítulo 41 303